中国现当代文学研究文库

启蒙的风景

——百年中国乡村小说嬗变

主编　韩春燕

韩春燕　著

北方联合出版传媒（集团）股份有限公司
春风文艺出版社
·沈阳·

图书在版编目（CIP）数据

启蒙的风景：百年中国乡村小说嬗变/韩春燕著
．—沈阳：春风文艺出版社，2022.12
（中国现当代文学研究文库）
ISBN 978-7-5313-6150-3

Ⅰ．①启… Ⅱ．①韩… Ⅲ．①乡土小说—小说史—文学史研究—中国 Ⅳ．①I207.409

中国版本图书馆CIP数据核字（2021）第270926号

北方联合出版传媒（集团）股份有限公司
春风文艺出版社出版发行
沈阳市和平区十一纬路25号　邮编：110003
辽宁新华印务有限公司印刷

责任编辑：	姚宏越　韩　喆	责任校对：	张华伟
封面设计：	马寄萍	幅面尺寸：	155mm × 230mm
字　　数：	226千字	印　　张：	16.5
版　　次：	2022年12月第1版	印　　次：	2022年12月第1次
书　　号：	ISBN 978-7-5313-6150-3	定　　价：	50.00元

目录

绪 论

一、“乡村”之辨

尽管“乡村”是一个广为人知的、普遍的、物质性的地理空间和生活空间，但它的内涵并非不言自明。相反，由于写作者在自身经历、文化视野、价值立场、文学观念等诸多方面的差异，导致他们对“乡村”有着不同的理解，进而对“乡村文学”的内涵做出了不同的阐发，从而影响着“乡村文学”的创作实践和生成面貌。与“乡村”相近或同义的，还有“农村”“民间”“田园”等词汇，这些用来指向同一地理空间的语词，在某些语境下彼此可以相互代替，但由于情感色彩、认知方式和使用语境等方面的区别，其在具体的文学创作实践中生成了不同的审美样式，推动了乡村小说的多样化发展。

在《中国新文学大系·小说二集·导言》中，鲁迅是这样对“乡土文学”进行定义的：“……凡在北京用笔写出他的胸臆来的人们，无论他自称用主观或客观，其实往往是乡土文学，从北京这方面说，则是侨寓文学的作者。但这又非如勃兰兑斯所说的‘侨民文学’，侨寓的只是作者自己，却不是这作者所写的文章，因此也只见隐现着乡愁，很难有异域情调来开拓读者的心胸，或者炫耀他的眼界”，“回忆故乡的已不存在的事物，是比明明存在，而只有自己不能接近的事物较为舒适，也更能自慰的”[①]。这一论述被后来的文学史公认为“乡村小说”的理论开端。鲁迅分别从写作者的所在地（异乡）、写作对象（故乡）、写作方式（回忆）、写作情感（自慰）等多个维度对“乡土文学”进行了描述和规约，影响了后来者对这一题材的认知和创作实践。周作人是五四新文学运动的重要理论家，其文学观念影响深远。他在《地方与文艺》中强调“把土气息泥滋味透过了他的脉搏，表现在文字上，这才是真实的思想与文艺。这不限于描写地方生活的‘乡土艺术’，一切的文艺都是如此”[②]。在文学创作中凸显地域特色、民俗风采，不仅突出和渲染了乡村的本体性特征，也进一步有效地丰富和强化了文艺的表现内容和方式。郁达夫在《农民文艺的实质》中认为“作者第一要有热烈的感情，第二要有正确的意识”[③]，明显彰显了心理情感和主观意识对于写作者在对“乡村”（农村）进行观察和表达时的重要影响，集中凸显了写作的个体性和公共性。茅盾是左翼文学家中具有深厚理论修养的代表，他在《关于乡土文学》中表示并不赞同周作人的观点，他的看法与郁达夫的观点相近：“关于‘乡土文学’，我以为单有了特殊的风土人情的描写，只不过像看一幅异域的图画，虽能引起我们的惊异，然而给我们的，只是好奇心的餍足。因此在特殊的风土人情而外，应当还有普遍性的与我们共同的对于命运的挣扎。

---

① 参见王光东主编：《中国现当代乡土文学研究》（上卷），东方出版中心，2011年版，第11—12页。

② 参见王光东主编：《中国现当代乡土文学研究》（上卷），东方出版中心，2011年版，第5页。

③ 参见王光东主编：《中国现当代乡土文学研究》（上卷），东方出版中心，2011年版，第7页。

一个只具有游历家的眼光的作者，往往只能给我们以前者；必须是一个具有一定的世界观与人生观的作者方能把后者作为主要的一点而给予了我们。”[1]在茅盾的创作实践和理论归纳中，表现乡村破败、农业凋敝与民众疾苦等社会主题的乡村文学，远比只是描绘地方文化风俗民情更具有现实意义。因此，他和郁达夫一样强调了世界观和人生观在艺术创作过程中的重要指导作用。蹇先艾在《我所理解的“乡土文学”》中体现出与郁达夫、茅盾一致的思想观念和文学观念：“‘乡土文学’一味写风土人情来开拓读者的眼界，增加一点知识，也不行，一定要讲究作品的思想性和艺术性，还要有时代感，不能醉心于写小儿女的恩怨，便忘记了时代。”[2]在他看来，思想性、艺术性、时代性应当是乡村文学的重要特质，而所谓的“时代性”尤其突出了乡村社会与历史发展、时代形势之间的密切关联。以沈从文、废名等为主要代表的京派作家也将写作的视线聚焦于“乡村”，但除了精神姿态、审美倾向、艺术建构、价值寄托等方面与周作人相近外，其他方面则与上述其他论者表现出明显的不同。在这些作家的笔下，乡村是历史的、文化的、诗性的、静谧的，但又在事实上处处展现着乡村社会这一历时性存在在时代之变中的破落和隐退。无疑，京派作家们试图通过回望式的写作样式和文化姿态，建构一座“人性小庙”或一方“桃花源”，承载他们批判时代、否定现实、尊崇美好人性、期冀人性重回自然等众多理想性的愿景。

通过梳理现代文学时期不同论者关于“乡村文学”的认识和他们各自的文学实践，我们可以发现，乡村小说创作受到了不同个体的乡村体验、知识结构、审美偏好、文学观念、身份立场（政治倾向）、社会环境和情感脉络等多种因素的影响和作用。正是由于这一

① 参见王光东主编：《中国现当代乡土文学研究》（上卷），东方出版中心，2011年版，第20页。

② 参见王光东主编：《中国现当代乡土文学研究》（上卷），东方出版中心，2011年版，第46页。

点，他们的乡村小说创作形成了颇具差异性的面貌，深刻影响了乡村文学史的发展脉络，以及后来者的文学阅读和写作实践。

“民间”“田园”“农村”等概念与“乡村”相近，但在内涵上却有着鲜明而各异的指向，并在中国现当代乡村小说中形成了不同的支流。由于这个原因，这些语词的指向和表征，也就成为中国现当代乡村文学研究中的重要考察对象和研究内容，引发了许多治学者的学术兴趣，产生了众多有代表性的研究成果。

陈思和从中国现当代文学现象的发生和演变着手，对文学史中的“民间”进行了理论归纳和概括，令人印象深刻。他认为“民间”概念由以下几个层面构成：一、它是在国家权力控制相对薄弱的领域产生，保持了相对自由活泼的形式，能够比较真实地表达民间社会生活的面貌和下层人民的情绪世界。二、自由自在是它最基本的审美风格，在一个生命普遍受到压抑的文明社会里，（自由自在）这种境界的最高表现只能是审美的。所以，它往往是文学艺术产生的源泉。三、它既然拥有民间宗教、哲学、文学艺术的传统背景，那么，用政治术语说，民主性的精华和封建性的糟粕交杂在一起，构成了藏污纳垢的独特形态[①]。“民间”的生长环境滋生了人们独特的生存状态和精神习性，也哺育了乡村小说的表现内容和审美形态。“民间”既是封闭的、落后的、保守的、狭隘的，甚至野蛮的，但同时又是自由的、活泼的、开放的、怡然自乐的、令人愉悦的。这些看起来互相对立的形容词，生动地展示了“民间”的复杂状态。当“民间”和时代、政治、现代化等主题发生交会时，又对后者产生了叛逆、反哺等多重意味。在“民间”中，我们难以看到普通民众的冷暖疾苦，却常常能够看到一股新鲜蓬勃的生命力。

王又平的《从“乡村”到“农村”——关于中国当代文学主导

① 陈思和：《民间的浮沉：从抗战到“文革”文学史的一个解释》，《陈思和自选集》，广西师范大学出版社，1997年版，第207—208页。

题材形成的一个发生学考察》[1]在对中国现当代文学的历史考察中，从时代语境的转换出发，对“乡村”和“农村”的差异性内涵进行了深入而细致的辨析，并对两者之间的历史置换过程做出了准确而生动的描述和说明。他认为：“是把中国乡村作为自然村社来描写，还是当作政治组织来描写，这最终就成为‘乡土’和‘农村’的明确分野。”这句话点明了这两个概念的特定指向。就现实而言，自然村社和政治组织可以说是乡村社会中共时性存在的两种形态，凸显了当代中国乡村的不同构造。毋庸说，正是“自然村社”和“政治组织”的不同特质，使得乡村在文学创作中形成了不同的观察方式和呈现样式，并因此而支配着作家的写作实践。相较而言，前者更强调民俗学、文化性和地方性，而后者突出的是公共性、思想性、时代性与政治性。

综上所述，乡村自身涵盖的丰富内容，写作者对于“乡村”概念的不同理解以及“乡村”自身在时代大潮中的变动，构成了乡村小说发生和发展的基本动力，直接影响和推动着百年来乡村小说的主题生成和变动。

二、乡村小说的构成要素

无疑，“乡村”这个词包含的内容是丰富而复杂的，既含纳着特定的地理空间，也包蕴着生活于其中的形形色色的个体，还涉及生产生活等复杂内容。从时间角度来看，乡村既是历时性的，又是共时性的。当乡村与民族、国家建立联系，就主要作为一种表现载体而具有丰富的内涵。“乡村里的中国”一词既自下而上地表明了乡村在中国历史演变和社会结构中所处的基础性地位，也自上而下地表

① 王又平：《从“乡土”到“农村”——关于中国当代文学主导题材形成的一个发生学考察》，《华中师范大学学报》（人文社会科学版）2003年第4期。

明了中国在乡村生活中的具体表现形态。这些作为本体性的内容为乡村小说创作提供了丰富的题材资源，使乡村小说获得了多元的创作空间。

乡村的重要他者——城市——同样作为一种主要力量参与着乡村的历史进程。从中国历史来看，乡村是中国传统社会的主要形态，因而有“乡村中国”之称。随着近代以来城市的发展，乡村的自足状态逐渐被打破。以城市为代表的工业文明和以农村为代表的农业文明，产生了交流、碰撞、对话、融合等复杂关系，影响着乡村的现实走向。这也正是“只有当社会向工业化时代迈进，整个世界和人类的思维发生了革命性的变化时，‘乡村文学’才能在两种文明的现代性冲突中凸显其本质意义”[①]。所谓“冲突”不仅是价值观念之间的碰撞，同时也外化为具体可见的现实，影响、参与并支配着人们的实际生活。城市既以它发达的生产力、丰富的精神生活，又以它多元的文化、开放的心态，对乡村形成了“影响的焦虑”，或明或潜地塑造着居于这一地理空间中的人们的心态、情感和价值观。

乡村在长时期的生活中，形成了特定的风俗习惯、伦理准则、文化传统和情感倾向。这些观念性的东西不仅存在于人们的头脑里，还作为一种现实力量规范着人们的言语行为，参与着乡村秩序的建构，维持着乡村社会的运转。在一个封闭的社会中，“乡村”具有自足性，包括小农生产、熟人社会、礼俗规范等内容；但在一个开放的社会中，“乡村”的这些文化特征，反而形成了某些阈限，“我们的民族确是和泥土分不开的了。从土里长出过光荣的历史，自然也会受到土的束缚，现在很有些飞不上天的样子”[②]。

现代化（或者说现代性）是现当代中国的一个主要历史课题。在中国的现代化进程中，乡村的现代化是不可忽视的重要一环。准

① 丁帆：《中国乡土小说史》，北京大学出版社，2007年版，第1页。

② 费孝通：《乡土中国 生育制度 乡土重建》，商务印书馆，2011年版，第7页。

确地说，乡村的现代化程度直接影响着中国的现代化程度。乡村遭遇现代化，既是现代化在中国不断深入的过程，也是乡村不断发生改变的过程。这种改变，既包括生产方式、生活方式等物质方面的革新与进步，也体现在文化、精神、心理等方面。这个过程的开展并不顺利，由于新与旧、现代与传统、城市与乡村等之间的对立与冲突，发生了许多悲欢离合，构成了中国乡村现代化的复杂表情。当然，更重要的是，从千百年历史深处走来的普通民众在这一过程中的复杂体验。他们既对新的更好的生活抱有期待，同时又不愿意放弃已经习惯的生活方式和价值观念。这种现实观感与内心情感上的矛盾状态，是普通民众在乡村的静与动、变与不变中产生的复杂体验。

同时，我们还不能忽视写作者与乡村关系的变化对乡村文学创作产生的重要影响。一个最基本的事实是，文学作品是由写作者完成的。这些写作者的乡村体验以及体验的深度、广度，直接关系着他们对乡村生活的观察、发现和表述。纵观百年来的乡村文学书写群体，我们可以发现，一代代作家生在乡村长在乡村，有着丰富的乡村生活经历，为日后创作储存了丰富的题材资源和充沛的情感积淀。今天的作家在出身环境、成长环境、知识结构、经历视野等方面，都要比前几代作家优越得多。这既造就了他们的长处，也造成了他们的不足。当然，没有经历过或者经历不够深刻，并不意味着作家无法写出好的作品，但这肯定会影响写作者笔下“乡村”呈现的准确性、真实性和深刻性。

三、乡村与中国乡村文学

乡村是本课题研究出发的原点，也是用来观察百年中国乡村文学发展历程的一个角度，一个被解剖体。在由乡村连缀的中国乡村文学史上，我们可以看到那些气质不同风貌各异的文学乡村在时空的经纬线上熠熠生辉：

《祝福》中的贺家坳、《阿Q正传》中的未庄、《孤独者》中的寒石山村、《黄金》中的陈四桥、《惨雾》中的枫溪村（环溪村）、《疯妇》中的泰定村、《樊家铺》中的樊家铺、《小二黑结婚》中的刘家峧、《李有才板话》中的阎家山、《李家庄变迁》中的李家庄、《太阳照在桑干河上》中的暖水屯、《暴风骤雨》中的元宝屯、《创业史》中的下堡村蛤蟆滩、《李双双小传》中的孙庄、《艳阳天》中的东山坞、《许茂和他的女儿们》中的葫芦坝、《乡场上》中的梨花场、《蛾眉》中的细柳营、《香魂女》中的郜家营、《被爱情遗忘的角落》中的靠山庄、《人生》中的高家庄、《黄河东流去》中的赤杨岗、《平凡的世界》中的双水村、《北极村童话》中的北极村、《老井》中的老井村、《我的遥远的清平湾》中的清平湾、《桑树坪纪事》中的桑树坪、《爸爸爸》中的鸡头寨、《小鲍庄》中的小鲍庄、《狗日的粮食》中的洪水峪、《白鹿原》中的白鹿村、《上塘书》中的上塘村、《缱绻与决绝》中的天牛村、《羊的门》中的呼家堡、《无风之树》中的矮人坪、《村子》中的松陵村、《白纸门》中的雪莲湾、《玄武》中的玄武村、《农民帝国》中的郭家店……

还有致力于构筑“邮票”大小的精神原乡的那些作家，他们都有属于自己的文学乡村。比如贾平凹的仙游川、清风街等商州村落，莫言的高密东北乡等山东村落，阎连科的河南耙耧山脉乡村，夏天敏的云南望云村，毕飞宇的江浙王家庄，苏童的江浙枫杨树村，孙惠芬的辽南歇马山庄，阿来的藏区机村，等等。这些姿态各异、内涵独特的乡村从不同角度展示了乡村中国的现代变迁，同时也蕴含了政治意识形态、社会思潮，以及创作主体差异对文学创作影响的秘密。对乡村美学建构的独特性和内蕴探索的丰富性展开深入研究，无疑是当下文学研究中一个具有重要价值的课题。我们从这些乡村社会和乡村文学的基层单位乡村入手，一定会对中国百年乡村文学的嬗变有一个新的发现。

乡村不仅是一个地理空间、生态空间，在文学史上还是一个独特的文化空间。在文学文本中，地理学、经济学或者社会学意义上的乡村已经转换成了某种文化结构。文学的乡村作为作家乡村想象的产物，它携带着作者的主观认知、社会理想、美学趣味，携带着一个时代政治的、文化的、心理的信息。以乡村为对象进行乡村文学发展演变的探究，意义重大。

在“农业社会向工业社会转换的过程中，两种文明的激烈冲突使人们获得了观照传统农业的新视野，昔日那个笼罩着温情诗意的田园便从迷雾中浮现出来。乡土，一个凝固的静态的农业文明的缩影便成为思想家、艺术家关注的焦点，乡土文学也从此才真正具有了独特的意义。在乡土小说的世界性发展中，现代意义上的中国乡土小说经历了一个从萌生、繁盛、蜕变、断裂、复归到再度新变的复杂而曲折的递嬗过程”[①]。由此我们可以明晰，作为一种文类的“乡村小说”的形成基础即是农业文明和工业文明的差异，同时其内蕴也处于不断变化的过程中。当时间定格到2021年，作为中国现代文学主流的乡村小说已经走过了百年的历程。在这一过程中，由于时代语境的转换、作家审美艺术风格的差异，不同阶段乡村小说的创作主题以及叙事手法在广大作家的笔下都会发生巨大的变化。要言之，中国乡村社会的百年之变与中国乡村小说的百年发展历程是一个双向互动的关系。是故，在中国乡村小说百年的发展历程中，“变”始终处于进行时，而“常”则是一个相对短暂的过程。基于此，我们认为中国乡村小说的百年嬗变历程实质上是对于中国社会现代化的百年，尤其是中国乡村社会百年现代化历程的一个文学记录。因此，对于中国乡村小说递嬗过程的研究必然与中国乡村社会百年的现代化进程相统一。

所谓“现代化”，其实质是对于人类社会发展进程的一种高度凝

① 丁帆：《中国乡土小说史》，北京大学出版社，2007年版，第1页。

练和概括。罗荣渠在对现代化进行界定时，从政治、经济、社会、历史四个维度进行了分类。首先，现代化是“近代资本主义兴起后的特定国际关系格局下，经济上落后国家通过大搞技术革命，在经济和技术上赶上世界先进水平的过程”[①]。其次，“现代化实质上就是工业化，更确切地说是经济落后国家实现工业化的过程”[②]。再次，“现代化是自科学革命以来人类急剧变动的过程的统称”[③]。最后，“现代化主要是一种心理态度、价值观和生活方式的改变过程”[④]。从经典现代化的视域进行观照，现代化的特征可以凝练为“政治民主化、经济工业化、社会城市化、文化理性化”[⑤]等多重含义。如果将中国乡村社会纳入现代化的进程中进行考察，那么现代化指的就是“当代中国从传统社会向现代社会、从农业社会向工业社会、从乡村社会向城镇社会的社会变迁和发展过程”[⑥]。百年中国乡村小说的嬗变过程实际上暗合了中国乡村社会追求现代化的诉求与探索。

首先，文学即是人学，“现代化主要是一种心理态度、价值观和生活方式的改变过程”[⑦]，中国乡村小说对于现代化的追寻实质上是对于作为独立的“人”的价值的追寻。在中国乡村小说的百年“主

---

① 罗荣渠：《现代化新论——世界与中国的现代化过程》，北京大学出版社，1993年版，第9页。

② 罗荣渠：《现代化新论——世界与中国的现代化过程》，北京大学出版社，1993年版，第11页。

③ 罗荣渠：《现代化新论——世界与中国的现代化过程》，北京大学出版社，1993年版，第13页。

④ 罗荣渠：《现代化新论——世界与中国的现代化过程》，北京大学出版社，1993年版，第14页。

⑤ 饶旭鹏、周娟：《现代化理论的回顾及对中国的启示》，《中国石油大学学报》（社会科学版）2016年第4期。

⑥ 刘晓峰：《我国乡土文化的特征及其转型》，《理论与现代化》，2014年第1期。

⑦ 罗荣渠：《现代化新论——世界与中国的现代化过程》，北京大学出版社，1993年版，第14页。

题”之变的引领下，无论是“风景”之变、“空间”之变，抑或是“民俗”之变、“器物”之变，中国乡村小说百年创作的核心要义仍是对于书写对象即以农民为核心的中国乡村启蒙的诉求。故而，鲁迅所开创的现代乡村小说创作母题时至今日仍是广大乡村小说作家创作的模仿范例。而作为被书写对象的乡村与农民在中国乡村小说中始终是一个矛盾的结合体，因为他们既是需要被启蒙的对象，同时又是个体价值需要被不断发掘的对象。这种对于“人”的个体价值的探索与深度发掘，实质上正是中国乡村小说绵续百年、代际递嬗的最重要价值之一。

其次，现代化是“近代资本主义兴起后的特定国际关系格局下，经济上落后国家通过大搞技术革命，在经济和技术上赶上世界先进水平的过程”[①]。同时，“现代化实质上就是工业化，更确切地说是经济落后国家实现工业化的过程”[②]。在中国乡村小说的百年变化中，“器物”之变、“主题”之变、“空间”之变无疑寄寓了这一诉求。在不同阶段的乡村小说中，农业生产的器物与同一时代的社会生产力有着直接的关联性。因此，现代文学阶段乡村小说作品中的农民的生产工具始终与农民的贫困以及生存危机相互关联，“十七年文学”时期农业题材小说中广大农民的农业生产器具则寄寓着广大作家对于提高生产效率的期望，而20世纪80年代以来乡村小说中广大农民的生产用具则逐渐从人力驱动和动物驱动转化为机械驱动。及至21世纪，乡村小说对于农业生产器具的书写进一步与当下的信息化工具相关联，中国乡村小说中“器物”的书写历史显然是中国乡村从农业社会迈向工业社会的见证。

刘守英与王一鸽在《从乡土中国到城乡中国——中国转型的

---

① 罗荣渠：《现代化新论——世界与中国的现代化过程》，北京大学出版社，1993年版，第9页。

② 罗荣渠：《现代化新论——世界与中国的现代化过程》，北京大学出版社，1993年版，第11页。

乡村变迁视角》[①]一文中相对明确而系统地概括了“乡土中国”的基本特征，即“以农为本”“以地为生”“以村而治”“根植于土”，中国乡村小说创作的文化基础即依赖于上述特征。在百年的历史变迁中，中国乡村社会的上述特征显然经历了发展、重组乃至逐渐消解的过程。中国乡村小说作家也正是在此基础上不断探索现代化的多维面貌并逐渐找寻以文学参与时代变迁的方法，正因如此，在中国乡村小说百年的嬗变历程中，“变”才是常态，唯有掌握这一“锁钥”，方能破解乡土中国与中国乡村小说的百年互动关系。

事实上，五四新文学运动至今，中国乡村文学经历了复杂的发展与嬗变过程。在这一过程中，与乡村文学创作始终互文伴生的是乡村文学研究。在将近一个世纪的时间里，乡村文学研究者们积极地进行乡村文学的理论建设与批评实践，探索乡村的文学创作规律，为促进乡村文学的发展付出了极大努力。20世纪80年代中后期，尤其自20世纪90年代以降，乡村文学研究日趋复杂多元化。有的从中国现代化进程来研究，有的从文化学视角来研究，有的从乡村文学与地域文化的关系入手进行研究，有的从乡村文学与农民关系的角度研究，有的站在知识分子角度，由乡村小说切入研究知识分子与农民关系，也有的从农民的立场出发，研究新文学与农民的关系，还有的运用心理学知识，从创作主体的心理与文化心态方面研究乡村文学，这些研究都取得了可喜的成果。

20世纪90年代至今，中国乡村发生了巨大变革，越来越多的研究者从文明冲突和农民进城的角度研究乡村文学。丁帆教授等研究者在乡村文学的研究中，运用了比较分析的方法对中国大陆与台湾的乡村文学进行研究，其专著《中国大陆与台湾乡土小说比较史

---

① 刘守英、王一鸽：《从乡土中国到城乡中国——中国转型的乡村变迁视角》，《管理世界》，2018年第10期。

论》，从地域文化角度，历史性地考察了中国大陆与台湾乡村小说的演变历程，寻找出了两岸文化中所具有的中华民族文化的同构性特征。除上述研究外，还有学者从不同的角度进行了乡村文学史的写作，如陈继会等人，从文化视域中对各个阶段乡村小说的文化意蕴与艺术特色进行了梳理总结，出版了《中国乡土小说史》；丁帆等人则是把乡村小说放在了世界文学视域内进行考察，对乡村小说的内涵和审美特征进行了界定，并以此为基础梳理出了《中国乡土小说史》；范家进的乡村文学史专著《现代乡土小说三家论》比较特别，他以现代乡村小说史中的三个重要代表作家鲁迅、沈从文、赵树理作为考察的对象，以点窥面，勾画出中国现代乡村作家创作的三种基本姿态，即思想姿态、情感姿态和艺术姿态。

从乡村文学研究情况来看，中国的乡村文学研究与中国的乡村文学创作一样，也经历了由简单到复杂，由单一到多元的发展过程，这种复杂多元的研究状态在中国还将持续下去。

国外乡村文学研究的视角和思维不同于中国的乡村文学研究，国外的乡村文学研究更多是从文学创作方法的角度对其进行研究，他们通常把乡村文学当作实践某种创作方法的载体。在世界乡村文学研究中，研究者始终把“地方色彩”和“风俗画面”作为乡村文学的基本风格和基本要求。正是由于国外的乡村文学研究特别强调“地方色彩”，所以国外学者在研究中国乡村文学的时候经常把富于民族文化特点的“寻根文学”作为研究对象，比如加拿大学者杜迈可对韩少功和莫言创作的研究。国外学者对中国乡村文学进行研究时，是用另一个世界、另一个民族的眼光来看待他们的研究对象，大部分情况下他们是用西方的标准来衡量中国。他们并没有中国的乡村生活经验，对中国乡村文学进行阐释的时候，采用的是西方“他者”话语系统，因此对中国乡村文学的研究只是他们一种“想象中国的方法”（王德威），美国罗格·盖德曼的《一百个出自乡村孤独的中国词条》等文章即如此。正如萨义德所说的那样：“东方几乎就是一个欧洲人的发明。”[①]

由以上概述可以看出，国内外对于乡村文学研究虽然日趋复杂多元，但都是以乡村社会为基点进行的宏阔性研究。乡村作为乡土社会的基层单位和乡土中国的基本载体，只在社会学中得到过比较深入系统的研究，并取得了一些成果，文学研究领域至今还没有对其进行过直接系统的研究，目前只见到一篇类型相近的论文：《文艺争鸣》2008年第7期刊登的《村庄的意义与表达》。该文以乡村这个空间概念为切入点来分析现代作家对于乡村社会的审美态度及现代性想象。

本课题从乡村文学中具体而微的乡村入手，把乡村作为研究标本，期望通过对现当代小说中不同时空下的乡村世界的分析，来探究中国当代乡村文学的面貌以及嬗变的轨迹。

文学的乡村是一个实在性的空间名词和一个象征性的内在文化表征的结合体，所以关于乡村的叙事是纷繁多样、变动不居的。但一百年来的乡村文学，不管是启蒙还是救亡，不管是革命还是新农村建设，不管是回归还是出走，不管是在乡村寄寓民族性还是欢呼全球化，也不管是寻根还是对乡村进行解构式的嘲弄，都包含了中国知识分子对现代性的深刻思考。是中国知识分子对现代性的思考连缀起了这缤纷多彩的乡村叙事，构成了完整的中国乡村文学。

---

① W.Said.*Orientalism*. New York：Vintage Books，1978（1）.

第一章　乡村小说中的“自然”与“风景”之变

茅盾先生等乡村文学巨擘曾反复强调过地域色彩之于乡村文学的重要性，而自然风景背后所隐匿的地域差异性无疑是对地域色彩的最佳阐释。不同阶段的乡村小说也通过对乡村风景的深入开掘与反复摹写践行着茅盾先生的理论。与此同时，不同阶段乡村小说中的自然风景书写所包蕴的审美意蕴以及叙事功能也在不断产生着新变。

第一节　启蒙视域下的自然

一、自然的“灰色”与国民性批判

在文学发展的历史长河中，人与自然之间的关系无疑具有重要的历史价值与哲学意义。作为乡村小说所探寻的一个重要母题，我们可以在不同的历史情境下，发现小说文本中不同的自然形象与其所蕴含的不同寓意。

人类所依附的自然被赋予多种物质价值，人们可以为脱离生存困境而改造、征服自然，为获得丰富资源而疯狂践踏自然，为填补自己的私欲而大肆压榨自然，结局是自己坠落在欲海中沉沦直至欲望殆尽。在这种失衡的追求下，“大写的人”由“凯旋”走向了“黄昏”，伴随而来的是严峻的生态现状、艰难的生存境况和人的精神的困境三重危机。种种自然之殇，无疑是当下文学所不能遮蔽的现实：现代工业文明的模式给人类带来了什么利益？这场人与自然的危机通过何种途径才能够解决？现代人如何获得心灵的栖居地和精神世界的立足点？我们考察近一个多世纪以来中国乡村小说的创作历程，将目光聚焦到作品中大自然和人的关系，通过自然描写所承担的多种叙事功能来分析人与自然之间的关系之变，并把这种关系之变定位于后解构主义思辨的视域之中，表现出一种对人类主体性过分张扬的自我质询，以此进行全面剖析与深入探究。

如果说农民是乡村这出戏剧的演员，那么乡村的自然风景就是背景与幕布。以鲁迅为代表的“五四”乡村小说作家群体正是通过描写自然环境揭示出思想启蒙与社会批判的时代主题的。

比如鲁迅的小说《狂人日记》对自然环境的描写。小说以自然的夜色寓意社会的黑暗，黑夜将人的自主意识和自由精神剥夺和吞噬，通过对黑夜的自然描写，小说旨在对封建制度、封建礼教“吃人”的本质进行深刻的批判与揭露。林非指出，黑色的夜其根本寓意是中国传统文化中的精神，而这种精神对于老中国儿女的精神以及思维都有着难以估量的负面影响，正因如此，这种精神最终又成为一种维护专制主义社会制度的基础[①]。处于封建社会末期的中国好似地狱一般，世态炎凉，大夜弥天，人更可以放下白天虚伪的面具，畅快地在夜里驰骋，魔鬼野兽般撕咬着，发出血腥的气味，将民众封闭在那万难破灭的“黑屋子”里，在这暗无天日的黑暗中，

① 林非：《鲁迅和中国文化》，南开大学出版社，2007年版，第15页。

作者以深邃的目光看穿、看透夜里的一切，唤起昏睡的灵魂，要逆流而上，要冲破黑暗，去寻找光明。在《药》第一节的最后一段自然环境的描写中，凸显出黑漆漆的、死气沉沉的景象。人物的周围一切实物皆如死寂一般，阴森与凄凉、阴暗与凄清，还有几分恐怖与惊悚。以荒芜、凄凉的自然色调，勾勒出黎明前最昏暗时刻的显著特点，奠定了压抑又沉闷的感情基调，更烘托出华老栓那种极度沉重、憋闷的情绪，逼迫他要去买人血馒头。

在“现代性”期待与追求的话语秩序中，自然所体现的话语特征也被烙上了民族、国家、启蒙和革命等印迹。小说以凝练、简洁的笔触直刺症结，烛照乡村文化的沉滞与国民性的病根，撕碎封建卫道者的虚伪面具，批判与同情、讽刺与哀怜相互交织，对农民、乡村妇女、知识分子以及民主革命的出路和反封建反传统等问题进行了血淋淋、活生生的批判，悲痛而深情地呼唤有别于旧民主革命的新时代的到来。坟墓的自然描写传递出一种孤寂、寒冷的感情，一方面是隐含着夏瑜等资产阶级革命者和普通群众严重脱离，预示着革命必然走向失败；另一方面揭示普通群众和革命者脱离，民众将继续遭受毒害，渲染出“华夏”民族的悲剧色彩，尤其是所呈现的知识分子与民众之间的疏离令人震撼与惊愕。夏瑜作为现代智识者的象征，为民众的解放而革命，其思想对于获得独立地位的乡村民众来说，就是一种听不懂的异质话语，也即“他人谈论”，民众对其丝毫没有理解，甚至不屑知晓。夏瑜以理性的思想照向民众的蒙昧，哀叹他们的可怜、可悲，而另一方期待被启蒙者理所当然地认为夏瑜“发了疯了”，双方处在“自说自话”的“复调”状态当中，启蒙者和被启蒙者之间的关系凸显紧张、冲突。

《在酒楼上》中的六处对雪的描摹中，如对废园和老梅的雪的细腻描写，反衬出吕纬甫的软弱、怯懦和不彻底的劣性，亦寄寓了对现代知识分子的期许与希望：以独立的人格、张扬的个性，勇敢地打碎精神上的枷锁、文化上的禁锢，冲破被封建势力统治禁锢了几千年的灵魂镣铐，与桎梏重重的生存境况进行果断、无畏的抗衡与斗争。

《祝福》中对雪景的细致描摹，展现出乡村有钱人的祝福活动和祥林嫂的惨死的鲜明对比：被压迫者在寒冬刺骨、暴雪肆虐的祝福中，在喜悦、欢乐、热闹的气氛中寂静地死去。通过对乡村平凡事件的描写，作家将哀其不幸、怒其不争，疾声呐喊等复杂情绪交杂一团，宣泄在文本之中，并以深邃的理性目光穿透民众的看客心理。对这些事件的描写旨在揭露封建社会真实的自然面目和当时社会的日益衰败，揭示造成农民精神困境和困苦不堪的罪恶根源，以决绝的态度对传统进行否定，从而唤醒在苦难与绝望中麻木不仁、愚昧的乡村人。显然，鲁迅“与自然科学始终保持紧密的联系，早已化为鲁迅多彩人生的一个重要方面”[①]。可以看出，在鲁迅先生的乡村小说中，人与自然之间存在多种层面的交流与对话。人物的生存境况被表征为其置身的自然环境及其特征。通过自然的幕布映射二者之间的内在关联，不仅对社会现实、人性进行锋利而尖锐的批判，更加深了人物的悲剧色彩。譬如，《故乡》对人物所处的自然环境的设置，充分体现了人与自然之间的哲学意蕴。二十年前和二十年后的乡村自然景观截然相反：“深蓝的天空”与“苍黄的天底下”，“一轮金黄的圆月”与“天气又阴晦了”，“一望无际的碧绿的西瓜”与“远近横着几个萧索的荒村”，等等。二十年前和二十年后的闰土判若两人，天真快乐、无忧无虑的少年转变成“活”的木偶人，亲密无间的小伙伴变成等级森严的下人与老爷……人物形象的改变往往预示着自然环境的改变，自然与人互相映衬、互相观照。丑陋、可怕的人物生活在此时的乡村，不再富有生机和活力，处处都是萧条凋敝的景象，整个乡村满目疮痍，寻觅那个英俊少年的面

---

① 王喜绒：《鲁迅关于生态问题的前卫思考》，《中国绿色时报》2008年10月6日。

影时，仿佛与他之间已被隔断，厚厚的隔断加剧了悲痛的情绪，更攫取了一颗寻找梦境家园的心。秋瑾、徐锡麟的英勇就义，孔乙己、闰土、阿Q、祥林嫂、杨二嫂、爱姑等农民的悲惨命运给我们的内心带来了极大的震撼和痛感。当将思维的触角延伸到最深渊的底部时，人们顿悟明了一个事实：罪魁祸首是万恶的旧社会的文化观念，封建文化精神对人的戕害。显然，自然的书写路径以理性思想的光芒普照社会以及人的精神状态，对民主觉悟具有强烈的醒世作用。

《补天》和《理水》两部小说则直接通过批判人对自然的破坏，对统治阶级的无能、无所作为进行尖酸的讽刺与嘲讽，体现其国民性批判的主题。而《肥皂》中的月夜描写，把月亮描绘得格外美丽皎洁，“玉盘似的月亮现在白云之间”，此时不再是阴森恐怖，也不是暗淡无光，但恰恰是纯净、明亮的月亮反衬出四名道家学者面具背后的虚伪和狡诈。“我总不相信国粹家道德家之类的痛哭流涕是真心，即使眼角上确有珠泪横流，也须检查他手巾上可浸着辣椒水或生姜汁。”[①]五四时期的小说亦把自然充当成人的生活环境或生活习俗，它们虽然作为人的陪衬物而存在，被置于借用的状态，却蕴含着深刻的批判精神。譬如，通过对乡村自然环境中封建习俗的描写，将人性的丑恶刻画得惊心动魄，深刻地批判了封建宗法制度对人性的戕害。在这样的自然环境中，《负伤者》中的吴大郎被迫将妻子卖给有钱的张二爷，《蚯蚓们》中的李小卖在乡村泥土中挣扎度日，逃荒中被迫卖妻，《赌徒吉顺》中的吉顺赌场鬼混欠债典妻，《菊英的出嫁》中有宁波乡下场面浩荡的冥婚陋习，《拜堂》中上演叔嫂过堂，《活鬼》中有丑恶的包办婚俗，《惨雾》中上演械斗，《黄金》中展现世态炎凉……这些小说以隐晦、黯淡为主色调，抨击了家族的械斗、婚丧的陋习、宗法势力的强悍等，揭露了金钱观念驱

---

① 鲁迅：《马上支日记》，《鲁迅全集》（第3卷），人民文学出版社，2005年版，第345页。

动下人与人之间冷酷、可怕的关系，从而揭示了民族文化的劣根性给人造成的悲剧和灾难。

二、自然空间的还原与人文想象

自然承载了人文的想象和田园生活的取向，比如废名、沈从文、凌淑华、萧乾等五四时期的京派小说作家，他们疏离政治，规避激进的时代话语，而将目光投向乡村的自然景观、风土人情和日常生活描摹，追求“返璞归真”，还原自然的自在原始气息，注重给人以审美的餍足和文化的意韵，挖掘自然环境所孕育的人物性格中美好的、诗意的、至真至善的品格，从而构建一个能够抵御现代工业文明进击的梦中桃源世界。

这一主题具有代表性的作品如：废名的《竹林的故事》、沈从文的《边城》、汪曾祺的《大淖记事》等。废名的小说与王鲁彦的小说相比较而言，二者都采用“童年视角”，同样蕴含着丰富的道德价值、审美标准，甚至都传达出人道主义情怀，但在写作风格上就大相径庭了。王鲁彦的小说继承了五四时期文化的批判指向，而废名的《竹林的故事》《桃园》《枣》《菱荡》《桥》等作品充满“写意”的韵味，将景物的描写作为彰显自然本体的意象，或“烘托”或“点染”主题的意蕴，采用明朗豁亮的色调，体现出古老乡村的盎然生机与生命律动，吹奏出一曲远离尘嚣、天人合一的乡村牧歌，而将衰败、凋零与落后的乡村特质或裁剪，或隐藏，或悄然隐退，以“曲笔”的格调渗透着五四时期人文主义启蒙的精神。在《浣衣母》《河下柳》中，作者将情感熔铸在自然界中，钟灵毓秀的描写中饱蘸着归返自然的情致，亦传达着对生命至深本能的自然流露：小河静静地流淌，生生不息；桃林、绿树、青草，还有开满乡村的杜鹃花、金银花、玫瑰花、野花等，自然之美无不见诸作者笔端，将风景画的描写、抒情和议论等手法交融在一起，勾勒出一处桃花源般的化外之境，这种反现代性的审美追求在中国文学史上堪称审美现代性的文化先行者。

沈从文的小说受废名影响颇深，他继承了废名的田园书写意韵和格调，用“乡下人的眼光”和世界的视角，构筑出自己心中那片理想的净土，以“诗化”的笔触，勾勒出一幅幅具有旖旎的自然风光的湘西诗意图景。如《夜渔》《雨后》《采蕨》《野店》《船上》《往事》《还乡》等作品通过对自然景物的细致描摹，散发出一种昔日自然的原始气息，让人感受到原始野性的生命力量，而将老庄哲学的意蕴注入，传递出不同于正统文化的“野趣”特质。《边城》《三三》《柏子》《贵生》等小说均将“乡愁”情怀寄托在水、山等自然风景的描绘中，小河时而清丽俊逸，时而柔和绵长，船只、吊脚楼、石子、游鱼、细竹、桃杏花、黄泥的墙、乌黑的瓦等自然景观，多姿多彩、安静祥和而又生机勃勃，亦成为构筑理想家园不可或缺的点缀元素，又有谁会不倾心于那无拘无束、自由自在的梦境般的乡村田园生活呢？《边城》中对自然的描写看似平淡无味，没有华丽的辞藻堆砌，也没有流露出感人的抒情情怀，更没有波澜壮阔的豪情壮志，但流溢着清新淡雅、隽永明快的审美意味，彰显出生命蓬勃之力，表达了作者对人类理想化乐园的执着追求，成为湘西凤凰城式乌托邦牧歌想象下最为突出的作品。正如沈从文在《习作选集代序》中写的：“我只想造希腊小庙。选山地作基础，用坚硬石头堆砌它……这神庙供奉的是‘人性’。”[①] 这种抒写使“人诗意地栖居在大地上”，以一种泰然洒脱的姿态，与自然景观温馨融通，展示出“异质文化”中的人性轨迹，从而表明文化成规对人的精神的影响，以此与城市文明相抗衡。同时也以冲淡与冷静的笔调，表现出自己内心的沉痛与悲哀，抒发着对现实的无情批判。

---

① 沈从文：《习作选集代序》，《沈从文选集》（第5卷），四川人民出版社，1983年版，第228页。

然而，京派小说对自然之美的礼赞、对理想田园生活的向往情怀自1919年以来的新文学史上第一次出现，在20世纪40年代以后断裂，而其回归的时间则要推迟到20世纪80年代，如汪曾祺的《鸡鸭名家》《戴车匠》《老鲁》，刘绍棠的《蒲柳人家》《瓜棚柳巷》，等等。汪曾祺被誉为“京派最后一个作家”“当代乡村小说书写自然的开创者”，延续了最具传统文化意味又不乏现代精神的“京派”乡村浪漫书写视角。汪曾祺的小说富有生活气息，弥漫着一种浓浓的水乡情韵，所以更易于重新唤起人们对乡村美好、质淳、温情生活的追求与向往。《鸡鸭名家》运用抒情的方式，逼真、形象地描绘了一幅具有浓郁民俗风情的乡村画卷，描绘了乡村养鸡、养鸭的生产、生活的场景：嫩嫩的小鸭嘴，白白净净、妥妥停停的鸭掌；鸭四件咕嘟咕嘟在砂锅里冒着泡儿；韧带断了的蛋黄、小鸡啾啾啾啾，啄破蛋壳；一声鸡啼，一只炫丽的大公鸡，在小院子里孤影徘徊，又高傲，又冷静；一大群鸭子雍雍雅雅，放鸭人手持竹篙，脚踩鸭撇子运鸭过河；垂柳树、脆皮榆、新麦、旧柳、抽了卷须的豌豆苗、散过了絮的蒲公英；茅棚、瓦屋、炕房、茶馆酒肆、八字粉房、绿缸；鱼虾水货、荸荠慈姑、山药芋艿、薏米鸡头、鸡鸭蛋行；等等。通过对苏北高邮地区水乡人家日常生活气息的精准描写，勾勒出一幅丰盈、饱满的自然乡村图景。比如小说文本中绘声绘色地描写了陆长庚发出各种古怪的声音模仿动物，惟妙惟肖。他发出的绝妙动物声音把逃散在芦苇丛中的三百余只鸭子赶回岸边的情景，充溢着微苦而又温馨的日常生活气息，涌荡着魅人的浪漫生活情趣。

在《大淖记事》中，作者通过对故乡高邮一带自然风光的描摹，营造出自然万物和谐一体的境地：微风轻浮的柳树、瓜果满园的菜地、结满了果实的石榴树、五彩缤纷的各类花朵等等。在某种意义上，自然风景已成为京派作家精神和本性的释放。他们已将自然当作是人们心灵的天然归属地，在大自然的广阔内蕴中，包含了人们的理想与期待，也寄托了对于未来的种种美好希望。

小说里自然之子的塑造是人对自然亲近的最直接的表达，亦凸显出对皈依自然的执着想象。譬如，三姑娘（《竹林的故事》）、莲（《迟桂花》）、福奎（《最后一个渔佬儿》）、阿村《流浪的土地》、陈三脚（《老棒子酒馆》）等等，他们身上都散发出一种清新脱俗的气质，无比畅快地在自然界中任意驰骋，呈现出逍遥的生命活力和蓬勃的精神跃动，这些人物形象将青春的活力与信念传递给读者，将清纯与冰洁的品格寄寓其中。他们仿佛已达到物我合一的境界，懂得如何与自然亲近、相处，他们心中从未流露与自然对立的激进，也不是迫切地要回归自然，而是将自然视为“母亲”“家园”。

正像美国诗人梭罗选择在自然风景怡人的瓦尔登湖畔常年生活，他已经视自然为理想的伊甸园。京派作家们亦通过自然之子的书写路径，把自己放逐于自然界中，追求天地合一、彼此·致的同感生活方式，抒发出他们对自然的无比热爱，推崇与自然对话、倾听自然、珍惜自然的生活理念。唯其如此，才能在自然的怀抱中撷取生存智慧的精髓，并真正体会到完全融于自然的乐趣以及找到那种同情同构的生命归属感。

第二节　意识形态规训与自然的再造

一、自然的破败与革命话语

在乡村小说的书写中，自然既是容纳个体生存的空间，也是容纳审美情趣的空间，同时其具有的不可抗的破坏性力量也成为左翼乡村小说作家隐喻时代风云、承载革命运动的喻体。在左翼乡村小说作家的笔下，自然意象成为社会革命爆发的前奏曲。

比如丁玲的《水》、匡卢的《水灾》、楼适夷的《盐场》、欧阳山的《崩决》、田汉的《洪水》《旱灾》、蒋牧良的《旱》《荒》、洪灵菲的《在洪流中》、马木的《西北雨》、吴组缃的《一千八百担》、叶紫的《丰收》《电网外》、叶绍钧的《多收了三五斗》、荒煤的《灾难的人群》《秋》、茅盾的《春蚕》《秋收》《残冬》，以及台湾作家吕赫若的《牛车》、周定山的《旋风》等一类的作品。

这一时期的作品具有特定的时代色彩，展现出激越的历史风云。事实上，如果单纯从个体作家与作品出发进行开掘，其内容往往拘囿于中国乡村社会的某些个体层面，但是当我们将同类作品作为“人间喜剧”式的丛书系列进行题材与社会学的剖析后，就会得到一个惊人的发现，因为他们从经纬互相交错的维度为读者建构起“画时代于一幅，熔乡村于一炉”的中国乡村经济破产、革命骤兴的时代画卷，同时，也从时代的深层肌理中揭示出反帝反封建的时代紧迫性与农村革命爆发的必然性。以灾难和动荡的时代为创作背景，体现在战乱、冲突与骚乱的事件中，乡村自然灾害频发，迫使农民破产、逃亡甚至丧命，表现了对乡村底层农民的关怀与同情，揭示了尖锐的阶级对立和当时普通农民的真实生存状况，对阶级斗争表现出正确、坚决的理解，书写中具有一种强烈的无产阶级革命斗争的政治倾向性，从而形成了凝重的历史沧桑感与沉郁悲怆的艺术格调。

《水》被奉为“新现实主义”的实绩，体现出作家从个人虚无主义的歧路迈进工农大众革命的大道的转变。小说以1931年的一场真实水灾事件为叙事背景，当时震惊全国的大洪水在湖南暴发，常德在内的洞庭湖周围十余县最为严重，蔓延至江苏北部等中国十六个省，是20世纪中国受灾范围最广、灾情最严重的一次大水灾，神州陆沉、灾民遍野。小说为烘托革命主题，设置了情景模式图，如农民的悲惨境遇、与水灾做斗争的惊心动魄的场面以及与土豪劣绅生死搏斗、革命觉悟提高的情景等等。小说的开头写道：“六十五年前，饥荒、瘟疫、尸首四处八方地留着，哪个去葬呢，喂乌鸦，喂野狗，死得太多了。”记忆中的苦难意味着现实中的大灾难即将来临。以七岁的龙儿回忆的视角展现出水灾的暴发造成的家毁人亡的悲剧。离洪水五六十里地的牛毛滩“全淹了，屋都冲走了”。洪水滚滚，汹涌袭来，它看似是一场自然的灾难，而实质上是人为的灾难。土堤被凶猛的洪水冲垮，滔滔洪水淹没了一渡口，农民“暴跳起来，振着全身的力，压制着抖战，咬着牙，吐着十年来被压迫，被剥削，而平时不敢出声的怨恨来”。陷入洪水浩劫的灾民们，在灾难中挣扎，无处安身、无所谋生、走投无路，在苦难的绝望中与自然灾害抗争，萌发出强烈的求生意识，发出绝望的怒吼，对统治阶级救灾的幻想彻底破灭，对贫富不公的现实世界彻底失望，对官府极度愤恨，充满抗争的斗志与激情。自然灾害的出现凸显出人与自然或社会之间的矛盾，自然灾害的不可遏制是因为统治阶级的压迫，天灾人祸的双重压迫下农民奋而反抗，底层农民被自然灾难猛然唤醒，事实上这一系列的事件与其说是天灾，毋宁说是人祸。当广大农民从思想意识层面实现觉悟后，打开谷仓、灾民“抢米”的社会运动直接表明他们在最后一刻认识到只有暴动才是唯一生存的出路，只有与无产阶级革命者联合在一起才有生存的可能，且治理水灾更需要一个无产阶级革命者的领导。小说在结尾处对阶级革命斗争预警的设置，暗示一场腥风血雨的革命斗争即将到来，同时也表现出强烈的斗争激情和鲜明的政治价值取向。

《崩决》通过描写20世纪30年代广东的一次特大水灾的惨状，展现出灾民们在忍无可忍的窘境下，最后毅然抉择联合暴动、抢夺粮食和枪支并自发组成一支农民游击队，与黑暗的反动统治政权进行殊死斗争的过程。《西北雨》中生计艰难的农民将希望寄托在田禾上，却遇到连日干旱，于是集体去“开沟放水”，而这场人为的放水行为实际上暗喻了一场暴风骤雨。由此一场人为的及时雨似的农民暴动的“铁流”引发了一场与统治阶级的交锋与混战。《旋风》中的臭万家的田地被人占走，一个女儿被卖，另一个女儿溺死在粪池里，“在狂风暴雨的夹击中，由远处微闻着‘飕’的一声，接着就发生了各种不调和的怪响。像撼山倒海的那么巨响……连根的果叶树，拔头的刺竹……一齐拥抱般在空中回旋舞蹈。牛鸣猪叫跟狂风的哀啼，号泣惨喊的人声……卷入了漩涡中，如泰山鸣动的直立在渺茫中的飞转，无情地兼容并包地吞噬了。尽量夸示了大自然的威力，宇宙微尘般任由他的自由摆布了"[①]。

洪水、暴风雨、飓风、旋风等自然灾害被象征化，赋予特殊意义。自然现象被隐喻成"赤潮"，暗示着狂野"原始强力"的爆发，倾诉着农民急切革命的诉求，凝聚着炽热的民族情感，象征着农民革命的狂潮，令苍茫大地战栗，它席卷一切，以强大的反抗力量和破坏力量预示革命的斗争一触即发。《丰收》中"求雨""打租饭""响桶""打禾客"等农事场面的描写，与丰收后无尽无数的租金、苛捐杂税、果实被官僚地主瓜分等资本剥削的叙述泾渭分明，云普已筋疲力尽，儿子立秋却积极参与革命活动，酝酿一次大的暴动；《春蚕》的"糊蚕箪""窝中""拂乌娘""浪上头""望山头""谢蚕花利市"等养蚕场景的描写，还有河里的小轮船，镇上的洋纱、洋布，以及洋种的茧子等无不成为资本剥削的象征。在蚕业萧条的经济环境下，老通宝将仅剩的桑田抵押出去，换来的是白贴上十五担的桑叶和三十块钱的负债，他痛苦绝望而又走投无路；《多收了三五斗》中的"旧毡帽"好不容易盼来了丰收，遭遇米行压价，负债累累，永无翻身；《盐场》中"烧盐"的悲苦劳作场景蕴含着犬牙交错的斗争态势即将爆发；《星》的结尾处梅春姐在幻觉中听到了革命的召唤，以及东方的太阳；等等。可见，自然、社会对农民苛刻、压榨，没有让他们过上好日子，反而使他们毫无喘息之地，在希望与绝望中来回旋转，老一辈人在守旧思想中越陷越深，而新一代的人内心有了觉醒的萌芽，将批判的矛头直指殖民统治，他们对封建主义、官僚主义和帝国主义的愤然抗争，预示着贫苦大众终将走上革

① 一吼：《旋风》，林川夫编《台湾乡土文学选集》（二），武陵出版有限公司，1991年版，第72页。

命斗争的光明道路。

台湾作家秋生《王都乡》的主人公王都乡，因身体残疾而成为社会寄生虫，后自杀，被救后在一场梦境中看到社会百业萧条、民不聊生，领悟到“健康的人简直也是一种不具者”，说道：“你们该知道你们是人，你们的生存和所有人类一样，是自然的意志的。你们的生存资料给人家掠夺了，所以你们做不来人的生活。自然有给你们的生存资料，自然所以给你们的身体以确保你们的生存权，你们不得弃权。你们忍着做下等动物的生活，显明是叛逆自然的意志，你们只得恢复你们给侵害的生存权，这是你们幸福的进路，同时是你们对自然的重大的义务……”[①]小说以荒诞的乡村叙事手法将民众阶级抗争的怒火表现得淋漓尽致，台湾民众绝不能继续顺从日本帝国主义的殖民统治，也不能屈服于殖民政治的镇压，更不能忍受殖民者的经济掠夺，“去谋你们的同志，谋你们的同志，你们的唾沫都足以成洪水，成飓风，成爆弹啦！”[②] 反抗与斗争，对抗与造反是自然赋予他们的权利，人类亦有保护自然价值的义务。“官逼民反”式的农民自发暴动、阶级斗争理论指导下的有知识分子参与的有组织、有目标的革命运动如暴风骤雨般袭来，并汇入到民族解放运动的伟大事业之中。

二、作为“装置”的自然与政治诉求

从解放区文学开始，一直到“十七年文学”时期，乡村小说中的自然书写都承载着时代的政治使命。尤其是土地革命后，人与自然的关系发生了重大变化，“土地还家”、穷人“翻身”，一直被压迫的农民推翻各种压抑力量而成为历史主体。这一阶段的文学作品在

① 钟肇政、叶石涛：《光复前台湾文学全集》（二），远景出版社，1979年版，第420页。

② 同上，第421页。

时代的规约下，力求完整地记录社会主义改造的过程，同时通过具体案例证明党的方针政策的时代先进性，这无疑将文学作品逐渐化为了时代的传声者。可以说，广大作家用文学创作建构起了新中国成立后社会的空间与时代的样貌，进而也为时代的各种政策做出了文学的证明。

以赵树理、周立波为代表，包括路翎、欧阳山、康濯、艾芜、马烽、西戎、孙谦、梁斌、柳青等一批文学作家，淡化或放弃了对自然风景画的诗意描写，走上了与农民群众相结合的创作道路。小说着重叙述国家所走道路的既定合法性，并预设这种道路的未来前景，为民众提供思想准则和生活依据，从而促使宣扬阶级斗争的革命政权性乡村叙事小说蓬勃发展，蔚为风潮。

如赵树理的《邪不压正》（1948），孙犁的《十年一别同口镇》（1947）、《秋千》（1950），丁玲的《太阳照在桑干河上》（1948），周立波的《暴风骤雨》（1948），马加的《江山村十日》，陈学昭的《土地》（1953），陈残云的《山村的早晨》（1954），等等，作家主体们或饱含热忱，或充满激情，信心十足地积极改造农民，强调依靠党和政府政权的力量扭转懒惰、懦弱的农民老汉，明确指出只有拥护无产阶级政权，听党指挥，农民才能真正意义上翻身当主人，歌颂了民主政权的力量；真挚、深沉却显得无力的人道主义关怀被凌厉、峻急并富有力度的阶级抗争的情感诉求所超越。

赵树理的小说对于土地改革有着深入而全面的记录，因为从土改展开伊始，他就作为一名运动的参与者并记录这场运动的时代样貌。他植根于晋东南这片家乡的土壤，主要受左翼文艺思想的影响，与社会主义经典话语保持一定张力关系，所创作出特定时期的乡村政治风情小说成为乡村叙事的一面鲜红的旗帜。像《小二黑结婚》（1943）、《李有才板话》（1943）、《地板》《孟祥英翻身》（1944）、《李家庄的变迁》（1945）、《福贵》（1946）、《刘二和与王继圣》《小经理》（1947）、《邪不压正》（1948）、《传家宝》《田寡妇看瓜》（1949）等等。这些小说凭借“喜闻乐见”的农村通俗故事，全方位多维度地呈现出在抗日战争和解放战争这两个阶段，中国乡村所经历的反奸除霸和减租减息，以及土地改革和建立民主政权等一系列里程碑式的变革。将自然与人分裂，乡村自然风景的生命力被缩减，即使抒写民俗景观、风土人情，其背后也蕴藏着一个宏大的政治主题。譬如，《李有才板话》中对阎家山的自然景观描写折射出地方阶级的分布情况：村的西头是砖楼房，中间是平房，东头的老槐树下是一排二三十孔土窑，正炕后墙上，就炕那么高，打个半截套窑。从西到东农村阶级区分一目了然。由于陕北地区的自然条件，乡村的窑洞不仅仅是居住的空间，更是当地人文地理的代名词之一，因此，在“山药蛋派”的作品中，“总还是能构成一种地域性氛围，能无形中增添作品内容的地域色彩”[①]。

由此观之，这种对地域自然环境的描写，实质上焦点并不在于景观的书写，而是从“立意在反抗 ”到“指挥在动作”，皆把隐藏在民族矛盾和阶级矛盾中的时代紧迫性与必然性剖析出来，同时将革命斗争中坚持党的领导的广大革命群众的形象加以全方位摹写。广大农民在摆脱了地主、恶霸等压迫势力的压榨后，其时代面貌为之一变，而这一切的根源就在于广大农民对于中国共产党的政策的拥护与执行，故而，在洋溢着喜悦与欢乐气氛的作品中，最终所要表达的意图也包含着强烈的政权意识。如象征政权的老杨同志、马同志、刘开明、老马、区长等，还有借助政权的力量获得幸福的叙事设置：小二黑的结婚、海其子的翻身、艾艾和小晚的成婚、赵栓栓和田铁柱的化解冤仇等等。

《暴风骤雨》则探求为工农兵大众所喜闻乐见的写作风格，具有浓郁的东北地域风土人情。自然风景的描绘被人为压缩，缺乏自然审美韵味，或者说几乎毫无美感可言，如：“太阳刚出来，地里，苞

① 朱晓进：《“山药蛋派”与三晋文化》，湖南教育出版社，1995年版，第60页。

米和高粱的确青的叶子上，抹了金色的颜色；豆叶和西蔓谷上的露水，好像无数银珠似的晃眼睛；一群群牛马，从屯子出来，往草甸子走去”等。这幅“土改”之前乡村图景的描绘生涩、简单，是为了凸显“从县里那面，来了一挂四轱辘大车”的政治叙事，“大车”代表着新的社会秩序、政权力量，它的到来预示着乡村新的美好生活即将开始，乡村在新政权的领导下开启新的篇章，而之前的田园生活将成为痛苦的回忆。相对而言，“五四”的乡村写实小说中地域风情总是被重彩浓墨书写的对象，而此时，作家旨在与京派乡村小说中的唯美自然完全决裂，要投入到政治化的热情书写当中，通过场景化的叙事响应上层领导阶级的号召，以达到政治宣传的目的。李凖的《白杨树》《雨》《小黑》为农村合作化运动大唱政治赞歌，反映了将自然政治化的乡村乡情。在摇摆洞视与盲见之间，自然的书写成了理直气壮的政治宣传工具，蕴含着十分浓厚的政治化因素与基调。政治运动频繁、斗争剧烈的时代为小说涂抹上了浓厚的政治色彩。

贾平凹的《古炉》体现出一场阶级革命与乡村文明的相遇，政权阶级下达的指令、文化大字报、精神摧残与肉体折磨这些特定历史时期的文化符号无不杂藏着古炉村田野瓦块所蕴含的生活之气。在对乡村自然风光的重拾旅途中，小说文本凸显出一种高亢而激昂的政治情怀。铁凝的《笨花》选取了冀中平原一个小乡村作为政治抒写的对象，在描写乡村的自然景色中，着重刻画了特殊年代中民族灵魂所独有的对党和国家的忠诚和坚守。小说刻意淡化了对乡村日常生活的描摹，像对日落余晖的描写、对棉花地里“钻窝棚”“喝号”等风俗的描摹，这种弱化自然的创作理念意在宣告乡村小说不再是单单扫描乡村的自然风景，而在于使那段岁月的特有政策方针和路线对读者清晰可见。显然，这一时期的写作宗旨是：“要以现实生活为基础，以革命理性为主导，在本质伟大、貌似平凡的生活现象中，概括和复制无产阶级新人物的形象，展示他们的崭新的思想情感。”[1] 高唱社会主义赞歌，向着党的方针政策前进。乡村的书写必须以赞歌和颂歌为这一时期作品的主旋律，整个国家呈现出一派繁荣景象。小说文本的创作内容忽视了人们所生存的自然环境，小说中的知识分子异质文化的观照视角宣布退场，取而代之是“卡里斯马”式农民形象的塑造。小说里面的劳动者形象塑造成为人与自然关系的直接典型产物。比如，《红旗谱》中朱老巩、朱老忠和运涛、江涛等三代农民形象的刻画展现出了旧社会农民受压迫的真实境况，讲述了他们的社会角色、社会地位发生的翻天覆地的变化，以及新中国成立之后农民英雄的成长历程。小说对朱老忠身上鲜明的党性和阶级性以大量笔墨进行了描摹。还有以王金生（《三里湾》）、郭全海（《暴风骤雨》）、梁生宝（《创业史》）等为代表的农民形象，以杨平山（《五月矿山》）、秦德贵（《百炼成钢》）、李少祥（《乘风破浪》）、焦昆（《沸腾的群山》）、何士捷（《潜力》）为代表的工人形象，等等。在这些作品的乡村叙事中自然风光退场，取而代之的是劳动者形象的塑造，这种创作思想源于《在延安文艺座谈会上的讲话》（以下简称《讲话》）中有关文学纲要的现实规定，农民阶级地位的骤然巨变，农民群体翻身解放成为新中国的主人，从而为生存的出口提供了绝佳的证词。

乡村叙事中反复强调苦难、拯救与新生的叙事途径，营造出新时代中受“精神奴役的创伤”的农民的成长历程。譬如，《沸腾的群山》中的焦昆、《李家庄的变迁》中的张铁锁、《五月的矿山》中的鲁东山，这些农民形象发生蜕变的本质实际上是凸显政治姿态的表征，亦是代表政治意义的载体，他们的进步形象的巧妙设置折射出新旧社会两重天的政治写照，或者说是“旧社会把人变成鬼、新社会把鬼变成人”的价值准绳。农民形象的塑造是大张旗鼓地宣扬社会主义新中国新政权确立的代表，农民生活发生翻天覆地变化的例

---

① 王汶石：《风雪之夜·后记》，人民文学出版社，1959年版，第65页。

证。也就是说，这些人物形象的塑造越是鲜活生动，政治话语叙事便越是表现得成功。这样，乡村中的自然已经成为一种彰显一体化时代宏大的“整体性叙事”的载体，对乡村生活的大叙事遮蔽了农村日常生活的风土人情和礼俗，乡村自然风情在作家本体的眼中彻底丧失了新鲜感和活力，其自然内在的诗情更不会出现甚至凸显。乡村民俗残留下的一些吉光片羽也失去了其民间魅力，作家的使命仅仅在于花费大量的笔墨去奏响民族的精神凯歌，让它响彻苍穹。

第三节 主体的迷失与自然危机

一、人与自然的割裂

来到新时期后，乡村小说对自然的书写再一次回归到风景画的本质。在经历了长期的改造自然乃至征服自然的时代狂欢之后，乡村小说逐渐向自然的本源回溯，找寻心灵的诗意栖居之地。

张炜的《古船》《柏慧》《怀念与追忆》《九月寓言》《融入野地》《家族》等作品无疑是对于回归自然这一主题的践行。凭借对家乡河流、山间林地、荒原野地等自然风光的细腻描摹，张炜的小说尽情地展示着家乡四季轮回的自然景观。寻找与行走、停留与奔跑、迁徙与流浪，让人细细品味着“一种以自然哲学为理想的民间世界”，而又将现实与幻想巧妙地结合，将二者熔于一炉，抒写出对自然风光逝去的惋惜与眷恋之情。

张炜的《柏慧》是对现代文明亮出的一柄道德伦理思想的利剑，其锋芒直接指向商业化浪潮的冲击、人文道德操守的沦丧以及精神品格的蜕化。作品所展现的是一种勇敢与现代社会决绝的抗争历程。小说萦绕着斗士般的呐喊声，它穿越时空，重击耳鼓。在张炜的描摹中，自然原本充满生气、活力，春夏秋冬，一年四季都好似欢快的节日，日夜鸣奏着美妙的音乐，清新的空气中散发着芬芳，天蓝水清、万物和谐，传递出一种流浪的跫然足音。然而这自然美景就此定格，天地巨变，仿佛魔兽吞噬着一切美好景观。矿井的勘探、挖掘不仅仅污染了江河湖泊，还致使地面裂缝、下沉，灾难瞬间来临，最后整个村落都被淹没在一片汪洋大海中，人类也就此在宇宙中消失。自然家园被毁弃在一个疯狂的丧失理智和理想的物质主义时代，作者对人类这种野蛮、无耻的行为进行了愤怒的控诉与批判。在充斥着世俗性、市侩性、功利性的现代社会中，作家本体以守望家园的情愫浇灌着人的心灵，引导着人们重新鼓起勇气，积聚力量和信心踏上征途，去寻觅那片自然净土。

《九月寓言》对乡村自然、荒原的描绘更是令人惊叹。天地万物浑然一体，生机蓬勃，朝气盎然，一切都蕴藏着生机。“谁见过这样一片荒野疯长的茅草葛藤绞扭在灌木棵上，风一吹，落地日头一烤，像燃起腾腾的火。满泊野物吱吱叫唤，青生生的浆果气味刺鼻。兔子、草獾、刺猬、露鼠……唰唰唰奔来奔去。”[①]一股野地的本真扑鼻而来，大地氤氲着一种浓烈的神秘感，它以无比瑰奇的自然原始样貌，慑服人的心灵，摄入灵魂。“只有在真正的野地里，人可以漠视平凡，发现舞蹈的仙鹤。泥土滋生一切在这儿。人将得到所需的全部，特别是百求不得的那个安慰。”[②]小说以散淡有致、隽永明快的笔触，不拘囿于传统现实主义的创作原则，勾勒出一幅人与自然相依相融、和谐共存的壮丽图景，抒发对理想乌托邦——美好田园生活的向往与依恋之情，对传统的、自由自在的、充满了野情野趣的生存状态的深情向往。自然是如此之美，自然中的青草绿山、清新水土也同样会孕育出淳朴善良、至真至纯的人性。小说中的人物身上闪耀着乡村人独有的人格魅力：憨厚、善良的金祥不畏千山

---

① 张炜：《九月寓言》，上海文艺出版社，1993年版，第2页。

② 张炜：《融入野地》，作家出版社，1996年版，第6页。

万水去背赘子，只有一个心愿，就是让全村人能吃上煎饼；钟情、痴情的独眼老人宁愿浪荡一生去追求心中的爱人。

相比之下，处于人化自然中的现代人的善良本真荡然无存，村子里的青年人利欲熏心，没有抵住金钱的诱惑，纷纷投向煤区做起矿工。人类和现代化经济的迅猛发展掏空了乡村的基座，如梦如幻的大地、田野、平原都因矿井的掘进而陷落、消失、无影无踪。这种叙述模式营造出两个文明世界——原生自然生态的乡村（摧毁之前的天然乡村）与现代物质文明的乡村（被开采煤矿工区），它们界限明显，泾渭分明。将二者置于不同时间却同一空间视域的对照之下，小村子和煤矿工区展现出截然不同的图景：散发泥土气息、枝繁叶茂的乡村大地与疯狂窜出茅草葛藤的荒芜之地；袅袅上升的炊烟、矮小的屋顶与加工过的工区瓦房；月夜里的野地、整齐的麦畦、秀丽的瓜田与塌陷的房屋、被毁的良田、被侵蚀的野地；孩子般的乡村男女青年与嚼着肉馅黑面饼、穿着胶筒皮靴的采矿工人；美丽的少女、赶鹦的青年人与秃顶工程师、少白头龙眼、矮壮憨人；一道自然形成的大沙岗与矿区的洗澡堂；停留于乡村的惬意和欢乐与四处漂泊流浪于异乡的焦虑和不安；等等。两种文明呈现在眼前让人不觉陷入沉思：在工业现代化的铁蹄下，人类经济理性膨胀，恣肆地侵犯和伤害自然，触目皆是被挥霍的昨日的大自然，面目全非，大地千疮百孔。非但如此，人与这个祸根偕同一体致使乡村的历史、文明、多样性被毁灭、湮没，逐渐消失，从而体现出农耕文明的命运受到前所未有的历史性挑战。小说将人类对待大自然急功近利的态度、对自然狂妄的掠夺与摧残的行为、对自然的疯狂攫取与牟取的姿态进行了尖锐的拷问、批判与抨击，“不仅希望文学家，而且希望所有的人，都能对这个疯狂的物质世界有一种强烈的反应，都不要与之合作”[①]。这种思忖与呼吁说明人类正和以物欲为

① 张炜：《我跋涉的莽野》，春风文艺出版社，2001年版，第4页。

表征的现代工业文明逼近与侵蚀纯洁、真挚的土地，传统的农耕文明被取而代之，古老文明被一点点侵蚀，而人类开发的脚步丝毫没有停止，甚至更加急剧，作家对此种行为表达出极度的愤恨和深切的忧伤。

在迟子建的《额尔古纳河右岸》中，大兴安岭原始森林曾经丛林河流密布，鄂温克人世世代代在这片土地上享受着宁静而美好的生活。随着伐木工人驶入，乱砍滥伐，破坏了森林原本的自然生态体系，具有上百年、上千年历史的老树成片倒下，赖以生存的自然环境发生溃败，河流日渐消失。“罗林斯基沟曾是一条水流旺盛的山涧，孩子们都喜欢喝它的水，然而它已经干涸了七八年了。”[①]同样，在何佳的《碧水梦》中，长江两岸曾经树林茂盛，水源清澈，如今江水却被污浊恶臭、刺鼻难闻的工业废水所取代。现代化的企业、工厂乱排乱放，成千上万吨垃圾倾倒进长江，长江水从碧绿变为如今的恶臭。在关仁山的《白纸门》中，渤海湾的一个小渔村在现代化与工业文明的冲击中，自然环境遭到了毁灭性的破坏。红藻与蟹乱的反复出现正是自然对于人类破坏的一场蓄意报复。工业文明对于环境的破坏不仅是灾难性的，更是持续性的。可以看出，以上这些作品都有一个共同的批判指向：对现代城市文明、现代工业化的凶猛扩张、嚣张的开拓发展，表示出极度的排斥与愤恨，倘若这种趋势继续持续下去，人类终将会从所谓的“高级”动物退化成商品经济链条中最低级、最底端的“低级”动物，或者还不如动物吧！正如汤比因在《人类与大地母亲》一书中曾说的：“如果滥用日益增长的技术力量，人类将置大地母亲于死地；如果克服了那导致自我毁灭的放肆的贪欲，人类则能够重返青春。”[②]在全球经济化、工业化、现代化的发展趋势中，自大的人类轻浮、狂躁地忽略一切，造

① 迟子建：《额尔古纳河右岸》，北京十月文艺出版社，2005年版，第266页。

②［英］阿诺德·汤因比：《人类与大地母亲》，徐波等译，上海人民出版社，1992年版，第201页。

成眼下严重的生态危机。冷静思索，用哲学的视角看待摆在眼前的问题，我们就会得出结论，人类要想改变生存现状，改善生活环境，唯一的出路就是要放下主体地位，走下被人仰慕的宝座，学会换位思考，重新定位人与自然之间的关系，理性地分析人与自然之间不是主宰与被主宰的关系，努力找到那个本来存在的平衡点，自然会“重返青春”。

二、生态批判与自然的家园

当以张炜为代表的文学创作者们从现代化的场域回归到野地，以期寻找心灵的诗意栖居之地时，现代化之于自然生态的入侵却并没有止步，故而乡村与自然所遭遇的生态危机也唤醒了中国乡村小说作家们的生态批判意识，乡村小说在文字中所生发的鼓与呼、泪与痛，为读者谱写了一曲理想化的自然乡村逐渐迷失的挽歌。张炜的《刺猬歌》、陈应松的《猎人峰》、阿来的《空山》、红柯的《喀拉布风暴》则是这一类作品的代表。

在这些书写乡村自然生态的作品中，由生态掠夺而造成的生存艰难主要包含两个层面的含义，物质层面的生存压力和意识层面的精神匮乏。生存困境往往以显性的形式表征出来，包括生存环境的恶劣和生活物资的贫乏，而精神困境的内涵则是在物质世界混乱的基础上所引起的精神层面的混乱，以及乡村人伦秩序的沦丧和人性道德的危机等。

《刺猬歌》这部作品的创作主旨承续了五四时期的启蒙精神，笔锋直指自然被戕害的状况、自然与人类关系的疏离，以及探寻人类终极诗意家园所遭遇的困境。小说的故事投射在棘窝镇，这个滨海且拥有荒原莽林的山地大镇，洋溢着原始气息的野地，荒凉而神秘，一直有着“结交野物”的古老传统风俗。大镇的自然环境能容纳各种各样的生灵，其中不乏野物精灵。然而，工业“领军人物”

唐童在山里大肆破坏自然环境，修造紫烟大垒，毁田建厂，烧林砍树，开发三叉岛旅游，等等。现代工业化发展进程的活动使乡村的自然面貌发生了巨变，自然生态遭到严重侵犯，底层人民的日常生活因此被干扰、打断、破坏，呈现出重重困境：采矿、开山炸石的雷鸣声整日不绝于耳，宁静、美丽的山村很快又会多出一个金洞子，再多出一个金洞子；人类疯狂地攫取自然资源，工业化的有轨铲车和推土机连日作业，暴土扬天；一股股一缕缕紫色的烟雾直上云天，散发刺鼻的异样气味，工厂不顾环境污染，大量排放废水废气，棘窝镇的天空整日笼罩在黑雾之中，而底层百姓只能继续住在被工厂包裹的村子里，呼吸着混浊的空气，喝着发黑的臭水，无力抗衡；采矿工人的生活状况极度恶劣，在黑漆漆的山洞里，终日不见阳光，他们的生命同样遭到践踏，或被砸死，或病死、累死，无人问津，更无人去理会他们的生死；以唐童为首的天童集团、海盗女人珊婆、金堂与勘山探矿的专家等邪恶的企业家、知识分子、地痞流氓、权势者同流合污，他们视金钱为上帝，无所不做，无恶不作，更加剧了底层人民的生存困境。小说以一种凝重的想象，构造了一个真实的寓言故事，凸显出胶东乡村的真实状态。通过描写工业的急剧膨胀对耕地的无情压缩，小说营造出一种令人窒息、憋闷的苦难乡村生活，展现了一幅传统农业文明在现代工业强大冲击下苦苦挣扎的生存图景。

“从此山地和平原的人进入了真正的沮丧期。他们彻头彻尾地沮丧了。这不是因为饥饿，不是因为兵乱和动荡，甚至不是因为欺辱和压榨，而仅仅是因为一种弥漫在大地上、无休无止的、羞于启齿的、古老的——气味……也不过是七八年的时间，这里无边的密木变成了不毛地。”[①] 工业化的大型车辙踏平了大地、碾碎了家园，人类道德沦丧，整个小村庄只剩下凄凉惨败之景。廖麦失去了农场，失

① 张炜：《刺猬歌》，人民文学出版社，2007年版，第46页。

去了爱人，离开家乡，从此失去了精神所依。小说所揭露的底层人民深重的生存困难，凸显出平凡的生命在艰难的困境中挣扎的绝望和无力感，带有浓重的悲剧色彩。正如詹姆斯·乔伊斯所说："现代人征服了空间、征服了大地、征服了疾病、征服了愚昧，但是所有这些伟大的胜利，都只不过在精神的熔炉里化为一滴泪水。"[1] 毋庸置疑，人类沉浸于财富、金钱、名利、地位的需求和对欢愉的渴望中，欲望和财富沆瀣一气，贪婪腐蚀人性，吞噬城市与乡村中的每个无处安放的灵魂，扭曲的人性、膨胀的物欲充斥在人类周围。正因如此，作者对于负面现象的关注，实际上是在渴望对乡村自然的敬畏与崇拜之情的回归。

阿来的"山珍三部曲"《三只虫草》《蘑菇圈》《河上柏影》三部小说的笔触旨在批判现代社会文明对青藏高原物产的过度消费需求，人类的贪欲远远超出作为生物体的自身需要，在这个被物质欲望所挤压的社会里，人类的固有价值体系颠覆，他们贪婪无度，受欲望的驱使。一方面，为了获得自然生物所带来的经济利益，他们疯狂地挖掘自然物产资源，打破了人与人、人与自然和谐相处的美好，破坏了生态系统的完整，给现代社会带来严重的生态危机。另一方面，藏区乡民处于乡村内部人员和外来城市人员双重膨胀的欲望包围下。面对藏地生态困境的日益严重，作者深入探析造成生态失衡的人类精神世界中价值取向的偏狭。

在《三只虫草》中，虚伪、贪婪的官员通过受贿而蓄积了五万根以上"原本就是一根虫子"的虫草，数量远远超出了人的需求，而每年一次的挖虫草活动是当地村民赖以生存的经济来源，对于过度挖掘虫草行为的摹写体现出作者对生命本质的深刻挖掘与思考。

---

①［英］詹姆斯·乔伊斯：《文艺复兴运动的普遍意义》，《外国文学报道》1985年第6期，转引自周旭峰《论新世纪以来的生态小说》，硕士学位论文，上海师范大学，2007年，第54页。

在《蘑菇圈》中，斯炯的蘑菇圈的松茸价格飞涨，人们为了快速发大财，眼中只有金钱。为了源源不断的金钱，无视松茸自然生长规律，村里的人几乎个个都提着带有六个冰冷的铁齿的钉耙上山翻挖掘珍贵的松茸。人类对自然的疯狂攫取，使大量白色的菌丝迅速枯萎，或者腐烂，大多数都死亡了。还有急功近利的工作小组为了达到粮食产量翻一番的目的，实现“辉煌的政绩”，对松茸喷洒过量的肥料，严重违背了自然规律，致使庄稼几乎颗粒无收。当阿妈斯炯知道天然的蘑菇圈具有很高的经济价值时，一种“死亡”的预感向她袭来。

《河上柏影》将犀利的目光转向人性混浊的村落。眼光狭隘的人们道听途说，相信了地下的石头可以做成值钱的砚台的谣言，便把挖掘机开进了村子，把村子四周好几平方公里范围内两三厘米深的地表挖掘数百遍仍不知足。布满野桃树林、栽植小岷江柏的河岸与山坡像被“重炮”袭击过一样，承载着神话传说的岩中柏树被连根拔起，令人胆战心惊。这一切无不展现了人类获取短期经济利益的鼠目寸光的行为完全建立在破坏自然乡村的生态根基、断绝子孙的发展资源的基础之上。河边柏树是人们放松心情、释放压力的心灵驿站，而人类以保留美景为借口用水泥将之禁锢起来，为获得具有独特香味的柏木手串等制品大量砍伐柏树，致使该物种几乎绝迹，人类的灵魂和精神也失去了皈依之地。

《空山》《遥远的温泉》《已经消失的森林》《奥达的马队》《孽缘》《鱼》《格拉长大》等也都是阿来批判文明社会的例证。“对私利的追逐复活了最原始的拜金主义，个人因为利益而重新扭结在一起，并无情地拆除着政治、道德、伦理、情感等等的传统关系。”[①]由此观之，正是现代城市文明不加束缚地蔓延，给底层、边缘的自

① 王晓明：《在新意识形态的笼罩下——90年代的文化和文学》，江苏人民出版社，2000年版，第47页。

然乡村带来了贫穷、困顿、颓废。

当现代化的步伐蔓延到城市的每一个角落，乡村小说作家们必然要复归到“人情同于怀土兮”的返乡之旅，以求回归自然。但是“返乡”的路途中布满荆棘，充满艰辛、坎坷。农裔知识分子如同城市中失去方向的“候鸟”，寻觅回家的路而不得。他们作为城市他者的存在独自面对都市的繁华与喧嚣，迷失自我的他们能否找到精神救赎之路，返归自然的本真?

鲁敏的东坝系列小说《颠倒的时光》中，木丹没有像大批涌入城市的农民工一样离开家乡，而是选择留在乡村种植西瓜。小说将时光与梦想共存，城市与乡村并置，巧妙地设置了人与自然美景相互交融、深情对话的温情画面，从而尝试为生存困顿的人们寻找精神救赎的出口。比如，小说里这样描绘道：听到木丹要种大西瓜改变生活的贫穷，过上富足的生活，就连初生的小羊都感受到了她的那份坚定、喜悦之情，小羊用尽全身的力气，踢着小腿，发出生命中的第一声呐喊；触碰到关于雪的一切，给木丹带来畅快、欢愉，她高兴得像个孩子，笑容是那般纯真、温暖。白雪不仅给人以审美的享受，让人心情舒畅，更搭建起了一个承载自然与人之间的某种默契、某种情感的平台。飘落的雪花，洁白的雪地，一层薄冰，孩子们在雪地上奔跑、溜冰等都象征着人生命最初的性情与情愫，人与自然彼此真诚地交流与对话，倾听对方的诉求与梦想，同时又渗透着小说人物在被颠倒的生活时光中的怅然若失。时光好像完全被倒置了，木丹内心涌现出一种无限的惆怅与哀伤，迷茫与焦虑。日本的福冈正信在《一根稻草的革命》中译本的序言中这样说道：“如果中国的朋友们能够将中国再次建成伊甸园，那么你们就将会成为亚洲的中心，成为照亮整个世纪的世界的光明。”[①] 通过对乡村时光的

① ［日］福冈正信：《一根稻草的革命》，樊建明、于容胜译，北京大学出版社，1994年版，第15页。

透视，乡村小说作家们把对生命、自然和人类生活的感悟渗透在现代生活中时，我们不但看到了乡村自然的灵魂之根，也让我们一道去感悟生命的自然之境，再一次回归到心灵的诗意栖居之地。

与此同时，乡村小说在批判破坏乡村自然的行为之外，始终高昂着一种人与自然之间走向返璞归真的理想与救赎的美好信念。中国乡村小说在与世界乡村小说并轨的进程中，在世界文学理性主义的超级幻想中，呈现出一种狂欢的激情乐观主义。人们对传统意义上的理想主义呈现出普泛性的厌弃，正因如此，这也造成了人类放逐理想与追求的弊病，形成了庸俗的物质主义现象。显然，这种创作思潮的涌现更加表明，乡村作家主体放弃了“人定胜天”“征服自然”的思维定式后，又陷入另一个无法预料未来的迷惘中而难以自拔，如《獭祭》《中国虎》以“挽歌式”的凄惨目光，彰显着人类的宿命。对乡村的描摹也几乎停留在一种状态或一种情绪式的堆砌，缺乏对人的精神世界的穿透性认知与把握。小说中那种启蒙、解困救危的文学救赎信仰只剩空壳。

面对充满诡异和非理性的自然书写，中国乡村小说尝试在穿越世纪转型的“百慕大三角”的过程中，仍坚守文学治愈人性的阵地。福克纳曾经在诺贝尔文学奖颁奖典礼上明确表示，人类并不会被围困在目前的困局中，而是会发现新的出路，同时“诗人和作家的职责就在于写出这些东西。他的特殊的光荣就是振奋人心，提醒人们记住勇气、荣誉、希望、自豪、同情怜悯之心和牺牲精神，这些是人类昔日的荣耀，为此，人类将永垂不朽，诗人的声音不必仅仅是人的记录，它可以是一根支柱，一根栋梁，使人永垂不朽，流芳于世”[①]。

同样，张炜在《刺猬歌》中采用浪漫、奇幻的笔触摹写人类心灵的安宁之所：在一片片依山靠海的荒野里，亘古以来人类就有与

---

① 李云雷：《底层文学与“道德”问题》，《文艺报》2008 年3月25日。

自然界通灵动物结姻缘的传统习俗，从而增强其强健的体魄，延续其旺盛的生命动力，繁衍出优越的物种后代，进而维持世世代代种族的繁盛演变。

在阿来的《河上柏影》中，他曾明确指出“人是动物”的生物进化理念。这种人类进化论观点鲜明地表明了在物种意义上人与其他生物的平等性。如同美国的利奥波德在其大地伦理中所强调的那样：“我们要像一座山那样思考，充分认识到地球生态系统各个部分之间内在的不可分割性，把我们视为大地共同体的一个成员来看待，不仅尊重大地共同体的其他成员，还尊重大地共同体本来。”①

而且，张炜等乡村小说作家已经为我们设计了一条尊重万物生灵的理想之路，那就是融入野地，在心灵深处对自然产生亲近之感，赋予自然一种主体性言说的恒久信仰，去激活传统古老文化中丰厚的生态智慧。从古人那里再返回当下，便会豁然开朗。古老的农业文明时代，青山、绿水、茂林、肥田是一个生命共同体，人的命运与田地、绿水、青山、大树一脉相承，不分彼此。碧海桑田，时过境迁，那些封存在遥远的历史遗迹中的村庄渐渐远去、消失，仅剩的青春美好记忆亦被人为地、轻狂地忽视。良田被铲平盖高楼，耕地被占用为公路，面对这些严峻的社会现实，现代人应做出什么样的反思？

党的十九大第一次将树立和践行绿水青山就是金山银山的理念写入大会的报告，大会的一个重要议题就是重新修订《中国共产党章程》。新的纲领凸显出尊重自然、顺应自然、保护自然的生态文明理念，一个凸显新时代特征的生态文明模式在中国大地扎根、萌发乃至枝繁叶茂。美丽乡村自然将不仅仅是停留在乡村文学理想记忆

---

①［美］奥尔多·利奥波德：《沙乡年鉴》，侯文蕙译，吉林人民出版社，1997年版，第167页。

中的幻影，而是即将到来的现实，它正向我们走来，中华民族在人类历史发展的过程中将写下不朽的辉煌篇章。

习近平总书记所提出的“绿水青山就是金山银山”的科学论断已经成为现代文明中的人们敬畏自然、热爱自然的核心信念和行动支撑，更为未来中国乡村小说的蓬勃发展提供了坚强的理论支撑，同时也为中国乡村小说的自然书写指引了一条自我救赎之路。可以预见，在21世纪的后半叶，乡村文学作家的未来使命将更加明朗、清晰，乡村小说的创作理念就是让人们在作品中看得到物种遍野、群山环绕、炊烟袅袅，望得见潺潺的流水，留得住那份乡愁。

第四节　叙述与“风景”

风景画，“是进入乡土小说叙事空间的风景，它在被撷取被描绘中融入了创作主体的主观情愫，从而构成乡土小说的文体形相，凸现为乡土小说所特有的审美特征”[①]。而风景始终是一众乡土文学大家聚焦与生发的“精神原乡”，正是由于对地方色彩苦心孤诣的开掘和生发，沈从文笔下满载“边城”风情的“湘西世界”至今仍令人心驰神往，废名笔下氤氲着诗情画意的“黄梅故乡”才能经久不衰，孙犁笔下菱歌荡漾的“白洋淀”方可历久弥新。

无论是以鲁迅小说为开端的乡村叙事，还是20世纪40年代在《讲话》精神的指引下肇兴的解放区乡村小说，以及新中国成立后五六十年代不断涌现的农村题材小说，抑或是新时期以来的乡村小说书写、“新乡村”叙事，乡村小说中的风景叙事都是不可忽视的，乡村小说在各个阶段呈现出独特的乡村风景。纵观乡村小说的整体创作，毋庸讳言，乡村小说中风景的描摹状写直接关系到作品地域属性的辨识度，也寄寓着作者的无限情感。

---

① 丁帆：《中国乡土小说史》，北京大学出版社，2007年版，第21页。

一、萧条、死寂的乡村风景

新文学以降，以鲁迅为代表的乡村写实小说流派的作家们始终高擎启蒙的大纛，试图以文学的疗法揭露老中国儿女的精神痼疾，以求达到唤醒国民、疗救精神的目的。而风景作为时代的自然装饰，同时在文学书写中通常被赋予拟人化的色彩。故而，乡土写实小说流派的作家们首先对风景画的色调进行了暗淡化处理。风景画，顾名思义，就是“以特有的自然形相呈现出某一地域的‘地方色彩’”[①]，从福克纳凭借其19部长篇小说和70多篇短篇小说织构出的“约克纳帕塔法县”所独具异域情调的“南方色彩”，到马尔克斯塑造的亦真亦幻的“马孔多小镇”所囊括的南美印第安风景，以及巴尔扎克《人间喜剧》中的法国乡村风景，皆展现了作品的时代属性。而“五四”乡村写实小说作家笔下昏暗的传统的宗法制乡村在风景中始终呈现冷色调的属性。

鲁迅小说中的乡村风景是萧条且死寂的，鲁迅总是将乡村的风景与现实的沉重勾连在一起，强烈的悲剧感使小说中的乡村风景始终处于昏暗之中，乡村风景叙事显现出一种沉重、压抑的美学特征。在《故乡》中，作者将故乡的深冬描绘成了一片阴晦与苍黄，冷风的呜叫暗示着乡村的萧条。在《一件小事》中，鲁迅对冬日北方的街道有着这样的描绘：“不一会，北风小了，路上浮尘早已刮净，剩下一条洁白的大道来。”[②]可以看出，鲁迅笔下的乡村是孤寂的，这种孤寂是作者将客观的自然景物通过嵌入现实的残酷而构成的美学效果。我们从小说《药》中更能感受到那种具有悲剧性的乡村风景叙事，在《药》中，鲁迅并没有采取现实的描写，而是表现

---

① 丁帆：《中国乡土小说史》，北京大学出版社，2007年版，第22页。

② 鲁迅：《鲁迅全集》（第1卷），中国文联出版社，2013年版，第46页。

出作者自身强烈的批判心理，带有一种象征意蕴。“微风早经停息了；枯草支支直立，有如铜丝。一丝发抖的声音，在空气中愈颤愈细，细到没有，周围便都是死一般静。”[①]鲁迅的小说大部分以“死一般静”来描写乡村的风景与环境，乡村的萧条之态展现于作品之中。

鲁迅的乡村风景书写在以景寓情的同时，始终注重给人带来一种深刻的思考，他意图剥去乡村自然的和谐外衣，将时代的现实深化于风景之中，进而使得乡村风景叙事具有深度与广度。萧条、死寂、沉默的乡村是鲁迅小说中的风景叙事所要达到的目的。而这静寂的乡村世界却是由小说中人的冷漠造成的。鲁迅看似在进行风景叙述，实则将乡村的风景或者说人物所处的自然环境深深镌刻上某种文化批判的象征痕迹，通过风景的叙述来呈现出作者的隐喻，进而将风景赋予深层次的内涵，以此来揭示黑暗的社会、麻木的人性。“我在蒙胧中，又隐约听到远处的爆竹声联绵不断，似乎合成一天音响的浓云，夹着团团飞舞的雪花，拥抱了全市镇”[②]；“银白的曙光又渐渐显出绯红，太阳光接着照到屋脊……这时的鲁镇，便完全落在寂静里。只有那暗夜为想变成明天，却仍在这寂静里奔波；另有几条狗，也躲在暗地里呜呜地叫”[③]；“潮湿的路极其分明，仰看太空，浓云已经散去，挂着一轮圆月，散出冷静的光辉”[④]。无论是鲁镇的自然风景还是人文风景，无论是飘落的雪花还是呼呼的北风，无论是天空的月亮还是镇里人们所处的环境……一种寂静中流溢出的凄冷让人不寒而栗，萧条、荒凉的自然环境描写既复现了乡村的实景，也揭示了被拘囿于乡村的个体的人所面临的时代压抑性。

作为时代的呐喊者，鲁迅始终在理性的文字笔下开掘乡村风景的孤寂与清冷，然而作为一名来自乡土的地之子，他对于故乡的感

---

① 鲁迅：《鲁迅全集》（第1卷），中国文联出版社，2013年版，第37页。
② 鲁迅：《鲁迅全集》（第1卷），中国文联出版社，2013年版，第174页。
③ 鲁迅：《鲁迅全集》（第1卷），中国文联出版社，2013年版，第43—45页。
④ 鲁迅：《鲁迅全集》（第1卷），中国文联出版社，2013年版，第256页。

性回忆也会在风景书写中得到表露。回顾童年，他的脑海中时常浮现出温馨的乡村风景画：“深蓝的天空中挂着一轮金黄的圆月，下面是海边的沙地，都种着一望无际的碧绿的西瓜，其间有一个十一二岁的少年，项带银圈，手捏一柄钢叉，向一匹猹尽力的刺去，那猹却将身一扭，反从他的胯下逃走了……”①此外也有豆麦水草的清香、水汽里朦胧的月色、星星点点的渔火、缥缈的灯火、淡黑起伏的连山、朦胧的月色、沁人心脾的清爽……回忆中的江浙水乡是美丽的，这是鲁迅对乡村风景为数不多的赞美。作为启蒙者，他的内心深处仍然保留着最本初的童稚与本真。

同样，在东北作家萧红、萧军的小说世界里，乡村的风景书写也大致继承了鲁迅的创作特征。萧红的小说《生死场》以哈尔滨近郊的一个偏僻的乡村为缩影，时间跨度为20世纪20年代初到九一八事变，小说诉说了这十年间乡村的变化以及人们的生存状态，萧红将一个凄凉、沉寂的乡村“生死场”展现给了我们。在小说《生死场》里，虽然有一个充满绿色的世界，但出现在这个乡村世界中的却是那遮住阳光的幽暗，人们在即将到来的战争灾难中生存着。可以说，萧红小说的乡村风景叙事都充满着沉闷的基调，“一条闪光裂开来……全麦田，高粱地菜圃，都在闪光下出现。高粱地像要倒折，地端的榆树吹啸起来，有点像金属的声音，为着闪的缘故，全庄忽然裸现，忽然又沉埋下去。全庄像是海上浮着的泡沫。邻家和距离远一点的邻家有孩子的哭声，大人在嚷吵”②，沉闷的山村似乎等待着黑暗的来临，连“菜田的南端生着青穗的高粱的林”③也按捺不住狂风暴雨前的沉闷，“小孩钻入高粱之群里，许多穗子被撞着，从头顶坠下来。有时也打在脸上。叶子们交结着响，有时刺痛着皮

① 鲁迅：《鲁迅全集》（第1卷），中国文联出版社，2013年版，第64页。
② 萧红：《生死场》，长江文艺出版社，2009年版，第11页。
③ 萧红：《生死场》，长江文艺出版社，2009年版，第2页。

肤”[1]，作家萧红用高粱叶子的刺痛来暗示着乡村即将被日本鬼子毁灭的厄运，连山上的积雪也现出毁灭的色调，“天空一些云忙走，月亮陷进云围时，云和烟样，和煤山样，快要燃烧似地”[2]。我们可以看到，萧红的小说在乡村风景叙事方面，依旧将作者的主观情感浸入风景之中。萧红为我们展示的是一幅乡村爱恨情仇的画卷，而这画卷中，人们所处的环境与乡村景观自然起到了渲染与烘托的作用。

相较于鲁迅笔下乡村风景的凄冷与死寂，作为流落异乡的寄居者，东北作家群作家笔下的故乡风景在愁云惨淡的基调之上，又暗含了乡愁的韵味。萧红笔下的乡村是寂静的，又是使人忧伤、沉闷的。尽管田间有着湛青色的浅苗，有着透明的空气，但是乡村风景在人们的心中已经失去了被欣赏的可能性，风景的美好无疑会撕裂人们失去家园的创伤，“车上站着威风飘扬的日本人、高丽人，也站着扬威的中国人。车轮突飞的时候，车上每人手中的旗子摆摆有声，车上的人好像生了翅膀齐飞过去。那一些举着日本旗子作出媚笑……”[3]，此时萧红笔下的乡村早已失去了往昔的平静，美好的乡村风景在日寇的炮火下化为灰烬，昔日的乡邻沦为了亡国奴，作品与杜甫诗中“感时花溅泪，恨别鸟惊心”的感时忧国之情产生了隔空呼应。

萧军的《八月的乡村》描写了受难的农民、沦陷的土地与天空……乡村的风景展现出无尽的萧条与荒凉，“那所茅草垛成的房子，虽然距离已经是不甚遥远，看来轮廓也还是不清楚。那像什么呢？低矬，臃肿，背脊贴近山腰，那里正好是一处凹下的坑，房子全部在坑的里面，就如一只狗，一只懒惰的狗，缩睡在偎就的狗房里。外面还有墙一样的东西，全部用杂色石头砌就的。这已残颓得

① 萧红：《生死场》，长江文艺出版社，2009年版，第2页。
② 萧红：《生死场》，长江文艺出版社，2009年版，第10页。
③ 萧红：《生死场》，长江文艺出版社，2009年版，第109—110页。

不成形了。偶尔看来，那只是一些乱石堆”[1]。萧军笔下的乡村风景已经失去了往日的生机，就连茂草间的蛙鸣与虫叫也在“无目的交组”[2]，而“成群或是孤飞的老鸦们，掠过人们的顶空；掠过白桦林的高梢，飞向天的一边去。那边是一片宁静的田野，田野的尽处是一带无绵尽的远山。太阳就是由那面一个山脊的部分滚落下去的。老鸦叫出的声音，常常是不响亮，低哑，充饱着悠沉和倦怠”[3]。胡马面北、越鸟向南的故土难离之感缠绕着故土沦陷的南冠之愁，一幅沦陷区游子椎心泣血的画面跃然纸上。

二、理想激情下的农村新貌

当时间进入解放区文学时期，解放区的乡村小说作家们以《讲话》时代之声为方向，深入农村并开始关注中国农民，从《讲话》的发表到“十七年”时期，涌现出众多的农村题材小说，如丁玲的《太阳照在桑干河上》、周立波的《暴风骤雨》《山乡巨变》、赵树理的《小二黑结婚》和后来的《三里湾》以及柳青的《创业史》等等，这些书写农村与农民的作品以宏观的视野切入，从微观的生活细节开掘，以清新的笔调，大众化的语言，展示着淳朴的乡村风景。作家笔下的乡村风景在展现祖国的大好河山的同时，反映了时代的面貌与农村的变迁。相较于前一阶段乡村小说对于自然风景的偏好，这一阶段的乡村风景逐渐获得了更多人化因素的介入。乡村风景的书写在人化因素的介入下，逐渐成为社会主义建设的时代隐喻。

赵树理的小说《三里湾》为我们展现了传统农民建设乡村迈向社会主义的时代风貌。毫无疑问，《三里湾》作为书写社会主义建设

① 萧军：《八月的乡村》，北京：华夏出版社，2009年版，第13页。
② 萧军：《八月的乡村》，北京：华夏出版社，2009年版，第3页。
③ 萧军：《八月的乡村》，北京：华夏出版社，2009年版，第3页。

的农村题材作品，其终极旨归是在书写当下的基础上，展现出中国乡村未来的美好愿景。因此作者在书写乡村风景时另辟蹊径，用村民观看并评论的方式呈现出三里湾的现实风景以及未来的理想风景：“村里人，在以前谁也没有见三里湾上过画，现在见老梁把它画得比原来的三里湾美得多，几乎是每一个人都要称赞一遍。这三张画，左边靠西头的是第一张，就是在二号晚上的党团员大会上见的那一张。第二张挂在中间，画的是个初秋景色：浓绿色的庄稼长得正旺，有一条大水渠从上滩的中间斜通到村边，又通过黄沙沟口的一座桥梁沿着下滩的山根向南去。上滩北部——刀把上往南、三十亩往北——的渠上架着七个水车戽水；下滩的渠床比一般地面高一点，一边靠山，一边用堤岸堵着，渠里的水很饱满，从堤岸上留下的缺口处分了好几条支渠，把水分到下滩各处，更小的支渠只露一个头，以下都钻入盛旺的庄稼中看不见了。不论上滩下滩，庄稼缝里都稀稀落落露出几个拨水的人。第三张挂在右边，画的是个夏天景色：山上、黄沙沟里，都被茂密的森林盖着，离滩地不高的山腰里有通南彻北的一条公路从村后边穿过，路上走着汽车，路旁立着电线杆。村里村外也都是树林，树林的低处露出好多新房顶。地里的庄稼都整齐化了——下滩有一半地面是黄了的麦子，另一半又分成两个区，一个是秋粮区，一个是蔬菜区；上滩完全是秋粮苗儿。下滩的麦子地里有收割机正在收麦，上滩有锄草器正在锄草……一切情况很像现在的国营农场。这三张画上都标着字：第一张是‘现在的三里湾’，第二张是‘明年的三里湾’，第三张是‘社会主义时期的三里湾’。”[①]在现实的三里湾，现在的风景是由农业建设与生产劳动构成，明年三里湾的风景暗示着丰收的喜悦，而社会主义时期三里湾的风景则给予了读者更加广阔的想象空间，因此，作者的风景描写显然避免了因政治与政策对文学的规约而陷入的时代窠臼。

---

① 赵树理：《三里湾》，作家出版社，1963年版，第144页。

可以看出，在赵树理的乡村书写中，其风景叙事是有别于鲁迅、萧军的创作的，这不仅仅是时代变革的产物，更体现了作者文艺道路的选择。赵树理将当时广大农民对于生产建设的热情作为小说的创作基础，通过描写“三里湾”的人们改变自我生存环境的努力来表现农村的新风景与新环境。事实上，新中国成立后的农村生产建设，不仅仅改变了农村的生活方式和人们的思维方式，也改变了农村的自然风光与人文风景。赵树理通过对乡村风景的描写来展现“三里湾”的变化，实际上暗示了中国农村在社会主义建设大潮之下发生了翻天覆地的变化之后的时代新貌。

周立波在《暴风骤雨》的开端便对乡村风景进行了描写：“七月里的一个清早，太阳刚出来。地里，苞米和高粱的确青的叶子上，抹上了金子的颜色。豆叶和西蔓谷上的露水，好像无数银珠似的晃眼睛。道旁屯落里，做早饭的淡青色的柴烟，正从土黄屋顶上高高地飘起。一群群牛马，从屯子里出来，往草甸子走去。一个戴尖顶草帽的牛倌，骑在一匹儿马的光背上，用鞭子吆喝牲口，不让它们走近庄稼地。”[①]作者通过“太阳”“闪亮的银河”“红似火的云”“冒红的东方”等风景意象来表达土改时期中国乡村的新变化，同时通过“向阳的向日葵”“亮着的灯”“晃动的火苗”“绿色”来暗示土改运动的时代必然性和对于斗争胜利的信心。与此同时，在紧张的斗争运动之余，作者对于乡村生活气息、自然美的感悟也没有缺失：“近边是一条横贯屯子的大道跟柳树障子。绿得漆黑的柳树丛子里，好多家雀在蹦跳、翻飞，啾啾叫个不停。燕子从天空飞下，落在电话线上，用嘴壳刷着在水面上打湿的胸脯上的绒毛。大道的北头，一帮孩子正在藏猫猫。瞅着窗口坐了一个人，他们一个一个钻过障子来，一窝蜂似地跑到窗户的跟前。”[②]作品通过对乡村日常风景的把

① 周立波：《暴风骤雨》，人民文学出版社，2018年版，第3页。

② 周立波：《暴风骤雨》，人民文学出版社，2018年版，第20页。

握，在不经意间传递出生动而传神的乡村音符，作者将乡村的树木、庄稼构成的风景画作为农民思想进步的标识，并暗示着在党的领导下，广大农民走向美好生活的时代必然性，风景叙事折射着一种和谐的旋律，一种乡村的温情，一种人性的淳朴与善良。

在《山乡巨变》中，作者极力描写湖南乡村风景的秀美与壮丽，浓郁的南国地域风景画尽收眼底。“节令是冬季，资江水落了。平静的河水清得发绿，清得可爱……”[①]这种自然风景画的展现在“十七年文学”时期是难能可贵的。延绵的山岭，漫山的翠竹，火红的茶花，点缀在青与绿之间的白雪，一幅潇湘山林的如诗一般的风景画卷徐徐展开。这如梦如幻的乡村风景加上独特的乡风民情，二者的结合无疑相得益彰，同时叶尖上的露水、油绿的庄稼、充满生机的房屋，小众多风景意象无疑暗示了广大农民对新农村建设的无限希望。与此同时，“一连开一两个月的洁白的茶子花，好像点缀在青松翠竹间的闪烁的细瘦的残雪。林里和山边，到处发散着落花、青草、朽叶和泥土混合的、潮润的气味……一路欣赏四围的风景，听着山里的各种各样的鸟鸣，间或，也有啄木鸟，用它的硬嘴巴敲得空树干子梆梆地发出悠徐的，间隔均匀的声响”[②]，洁白的茶花，湿润的空气，清脆的鸟鸣，作者从视觉、嗅觉以及听觉等多个维度建构起湖南乡村所独有的动植物以及气候特征，这无疑展现了社会主义建设时期广大农民对于故乡风光的热爱与自豪。

在柳青的《创业史》中，乡村的风景新貌是在蛤蟆滩人们共同的努力下展现出来的：“西风从渭河上游的平原上，掠过正在扬花灌浆的麦穗，吹了过来。风把白天太阳照的热气，都带向晋南和豫西去了……多迷人的夜啊！放了水的稻田里，到处是星光闪闪。”[③]作者通过讲述人们的奋斗来展现蛤蟆滩的新风貌，蛤蟆滩的村民们的奋

---

① 周立波：《山乡巨变》，人民文学出版社，2018年版，第3页。

② 周立波：《山乡巨变》，人民文学出版社，2018年版，第14页。

③ 柳青：《创业史》，中国青年出版社，2009年版。

斗理想从无到有的过程也就是乡村发展变化的过程，更是作家笔下乡村新貌展现的本质原因，作家试图告诫人们只有奋斗才能改变生存的环境，才能使得乡村旧貌换新颜。这既是柳青在作品中进行风景书写的目的，也是社会主义建设阶段广大乡村文学作家笔下的乡村风景存在的时代意义。

三、自然的原始崇拜与逝去的乡村风景

新时期以来，中国乡村小说对于风景书写的审美要求也实现了新的转向。当政治的使命对文学的诉求逐渐松绑后，中国乡村小说在文学自身的场域中实现了风景画、风俗画、风情画的复归。而随着现代化进程的加速，城市化之于乡村风景的侵蚀也逐渐加速，因此在风景书写的基础上，乡村小说也开始从生态文明的视域审视乡村风景的时代境遇。可以说，新时期至今，中国乡村小说的风景画书写在复归的基础上，正在实现新变。

作为“京派”的最后一个作家，汪曾祺实际继承的是废名、沈从文所开创的乡村浪漫传统。正因如此，在新时期文学伊始，当乡村小说的风景画书写也实现了复归后，潜隐于他心中的四十三年前的一个梦中的画面在其作品中得到了呈现：“春夏水盛时，是颇为浩淼的。这是两条水道的河源。淖中央有一条狭长的沙洲。沙洲上长满茅草和芦荻。春初水暖，沙洲上冒出很多紫红色的芦芽和灰绿色的蒌蒿，很快就是一片翠绿了。夏天，茅草、芦荻都吐出雪白的丝穗，在微风中不住地点头。秋天，全都枯黄了，就被人割去，加到自己的屋顶上去了。冬天，下雪，这里总比别处先白。化雪的时候，也比别处化得慢。河水解冻了，发绿了，沙洲上的残雪还亮晶晶地堆积着。这条沙洲是两条河水的分界处……”[①]浩淼的烟波，葳

① 汪曾祺：《大淖记事》，江苏文艺出版社，2009年版，第4页。

蕤的沙洲，紫红的芦荻，碧翠的蒌蒿，这一系列的风景意象构成了一幅水乡诗意图。显然，作者绝非要抒发思古怀远的幽情，因为在《受戒》中，小明子和小英子两人划船经过芦苇荡时也有着类似的风景书写。二者实际上与文学回归本质，书写“美”的事物有着直接的关系。在新时期文学的时代大潮中，汪曾祺作品中的风景书写无疑是乡村小说风景画书写向传统复归的典范。

如果说汪曾祺的风景书写是对于乡村浪漫派关注人性美与人性美的一次跨越时代的复归，那么，在前一阶段经历过上山下乡的众多乡村小说作家们，在感受过乡村的自然风景之后，在作品中也对于记忆中的乡村做出了及时的回顾。他们用纯朴的语言描述着自然大地的壮美，同时追寻着人在大地之上的诗意栖居。此时作家更多地回归于原始自然，认为人与自然是共时存在的。作家笔下的花、草、虫、鸟、山川、大河无不与人类的生命本源息息相关，他们敬畏自然，同时将自身融于自然，感受自然带给人们的力量，同时自然的价值也在人的生命历程之中起到了作用。

张承志在《北方的河》中写道：“他浑身一震，忙转过头来。解放车正登上山顶。这一定就是那座黄土高山，你全忘啦。他轻轻地责备着自己，屏住了呼吸。陕北高原被截断了，整个高原正把自己勇敢地投入前方雄伟的巨谷，他眼睁睁地看着高原边缘上一道道沟壑都伸直了，笔直地跌向那迷蒙的巨大峡谷，千千万万黄土的山峁还从背后像浪头般滚滚而来。他激动地喃喃着：‘嘿，黄河，黄河。’他看见在那巨大的峡谷之底，一条微微闪着白亮的浩浩荡荡的大河正从天尽头蜿蜒而来。蓝青色的山西省的崇山如一道迷蒙的石壁，正在彼岸静静肃峙，仿佛注视着这里不顾一切地倾泻而下的黄土梁峁的波涛。大河泻在谷底，但又朦胧辽阔，威风凛凛地巡视着为它折腰膜拜的大自然。这个记忆他可没有遗忘。这个记忆他珍存了十儿年。他一直牢牢记着，一个乳臭未干的毛头小伙子目瞪口呆、惊慌失措地站在山顶，面对着那伟大的、劈开了大陆、分开了黄土世界和岩石世界的浩莽大河的时刻。”[1]面对气势恢宏的黄河，张承志小说中的主人公被眼前的一切惊呆了，面对千沟万壑中流淌着的雄伟瑰丽的母亲河时，人类的一切是那样的渺小，自然之力使人内心产生一种崇敬之感，“他抬起头来。黄河正在他的全部视野中急驶而下，满河映着红色。黄河烧起来啦，他想。沉入陕北高原侧后的夕阳先点燃了一条长云，红霞又撒向河谷。整条黄河都变红啦，它烧起来啦。他想，没准这是在为我而燃烧。铜红色的黄河浪头现在是线条鲜明的，沉重地卷起来，又卷起来。他觉得眼睛被这一派红色的火焰灼痛了。他想起了凡·高的《星夜》，以前他一直对那种画不屑一顾；而现在他懂了。在凡·高的眼睛里，星空像旋转翻腾的江河；而在他年轻的眼睛里，黄河像北方大地燃烧的烈火。对岸山西境内的崇山峻岭也被映红了，他听见这神奇的火河正在向他呼唤。我的父亲，他迷醉地望着黄河站立着，你正在向我流露真情”[2]。在作家的笔下，黄河是寄寓了我们这个民族无限崇拜的图腾与象征，因此，作者将俯仰天地之间的畅想和深思与现实的风景相交融，在时间的邈远与空间的宏阔的交接点，实现了人的自我价值的形而上的哲思。正因如此，风景画的书写被作家赋予了更加深邃的意义。

时间来到20世纪80年代末90年代初，乡村小说的风景叙事在经历了新时期文学初期的繁荣后，随着现代化对于乡村社会的入侵，众多乡村小说作家开始思考人与自然的关系，这一切反映在风景书写中就表现为广大乡村小说作家将更多的精力投入到对于自然的关注，并将自然风景作为心灵的栖居之所。

在苏童的《人造风景》中，雀庄的变化发人深省。在改善人居条件、人与自然和谐发展的前提下发展经济本来是无可厚非的，但

---

① 张承志：《北方的河》，甘肃人民美术出版社，2013年版，第14页。

② 张承志：《北方的河》，甘肃人民美术出版社，2013年版，第22页。

是当我们将发展的标准单一地置换为经济高于一切，则最终将会在发展中失去灵魂的诗意栖息之所。雀庄随处可见的自然风景已不存在，那新鲜的夹杂着柴草清香的空气，遍地的茂林修竹，山坡上红色和白色的杜鹃都已经成为现代化的牺牲品。被过度开发之后的雀庄，并未获得预料中的繁荣，以人化风景取代自然风景的最终结果只能是留下满目疮痍的废墟。

格非的“江南三部曲”以及《望春风》，无疑是在诉说着乡村风景的变化以及这种变化给人们带来的焦虑，甚至发出了“当我回到故乡的时候，我发现老家没了，整个没了，全都是一片瓦砾……”的哀愁之声。面对已经失去的乡村风景，一切都是无法复归的。在《春尽江南》中，格非设置了这样的情节：王元庆一夜暴富后，与四川人张有德相遇，两人企图把窦庄对面的乡村和农田整体租用，取了一个雅号“花家舍”，甚至还暗藏了“大庇天下寒士”的兼济之志，然而，一切都是徒劳的。

张炜的《古船》是一部具有开创性意义的作品，作者在历史的苦难与现代化进程中透视出作为个体的人所面临的生存抉择。作者通过风光景物的描写，特别是对“古船”“老磨坊”等器物的描写，采用象征、隐喻等方式表达对传统、原始的回忆与眷恋。作者通过那铁色的砖墙城垛暗示洼狸镇当年的辉煌，尽管今日的芦青河道已经难觅昔日波涛奔涌的盛况，但是，今日的村民们对它昔日水势与沿岸繁荣盛况的追忆却更加频繁，昔日的小镇是繁荣的，人们围绕着小镇生活，渔猎、织网，过着自然淳朴的生活，作品中有一种文化寻根的味道，而这根就是原始的复归：“老河道边上还有一处处陈旧的建筑，散散地矗在那儿，活像一些破败的古堡。在阴郁的天空下，河水缓缓流去……这些‘古堡’在河岸一溜儿排开，愈来愈小，最远处的几乎要看不见了。可是河风渐渐会送来一种声音：呜隆、呜隆……越来越响，越来越清晰，原来就是从那些‘古堡’里发出来的。它们原来有声音，有生命。但迎着‘古堡’走过去……一个个巨大的石磨在‘古堡’中间不慌不忙地转动，耐心地磨着时光。两头老牛拉着巨磨，在没有开端也没有终点的路上缓缓行走。牛蹄踏不到的地方，长满了绿苔。一个老人端坐在一旁的方凳上，看着老磨，一会儿起身往磨眼里倒一木勺浸湿的绿豆。这原来是一处处老磨屋。那呜隆呜隆的声音更像远处滚动的雷鸣。”[①]显然作品中的器物具备了“有我之境”的隐喻，当现代化的进程如时代的巨轮滚滚而来，它却仍然自顾自地运行着自己的“圆周率”，而对于外界的一切似乎全然不知，在这座古老的磨坊里，人们沉默着。作者给我们展现了一幅古朴、醇厚的风景画。对于古船的描写，更具有深刻的隐喻性，文明与传统、现实与历史，新旧交替复杂纠缠，面对现代与传统在天平两端的博弈，作者通过小镇景物与器物的描写透露出的取向显然更倾向于传统的维度。

观照现代性，我们无法将其纳入传统的“非此即彼”抑或“非对即错”的参照系中进行精确的衡量，自现代化肇始，时至今日人们对其仍聚讼纷纭，莫衷一是。其为人类生活带来了无可取代的便捷，并为生产力加速提供了引擎，然而，现代病到来的速度亦不遑多让。现代化之发展乃历史之大势，从国家至个体，从东亚至西欧，似乎没有任何个体抑或群体可以与之抗衡。但是当人类陷入现代化的围城后，现代化这一虚拟的集成却隔离并分化了传统的社会文化结构，基于此，无论是架构在差序格局基础上的熟人社会抑或地缘与血缘的缠绕，都在渐次失去其扎根的土壤。苏童、格非等作家的小说向人们揭示了现代化进程下中国乡村向城镇乃至城市迈进的过程，以及对原始景致保存着的本初的留恋。

在现代化的推进过程中，乡村自然风景的消逝似乎是一个不可避免的结果，而乡村小说作家们对于现代病所遗留的后遗症的焦虑，也就成为乡村小说中风景书写的集中爆发点。在反映现代化进

---

① 张炜：《古船》，人民文学出版社，2007年版，第2页。

程的乡村小说中，传统乡村小说所建构的流溢着田园牧歌的桃源之乡显然已经成了奢望。这绝非危言耸听，对于文学乡村仍葆有着海德格尔式的童稚之心的乡村小说作家，直面现实乡村由表及里的坍塌后，维系着文学乡村与现实乡村的纽带在此刻已经无法承受时代转折所施加的片羽之重。至此，我们所要面对的必然是浇筑于昨日田园之上的沥青与砂石，堆砌在昔日绿水青山之上的高楼与社区，当时间的愈合剂弥合了现代化对自然撕裂的创口，健忘的人类是否还能够在文学的伊甸园中找回往昔的天人合一抑或人与自然的和谐？正因对此的担忧，一些作者甚至已经迫切地要为作品中的人物代言：人类在改造自然环境的同时必须要为自己灵魂的诗意栖居预留足够的空间。当物质层级的土地逐渐被侵占后，我们所错失的绝不仅仅是可见且有限的无法延展的面积，而且是承载着人类无限想象力的立体维度。

纵观乡村小说的百年嬗变，风景书写的传统在延续中进行着调整，不同代际乡村小说中的风景叙事呈现出不同的时代特征，从五四时代追求人的解放与现实批判下对于乡村世界的描写，到革命理想激情下乡村新风貌的展现，再到对自然的崇拜与现代化进程中人与自然关系的反思，这一切都展现了乡村风景叙事流变过程的时代特征，同时也折射出作者对乡村世界的不同理解与阐释。

第二章　乡村小说中的“空间”之变

近年来，小说的空间形式与小说中的空间引起了文学研究者的广泛关注，这与整个人文学科的“空间转向”有关。传统现代性更关注时间以及时间观念的形成、发展、变化与人的关系，卡林内斯库根据《拉丁语言宝库》指出“现代”是时间意义上的“在我们时代的，新的，当前的”[①]，其参照物是过去的、旧的、老的。时间是“战争积极主动、具有充分活力的一方，它永远具有攻击性：具有侵略、征服和占领的力量”[②]。但在全球化的今天，随着社会生存方式与思维方式的改变，“空间”也不再只是作为一个外部直观的先天表象，或者是一个被动的、僵化的、静止的容器，而是呈现出多元的、丰富的、辩证的复杂面孔。“空间”的哲学内涵、社会学内涵、政治学内涵、文化内涵等都被挖掘出来，文学研究中单一的时间维度的研究状态被打破，新的时空交融的立体生态图景显示出丰富的内涵，成为新的理论热点和学术增长点。

---

① ［美］马泰·卡林内斯库：《现代性的五副面孔》，顾爱彬、李瑞华译，译林出版社，2015年版，第11页。

② ［英］齐格蒙特·鲍曼：《流动的现代性》，欧阳景根译，上海三联书店，2002年版，第14页。

在文学领域，对文学中“空间”的研究大概分为三种。第一，研究者从文学地理空间的层面介入，这一视角注重地域文化对于作家和作品的渗透，以及地理空间和自然环境对作品人物塑造的影响；第二，对文学空间形式的研究，即从重因果律的现实主义文学向重“空间叙事”的现代主义文学转向的潮流；第三，空间实践论，这一类研究更重视“空间”的生产与主体、权力、政治、历史等诸多文本审美意义之外的社会现实发展的关系，其理论的建构和马克思主义空间理论家列斐伏尔的“空间的表征”有着深厚的渊源。所谓“空间的表征”，即空间，无论是现实的，还是文学的，其在生产的过程中始终都蕴含着权力话语的分配。后现代主义哲学代表人物福柯也在自己的话语理论与微观政治论中反复论述了“空间即权力”的命题，引起了大家对日常生活、社会实践以及文学活动中空间与权力关系的关注，并对后殖民理论和后现代女性主义产生了深远的影响。

中国乡村小说源起于五四时期，从鲁迅开创的“侨寓文学”开始，五四时期的文学研究会产生了一批卓越的乡村小说家，这些远离故土、寓居大城市的作家通过对地域风土人情的描写，对封建礼教表现出强烈的批判态度。他们的创作既扩大了“五四”小说的题材和视野，也丰富了“五四”小说中人物的个性与命运。20世纪30年代，左翼乡村代表作家茅盾、沙汀、艾芜等继承了启蒙视野下的乡村书写；同时，以废名和沈从文为代表的乡村小说继承了古代陶渊明、孟浩然等田园诗文中出现的抒情式的乡村形象；40年代，师陀和萧红在战争中所创作的乡村小说结合了现实批判与追忆感慨，成为现代文学乡村小说写作中一道哀婉而痛切的风景；而在解放区，丁玲、周立波和赵树理等则基本围绕解放区的现实战争关注乡村的政治问题；50—70年代，新中国的建立带来了乡村小说形态的改变，原来的以一种“远观”的距离批判或怀念乡村的乡村小说被农村题材小说替代，农村题材小说展现了社会主义初期在中国农村所进行的农业合作化等政治运动的全景；80年代，随着“解放思想，实事求是”社会思潮的影响，乡村小说的形态发生了新的变化，关注新的“家庭联产承包责任制”给农村在观念、人际关系、文化风俗等带来的变迁与在“文化反思”的影响下开掘乡村深层的文化意蕴的创作并存；90年代以来，随着市场化对农村的影响，乡村小说的创作进入了更具有挑战性的时期，多元的乡村小说创作景观引起了学术界的更多关注。

总体来说，在中国这个农业大国中，以农村、农民、农业为观照对象的乡村小说在文学创作中始终是一种主流，可以说，20世纪以来中国的乡村小说记录了国家现代化的曲折旅程。而乡村的“空间”则是这一过程的具象呈现。因此，本章聚焦“五四”以来中国乡村小说中的“物质空间”“公共空间和精神空间”“自然空间”，一方面勾勒出这几大空间前后变迁的形象，另一方面也试图辨析20世纪中国现代性变迁过程中出现的诸多社会文化问题。

第一节　中国乡村小说中的“物质空间”之变

所谓“物质空间”，即村民实践活动的环境场所，是能够被人们直观感受到的空间。比如村民居住的家屋，家屋外部的形构以及内部的家具陈设等。物质空间是一种客观的存在，人们的生产实践会对物质空间产生影响，物质空间的变化对使用者以及社会来说都具有重要的文化意义。

在中国百年的乡村小说中，从五四时期开始，农村中的“物质空间”大概分为两种，一种是“上层物质空间”，即有身份有地位的人家的住宅空间，另一种则是“下层物质空间”，即底层人民的住所。前一种“物质空间”的书写为我们呈现了中国农村民宅的建筑特点及建筑内的权力格局，是中国各个时期意识形态的囊萤室；后一种则为我们写出了中国普通村民“住”的“饥饿”与“匮乏”，不同时期，造成这一“饥饿”与“匮乏”的社会原因不尽相同，折射了“氧气稀薄”的乡村世界的生存困境。

一、故乡中的物质空间

五四时期，乡村小说的最典型作家当属鲁迅，鲁迅的《祝福》《阿Q正传》《故乡》《狂人日记》等一系列现代小说都以乡村世界为叙述对象。

在鲁迅的《祝福》中，鲁四老爷家的宅子无疑是小说中的“上层物质空间”。“我”回到故乡时，鲁四老爷这个讲理学的老监生并没有什么大的改变，书房也与原来一样，墙壁上挂着朱拓的陈抟老祖写的“寿”字，对联的一半是已经脱落的“品节详明德性坚定”，另外一半是“事理通达心气和平”。除此以外，书房中还摆着《近思录集注》和《四书衬》两本后人为《四书》所做的集注。从这里我们既可以看出中国古代厅堂装饰时的一般陈设，也可以在“品节详明德性坚定”中感受到依照尊卑等级而规定的礼节对人的规训。程朱理学认为，人能学礼，品节才能详明，德性才能坚定而立。书房中的鲁镇年终大典“祝福”所依据的也是这一“礼”，主要是“男尊女卑之礼”，“祝福”所需要的鸡、鹅、猪肉，都需要女人在冬天的冰水里细细地洗，但等到这些东西插上筷子，五更天陈列起来，燃起香烛恭请神们享用时，便只限男人才能去拜了。

主人公祥林嫂作为一个两次守寡的女人，是这一“礼”的大忌，同意改嫁意味着“不贞不洁”，两次嫁人而丈夫早逝，意味着“不祥不瑞”，因此她被剥夺了准备“祭礼”的权利。“‘你放着罢，祥林嫂！’四婶慌忙大声说。她像是受了炮烙似的缩手，脸色同时变作灰黑，也不再去取烛台，只是失神的站着。”[①]第二天祥林嫂的精神

---

① 鲁迅：《鲁迅全集：编年版》（第2卷），人民文学出版社，2014年版，第658页。

就被彻底摧毁了，像一个惴惴的小鼠，见谁都怕，最后像一个木偶了。宋儒“礼教”以“仁爱”的名义行“吃人”之实，冠冕堂皇的书房“优雅地”吞噬了祥林嫂健壮的生命与希望。

正如鲁迅在《狂人日记》中所言，写满“仁义道德”四个字的古书中，字缝里盈溢着“吃人”二字，古有“易子而食”，李时珍在《本草纲目》说人肉可以煎着吃，易牙蒸了他儿子给桀纣吃，现有徐锡林被吃，狼子村的人吃人……“吃人”的书房，黑漆漆的宅院。在《阿Q正传》中，赵太爷家里，除了赵太爷要读书进秀才，阿Q舂米，以及赵太爷要买阿Q从县城带回来的奇货和革命发生后等时间节点以外，赵府一律也是黑漆漆的。而出现的灯光，前两种是对这一物质空间等级持续维护的稳定剂，后两种则预示着新的空间秩序即将诞生。

与鲁四老爷、赵太爷等的“上层物质空间”形成对照的，是祥林嫂的卫家山和贺家坳，小户人家生活困窘，不管“贞洁不贞洁”，在乎的更多是利，因此祥林嫂的第一个婆婆强行将祥林嫂用八十钱卖到了深山里。在《阿Q正传》中，阿Q干脆没有自己的房子，寄居在未庄的土谷祠里，而在赵太爷家里，则只能出入舂米房和厨房这些“君子”避而远之的地方。

空间是一种权力的象征。房子空间的大小、形状和属性以及房间内的陈设都象征不同的权力地位和阶层分级，鲁四老爷和祥林嫂、赵太爷与阿Q空间占有的差异，是传统封建时代中国空间格局的等级秩序的体现。

鲁迅开创的两种“物质空间”被20世纪30年代的左翼作家继承。吴组缃的《菉竹山房》（1932）中继续书写了“上层物质空间”的秩序和压抑。《菉竹山房》的主人公姑姑，是一个古典美女，有着修长的身材，白皙而俊俏的脸庞，凄冷而犀利的眼睛，尖瘦而美丽的小足，其沉默少言笑的形象无疑给读者留下了深刻的印象。姑姑曾经与叔祖的一个门生在后园的太湖石洞中偷情，被人发现，成为家族的丑闻。若干年后，少年在赴南京的考试途中，不幸遇水难身亡。姑姑听说了这个消息之后便在自家桂花树下自缢，被园丁救活，少年家于是将姑姑迎娶了过去。姑姑得了这一虚无的名分，住进了“高大”而“阴森”的房子，房子中的石阶、地砖、柱础和板壁都长满了暗绿色的苔尘，到处散发着一种与陈腐的土木之气混合的霉气，正像姑姑和她的丫鬟兰花的生命一样，被深深浅浅的暗绿涂染得怪诞而诡异。

在姑姑的客房“邀月庐”中，陈设着非常华丽而精致的装饰，“东墙上挂着四幅大锦屏，上面绣着《菉竹山房唱和诗》，边沿上密密齐齐的绣着各色的小蝴蝶，一眼看上去就觉得很灿烂。西墙上挂着一幅彩色的钟馗捉鬼图，两边有洪北江的‘梅雪松风清几榻，天光云影护琴书’的对子。床榻对面的南墙上有百叶窗子可以看花园，窗下一书桌，桌上一个朱砂古瓶，瓶里插着马尾云拂”[①]。而这秀美繁丽背后却是对生命力的极端压抑和窒息，为了名节而活着的两个年轻的女性，被这名节剥除了一切谐和、健全和完美，一如古典的空间被鬼气重重包裹，姑姑和兰花也像两个阴暗而混乱的女巫。“权力以符号学为工具，把‘精神’（头脑）当作可供铭写的物体表面；通过控制思想来征服肉体；把表象分析确定为肉体政治学的一个原则，这种政治学比酷刑和处决的仪式解剖学要有效得多。”[②]在封建的“礼”的规训下，现代的姑姑活出了悲剧的命运。

作家柔石的《为奴隶的母亲》中，春宝爹“黄胖”曾经是一个勤快而能干的皮贩，还插得一手好秧苗，但因为连年辛苦仍然是债务连连，便沮丧起来，吸烟，喝酒，赌博，患上黄疸病，家境愈来愈差，睡在龌龊的狭窄的板床上，他的脾气也愈来愈凶狠而暴躁。于是，他把自己的妻子春宝娘典当给了一个需要生男孩的秀才家。

---

① 吴组缃：《西柳集》，中国文联出版公司，1996年版，第80页。

②［法］米歇尔·福柯：《规训与惩罚·监狱的诞生》，刘北成、杨远婴译，北京：生活·读书·新知三联书店，2012年版，第113页。

秀才家房子是自己的，家里雇着长工养着牛，还有两百多亩水田，房子里是红的木橱……“黄胖家”与“秀才家”贫富物质空间的惊人对比写出了当时社会对穷人的不公与压迫，写出了穷人中的穷人的顺从、忍耐与麻木落后，扭曲的社会，扭曲的买卖，扭曲的人们。

20世纪40年代，师陀和萧红进一步写出了上层物质空间生命力的萎缩。萧红在《呼兰河传》中还更详细地描述了下层人民居住的恶劣物质空间。

师陀《果园城记》叙述了“我”在离乡多年之后，回到故乡，拜访了故友孟林先生的房子，这房子和七年前一样干净、清洁，“几乎可以说完全没有变动。所有的东西——连那些大约已经见过五回油漆的老家具在内，全揩擦得照出人影”[①]，但新鲜的月季已经干枯，雕镂的老太师椅，戴着瓜皮小帽，穿着长袍马褂的孟林先生的照片让室内变得沉重和端肃，连房间里的主人孟林太太和她的女儿素姑也似乎随着房子一起丧失了曾经的人气与活力，变得呆板、苍白、憔悴。

萧红在《呼兰河传》中描述了她家所住的五间瓦房，玻璃窗，青砖墙，两间祖父祖母住，两间父亲母亲住，中间是厨房。祖母的房间分内外两间，内间挂着一个长着蓝眼珠的挂钟；外间有大躺箱，地长桌，太师椅，大躺箱上雕着穿古装衣裳的，宽衣大袖袍的，带顶子的，带翎子的，吃酒的，吃饭的，作揖的等各种各样的小人；长桌上有一座座钟，座钟旁边有两个插着几支孔雀翎的帽筒。可以看出，这是一个家境殷实的人家。

在五间正房外，萧红家里还有两个极小极黑的小后房，即储藏室。储藏室里面堆满了被淘汰的坛子罐子、箱子柜子、筐子篓子，是童年萧红的探险乐园。她可以从中找到印帖子的帖板、带缨子的清朝的帽子、鹅翎的扇子、治胃病的沙仁药……“不久，这些八百

---

① 师陀：《无望村的馆主》，花城出版社，2011年版，第134页。

年前的东西，都被我弄出来了。……有些个快要腐烂了，有些个生了虫子，因为那些东西早被人们忘记了……”[①]但黑洞洞的结满蜘蛛网的空间，散发着扑鼻的药的空气似乎是这一“上层物质空间”不祥的预言，就像萧红家的粮食瓦盖房，外表看起来很威武，高大的房子架着一个小孩都抱不过来的很粗的木头房架，但它的内容是很空虚的，粮食仓底有耗子吃，仓顶有麻雀吃，全屋都是土腥气。门窗都坏了，一开颤抖抖的，“上层物质空间”的摇摇欲坠被萧红形象地写了出来。

与这一空而凄凉的“上层物质空间”相比较，萧红家还有三间破瓦盖房、三间破草房子租给下层贫苦百姓住。

三间破瓦盖房住的是一家养猪的，屋里屋外都是猪，大猪小猪，猪槽子，猪粮食，猪贩子，房子与人的气味都坏极了。

三间破草房租给一家开粉房的，草房歪歪斜斜，刮风的时候，房脊上的正梁自己单独往北跑，大柁、马梁、门框、窗框喳喳地响，像个活物；下雨的时候，全屋都像小水罐似的，到处滴水；破草房的屋顶盛产蘑菇，粉房里的人就一日三餐吃蘑菇和粉，蘑菇炒粉，蘑菇炖粉，蘑菇煮粉，吃着蘑菇和粉，唱着歌，好像含着眼泪微笑着一般。同院住的两位少年绅士说：“这房子对于他们那等粗人，就再合适也没有了。”[②]

五四时期到40年代初期，“上层物质空间”是中国传统压抑性文化的物质载体，对旧中国封建思想的批判、对旧中国封建社会的批判、对旧中国封建卫士灵魂的批判，都投射在了这一“物质空间”的书写中。而“下层物质空间”则是被侮辱者与被损害者的居住实体，是他们卑贱而悲惨命运的写照，作者的抚慰和同情及人道主义关怀便在两种空间的对比书写中流露了出来。“物质空间”是这一新

---

① 萧红：《萧红精选集》，北京燕山出版社，2006年版，第125页。
② 萧红：《萧红精选集》，北京燕山出版社，2006年版，第140页。

旧转换时期思想观念和价值观念冲突的集聚场域。

二、革命话语中的物质空间

1942年，毛泽东《在延安文艺座谈会上的讲话》发表，《讲话》围绕“为群众”和“如何为群众”提出了写作的“工农兵方向”，在这个基础上，《讲话》对作家和艺术家提出了“思想改造”并与工农兵结合的要求。这一对创作源泉和文学服务对象的规定，促进了现代作家的诸多转型，而其文本中“物质空间”的形式也被组织到这一新的文艺原则下。与“五四”以来集中于“上层物质空间”背后“仁义礼智信”的“虚伪”与对人形成的“精神压抑”的批判点不同，解放区乡村小说中的“物质空间”更着重于描写“上层”私有物的不公、不正与不义，而底层人民的“物质空间”也被赋予了强烈的道德内容和政治色彩。两种“物质空间”的形象暗示了两种力量的对抗，其背后则隐含着特定的社会含义和政治意识形态。

丁玲的《太阳照在桑干河上》中，地主李子俊家，门廊很高，大门是铁皮的，东屋里装碗盏的柜子，摆满了油盐酱醋坛，像一个杂货铺似的，南屋的粮食仓也是满满的，显示了这一家的富裕。与之形成强烈视觉对比的是，穷人赵得禄家，一间半小屋，非常狭仄而拥挤，连转身的地方都没有，南边的两间，堆满了无用的破破烂烂。

周立波的《暴风骤雨》中，地主韩凤岐，外号韩老六，四十七岁，抽大烟，外号韩大棒子，遇到不顺眼不顺耳不顺心的，抬手就打，奸猾刻薄结实狠。他住的房子的黑大门楼是一个四脚落地屋脊起龙的门楼，大门用铁皮包着，上面钉着密密麻麻的铁钉子，房子四角是四座高耸的炮楼，黑洞洞的枪眼，扫描着过往的车马行人，院子里是一排青瓦屋顶的上屋，玻璃窗户擦得亮堂堂，家里鸡鸭狗马等家禽，应有尽有。屋内有一盏大吊灯，一个宽大的炕，炕上铺着凉席，炕梢的炕琴上摞着几床绸面被和三镶被，还有绣着五彩松鹤和梅花的覆被毡子。南炕的对面摆放着一个描着金凤的红漆躺箱，一个高大的玻璃柜，还有一面大穿衣镜，亮亮堂堂的物件，亮亮堂堂的屋。

与此同时，他的心腹李振江也有一个用木头障子围起来的干净院套，正面五间房，旁边是碾坊、仓房、马圈以及伙房，宽绰而有余。

小说中，韩老六家宅内外空间的面积就像他在乡间所行的恶一般广大，他曾经逼着给自己家扛活的农民郭全海的爹陪自己赌博，让其输光了微薄的家产，全海爹从此便一病不起，狠心的韩老六又派人将重病的全海爹抬到冰天雪地里，冻杀。现在，二十四岁、眼角已经有皱纹的郭全海靠给李家打工维生，平日住在李振江家的下屋。这屋里只有一个小土炕，土炕上是一些乱杂杂的乌拉草和两条破破烂烂的麻布袋。

与郭全海一样，韩家的下人的居住环境也非常糟糕，比如猪倌吴家富住在韩老六的西下屋，实际是一间放草料的杂屋，隔壁就是猪圈，常年弥漫着臭粪味，尿臊气，而且冬冷夏热。另外，此时期大部分元茂屯普通百姓也只住得起用柳条编制的大门的家屋。

在赵树理的《李有才板话》中，住在阎家山村西头砖楼房中的是逼得人家倾家荡产、逼得人家灰心丧气的阎恒元和阎家祥父子及其他阎家人。住在东头老槐树下的土窑中的，都是外来开荒的或日子倒了霉的杂姓户。赵树理《李家庄的变迁》中恶人春喜霸占了平民铁索的房子，铁索被撵到院门外碾道边一座喂过牲口的房子里去住。

“……空间是政治的。空间并不是某种与意识形态和政治保持着遥远距离的科学对象（scientific objects）。相反地，它永远是政治性的和策略性的。……空间一向是被各种历史的、自然的元素模塑铸造，但这个过程是一个政治过程。空间是政治的、意识形态的。它真正是一种充斥着各种意识形态的产物。”[①] 在20世纪40年代的解放区乡村小说中，两种对立的空间书写一方面写出了40年代乡村社会中的强弱对立状态，另外一方面也预示着对这种不合理空间秩序的革命的正义发生。物质空间的政治隐喻功能在50—70年代乡村小说中的“物质空间”中有了进一步充分的发展。

50—70年代的乡村小说中，乡村的主旋律书写与国家和革命，民主与解放，阶级斗争和社会主义道路息息相关，乡村的发展、改造以及村民的变化都被铭刻在整个民族发展的历史长河中，乡村的社会形式与当时的政治形式唇齿相依，乡村的“物质空间”成为新的意识形态显影的场域。

柳青的《创业史》中，梁生宝的父亲梁三老汉的草棚屋，坐落在下堡村对岸靠河沿那几家草棚户的东头，前妻去世之后，向西的稻草棚屋，好像一个东歪西倒的老人，冷清荒凉，院里的土围墙在秋天的淫雨中垮了，院里茂草一直长到和窗台一般高低，院里没有鸡鸭狗马，只有饥饿的人。梁三老汉娶了后妻之后，一家人狠心一年不吃盐，不点灯，攒盖新房的稻草垛，但草垛刚刚积得差不多，保丁就来抢走了。

梁三老汉的心愿没有实现，但村子里原来和自己一样住粗陋稻草庵子的郭世富却“翻身”成了富裕中农，大张旗鼓地盖起了新楼房，前楼后厅，东西厢房。梁三老汉看着用新刨过的白晃晃的木料做的房架子，看着房架子中梁上挂着的太极图，看着两边梁柱上贴着的“上梁恰逢紫微星，立柱正值黄道日”，横楣是“太公在此”的红对联，心中无比羡慕。

住宅是社会等级秩序的空间表意，代表了一个人的身份、财富、权力和声望。郭世富的房子是郭世富生存能力与跨越阶层的象征，因

---

① 包亚明主编：《现代性与空间的生产》，上海教育出版社，2003年版，第62页。

此他得到了大家的尊敬。而戴着旧毡帽的梁三老汉则遭到了大家的戏耍、冷落和嘲讽，但梁三老汉却也不生气，因为他也认这个理：“只有像他哥梁大、郭二老汉他们一样创起业来，才能被人尊重。”[①]

在20世纪50—70年代的乡村小说中，富裕村民住的都是瓦房，好的房子，房间内的陈设也非常精美；贫农雇农的住房则材质低劣，房间内的家具也乏善可陈。个人能力强的富农，个人能力弱或因为生产资料缺乏而无法盖起大瓦房的贫农雇农并存，“……空间，看起来好似均质的，看起来其纯粹形式好似完全客观的，然而一旦我们探知它，它其实是一个社会产物”[②]。为了改变这一套“自然”的空间意识形态，国家在农村发动了农业合作化运动，这场运动通过上下层物质空间的差异对比获得了历史合法性与形象正义性，不同的物质空间对立的构形，转化成一整套当时的社会知识，它能够在认知、感觉、观念等多个层面上反映那个时代的情感逻辑与权力特征。

三、现代性叙述中的物质空间

1979年，随着“四人帮”被粉碎，新时期开始，新时期乡村小说中“物质空间”二元对立的情形逐渐减弱，相反，对农民获得感以及改善“物质空间”的描写成为主流，这与新时期“人性”的解放有关，农民作为一个“人”，温饱问题是最基本的“人”的权利。

高晓声的《李顺大造屋》描写了农民李顺大，在多年的奋斗过程中，几番努力，风吹雨打，最终，在新时期实现了自己的“砖房梦”。对一座结实而牢固的房子的渴望，是李顺大这个农民最朴素的、本能的要求，显然，砖房这一物质空间，除了具有居住、生产

① 柳青：《创业史》，中国青年出版社，2009年版，第33页。

② 夏铸九、王志弘编译：《空间的文化形式与社会理论读本》，明文书局，2002年版，第34页。

和储藏功能以外，还是李顺大定义自己生命价值和生命意义的重要空间。正如法国学者巴什拉所言，“房屋是人的第一个世界……从房屋开始，人立即成为一种价值”，房子“对于思维是最伟大的一体化力量之一”[①]，它给人类生存提供“光明”和“温暖”的空间，蕴含着村民的日常生活与精神状态。“不知到什么年代，家家都能盖起瓦房就好了。”[②]梁三老汉在《创业史》中发出的感叹成为“新时期”普通农民新的奋斗目标。

在路遥《平凡的世界》中，孙少平对田晓霞说自己的梦想就是为父亲箍两三孔新窑洞，他深情地将其称为“我的巴特农神庙”，并激动而战栗地说这是一个农民儿子的全部诗情。因为这一空间的建造可以让多年来佝偻屈辱的父亲挺起胸脯来，让他“像旧社会的地主一样，穿一件黑缎棉袄，拿一根玛瑙嘴的长烟袋，在双水村的‘闲话中心’大声地说着闲话，唾沫星子溅别人一脸！”[③]“空间”被压抑的自然意识形态在此反弹。

贾平凹的《鸡窝洼的人家》中，代表新生产力方向的禾禾与烟峰，经过努力奋斗，购买了一辆拖拉机，彻底发家了。住在排场的房子里，女主人公烟峰为这个房子购置了诸多20世纪80年代时髦的现代生活器具，如铝锅、小蒸笼、糖瓶、茶叶盒、收音机等，村里人不禁感叹：“一个拖拉机使这家发了！”[④]烟峰非常得意，穿着禾禾的新工作服和旧牛皮鞋到处炫耀；而鸡窝洼曾经最富裕的农民回回却因为经营理念的落后，没有发展的眼光，没有随时代潮流前进的魄力，最终“连个电灯都拉不起，日子过得让外人笑话了”[⑤]。禾禾“家宅”的胜利象征着改革意识形态的胜利，正像贾平凹另外一篇小

---

① [法] 巴利诺：《巴什拉传》，东方出版社中心，2000年版，第359页。

② 柳青：《创业史》，中国青年出版社，2009年版，第32页。

③ 路遥：《平凡的世界·第三部》，《黄河》1988年第3期。

④ 贾平凹：《鸡窝洼的人家》，《十月》1984年第2期。

⑤ 贾平凹：《鸡窝洼的人家》，《十月》1984年第2期。

说《小月前本》中，拥有现代商业意识，来往于城与乡的门门最终战胜了勤俭节约、吃苦耐劳而又老实本分的才才，赢得了小月姑娘的芳心。

不过，这一时期，作家们一般都认为新政策的推行可以促进所有人而不是少数能力卓异者住得起“大砖房”，用得起现代化的生活器具。比如贾平凹的《腊月·正月》中，开家庭食品加工厂的80年代农村“新能人”王才不仅要自己富，而且想要让同村人的“物质空间”也得到一些改善。路遥《平凡的世界》中的孙少安通过开砖窑富裕起来后，看到村里能力贫弱的父老乡亲的生活每况愈下，便想：“作为同村邻舍，怎能自己锅里有肉，而心平气静地看着周围的人吞糠咽菜？”[①]于是他决定扩大自己的砖窑以招收人手帮助乡邻，这是20世纪80年代知识分子“现代化梦”的体现。

20世纪90年代以来，中国的经济政策从计划经济向市场经济转变，广袤的农村与广大农民不可避免地被裹挟着进入了商品化洪流中，新的世界带来了新的盲目、困惑、痛苦和蜕变，对乡村的小说书写也变得多元化，不过主流仍然是现实乡村小说，即关注20世纪90年代以来新环境下的乡村内部各种政治、经济、文化、道德力量的对峙与冲突，而“物质空间”仍然是我们探查这一时期的一个有效的测量器。

在乡村小说《中国在梁庄》中，梁鸿描写了市场经济潮流冲击下梁庄村的“物质空间”的变迁。首先映入眼帘的是依道路两旁所建造的气派、繁华与昂扬的新房，这些房里有两层小楼，也有平房，门楼都很高，门都是卷闸的，门前大都有用水泥浇筑的院子。在这些房间内部，有了专业的“室内装修”，一色的带些欧洲风格的吊灯、立墙、电视柜和书柜，卫生间也安在了屋内。乡村“室内装修”对城市的模仿，是资本飞快的空间流动速度和前所未有的灵活

---

① 路遥：《平凡的世界·第三部》，《黄河》1988年第3期。

度的反映。

房子的用材和装修风格的变化意味着生产力发展水平的普遍提高，农民在这个经济发达的年代，物质上相对于过去的历史时期也有了切实的增长。不过，梁鸿在小说中也强调了乡村能盖得起这些新房的主人，仍然只占村里极少的一部分，事实上也正是乡村里的能人，以及少数经商的或者吃商品粮的具备这一能力。

这些乡村的“新贵”象征着新的财富、权力和面子，新的沿道路而居的居住空间体现了这一富起来的社会阶层的价值选择和价值认同。物质空间变迁背后是更深刻的社会关系的变化，它们不仅打乱了乡村聚血缘家族而居的模式，也打破了80年代贾平凹在《腊月·正月》中所憧憬的“共同富裕”的愿景，一个乡村再次被切为两半，“西头吃烙饼，东头喝稀饭”[①]，前头住高楼，后头住墓地。

在乡村的深处，是一半多荒凉的、颓败的、疲惫的屋子，比如梁鸿家的老屋，正屋屋顶前面、后面都是大洞，地基已经有些倾斜，院墙已经坍塌，里面长满了半人高的荒草；另外，有的外出打工不回来的，家宅被封了起来；还有家道衰落的，房屋被彻底废弃，围墙、厨房等倒塌成一片凄凉的废墟。

不均衡的空间景观与现代资本主义的高速发展和无止境扩张关系紧密，快速的资本流动必然会产生空间的无序、冲突和剥夺等问题，而空间分配的失衡也会带来乡村社会成员之间相对剥夺感的弥散，正如马克思所言：“一座房子不管怎样小，在周围的房屋都是这样小的时候，它是能满足社会对住房的一切要求的。但是，一旦在这座小房子近旁耸立起一座宫殿，这座小房子就缩成茅舍模样了。这时，狭小的房子证明它的居住者不能讲究或者只能有很低的要求；并且，不管小房子的规模怎样随着文明的进步而扩大起来，只要近旁的宫殿以同样的或更大的程度扩大起来，那么较小房子的居住者就会

---

① 赵树理：《赵树理小说》，浙江文艺出版社，2003年版，第62页。

在那四壁之内越发觉得不舒适，越发不满意，越发感到受压抑。”①

除此以外，小说里，沿公路的新房子中，有的建房钱也带着底层政治法律混乱无序的血和泪。比如，梁光河的房子，是靠自己的儿子梁亮和女儿梁英以及未出世的外孙三条命换来的可怜的十五万七千块交通赔偿款盖成的。

百年来，中国农民一直经受着“饥饿”的威胁，物质的“饥饿”几乎是20世纪乡村小说的一个总主题。30年代，丁玲在《水》中描写的饥饿的老太婆让人印象深刻，路翎的《饥饿的郭素娥》中食物和性的匮乏更让人为之震撼，80年代刘恒的《狗日的粮食》中，因丢了购粮证而最后丧了命的瘿袋让人惊惧，“天爷，瞭哪个拾了粮证，让他给我家还来呀，我的粮证唉……”②瘿袋死前黑夜里的长号，听起来阴森而恐怖。多灾多难多贫多穷多贱的大地上的村民们，与这一“食和性”的饥饿相互印证的便是农民“住”的贫乏，乡村小说中“物质空间”百年来的变迁表征了不同历史时期的政治变革、经济发展和社会重组，表明了革命以及现代化的演进轨迹。百年以来，大部分人的“物质空间”有了一些改善，但乡村“物质空间”中“上下层”对立的问题并没有得到根本的解决，贫富差距甚至还在一步步拉大，而中国乡村小说中公共空间变化背后村民精神空间的现状，则更为令人担忧。

第二节 “公共空间”与“精神空间”

公共空间是人类各种社会活动中发生出的行为的社会空间。在乡村社会中，主要有乡村中的街道、庙宇、戏台、商店、酒店、打谷场、田地以及学校操场、村委会大院等。公共空间是乡村村民日

① 《马克思恩格斯选集》（第1卷），人民出版社，2012年版，第345页。

② 洪子诚：《中国当代文学史·作品选》（1977—1999），长江文艺出版社，2002年版，第524页。

常生活交流、生产实践和组织治理的重要空间，在相当程度上，这一空间的话语体系、实践活动、秩序观念根本性地影响着乡民的精神空间。在20世纪的现代化进程中，公共空间与物质空间一样，始终随着时代历史发展在动态地变化着，它所透射的乡民的精神空间也不是一个“固定的、存在论意义上的属性，而是一个形成中的、正在出现的社会关系的特质”[①]。因此，对20世纪中国乡村小说中这一空间的考察，意在对20世纪中国现代性进程中结构性要素进行历史化与问题化，进而有助于我们直接反思中国现代性进程中的得与失。

一、启蒙话语与“公共空间”的构建

20世纪20年代至40年代初，中国乡村小说中的“公共空间”主要分为三类，街道和敞开的院落、酒店以及庙宇和戏台等，这些“公共空间”与“家庭”空间同构，统辖着村民的精神世界。

首先看街道。在鲁迅的小说《祝福》中，祥林嫂在鲁镇街道上所受的“礼”与“上层物质空间”中的束缚完全一致。当祥林嫂在街上给大家讲自己的阿毛在春天被野狼吃了的故事时，女人一开始是同情的，这同情里可能含有对自己不如她不幸的庆幸，所以有些老女人“特意寻来，要听她这一段悲惨的故事”[②]。不久，对这一悲惨的赏鉴就被时间榨成了渣滓，赏鉴乏味的人们于是再听到她说“我真傻，真的”[③]，便烦厌得头痛，回予她一个又冷又尖的笑。在鲁

---

① 潘忠党、於红梅：《阈限性与城市空间的潜能——一个重新想象传播的维度》，《开放时代》，2015年第3期。

② 鲁迅：《鲁迅全集：编年版》（第2卷），人民文学出版社，2014年版，第655页。

③ 鲁迅：《鲁迅全集：编年版》（第2卷），人民文学出版社，2014年版，第655页。

四老爷家的灶房，同为帮工的柳妈竟恐吓祥林嫂说，不贞可能会给她带来死后的厄运，她会被阎王锯成两半，分给她的两个死去的丈夫。这些看客们的行为和言语残酷地浇灭了丧夫又丧子的祥林嫂的精神火焰，在捐过门槛，找到替身之后，祥林嫂无助而绝望地离开了这个世界。

在《阿Q正传》中，街道里的阿Q像一面镜子，照出了未庄人身上与阿Q同样的麻木不仁、欺软怕硬、奴颜婢膝。比如阿Q因为讳自己头顶的癞疮疤，于是遇到有人触犯自己的忌讳，口讷的便骂，力气小的便打，实在打不过也吵不过就怒目而视，比阿Q占据优势地位的闲人们因为毫不忌惮他便故意愈发开他的玩笑，“哙，亮起来了”[①]，在别人的伤口上撒盐；再比如阿Q在调戏吴妈被惩罚之后，街上的女人们看见他都赶紧躲起来，甚至于将近五十岁的邹七嫂，仿佛每一个人都是世界上最贞洁的节妇；再比如阿Q与小D打架的时候，两个人四只手弯着腰拔着两颗头，势均力敌了半个多钟点，看客们在旁边只是“好了，好了！”或者“好，好！”[②]，也不知道是解劝，是颂扬，还是煽动。

鲁迅对乡村街道上的“看客”无比痛恨，“看客们”的麻木、无聊、混沌、无同情心，显示了中国国民性中最肮脏而污浊的一面，每一个个体生命所遭遇的最悲痛的事情在这里被眼珠子们转变成轻飘飘的滑稽剧，被看者一切有价值的意义和精神都被消解、扭曲和阉割，被看者于是在肉体和灵魂上成了双重的僵尸，这也反映了封建社会时期底层老百姓枯竭而干燥的精神世界。

所以，当阿Q被莫名其妙地判了死刑之后，在街上游行的他，看着街上拥挤的蚂蚁式的人海人眼，他的潜意识便爆发出来，仿佛看

---

① 鲁迅：《鲁迅全集：编年版》（第2卷），人民文学出版社，2014年版，第76页。

② 鲁迅：《鲁迅全集：编年版》（第2卷），人民文学出版社，2014年版，第89页。

到了几年前在山脚下遇到的恶狼，不远不近地跟着他，要吃他的肉，正如“品节详明德性坚定，事理通达心气和平”[①]对祥林嫂不留骨头的吞噬，以及古书字缝里满溢的“吃人”。

街道是儒家统治者知识和权力实践的空间，街道空间在传统社会的权力规训技术中占据着关键的地位，它通过表扬“孝子们”“节妇们”的嘉言懿行，惩罚“不肖子”“淫妇们”的僭越，完成对传统社会个体身体行为与灵魂的规范。监视无孔不入，无处不在，表扬中暗含着对人性的压抑和残杀，血腥的明罚又打上“仁义礼智信”的旗号，就像庄子所讽刺的盗死人口中珠的儒生，行的是见不得人的禽兽之事，却要斯文地扶着死者的双鬓，慢慢地撬开他的嘴巴，打开的他的脸颊，阴险，狠毒，让人不寒而栗。

20世纪20年代著名乡村作家台静农在《拜堂》中也描写了街道舆论对人的压抑和束缚。《拜堂》叙述了一个叔嫂成亲的故事。女主人公汪大嫂丈夫去世，生活艰难，与丈夫的弟弟汪二好上了，两个人准备拜堂成亲，但丈夫刚去世一年，守丧之日还未到，同时，以两人的关系，成亲也并不被乡间伦理所支持，于是，两人决定夜间偷偷成亲，并请了同村的两个牵亲人，小说气氛阴森恐怖，压抑惨淡。而汪二的爹第二天知道这个消息之后便开始骂骂咧咧。

20世纪40年代初师陀在《果园城记》中再次提到相似的场景，每家人家门口总坐着头发抿得光亮的女人，“她们正亲密地同自己的邻人谈话，一个夏天又一个夏天，一年接着一年，永没有谈完过。她们因此不得不从下午谈到黄昏”[②]。

除了街道，现代文学中起相似作用的公共空间还包括四邻街坊聚焦的院落。

在萧红的《呼兰河传》中，萧红描写了向众人敞开的胡家大院

---

① 鲁迅：《鲁迅全集：编年版》（第2卷），人民文学出版社，2014年版。

② 师陀：《无望村的馆主》，花城出版社，2011年版，第128页。

中众人对小团圆媳妇的虐待与残杀。小团圆媳妇本是一个活泼可爱的小女孩，进了老胡家的门做团圆媳妇，仍没有一点屏息低头，不敢轻举妄动的乖顺样，还是机灵古怪，爱笑，也容易惹人笑。媳妇不像媳妇样，婆婆便有了施暴的“自然”权力，于是棍棒成为家常便饭，但小团圆媳妇竟敢反抗，敢哭喊，于是她婆婆便说她病了，需要跳神赶鬼，并召集了众街坊邻居前来围观。

街坊邻居们的兴奋引起了小团圆媳妇婆婆和跳大神的兴奋，大家都好奇，在热水缸里“驱鬼”是怎样一出精彩的戏剧。于是一齐上来撕她的衣服，一齐抬她进滚熟的热水缸里，一齐往她的头上浇热水，缸很大，她站在里边仅仅露着一个头，她逃命似的狂喊和挣扎也挣扎不出来，“她倒在大缸里了”之后，他们又一齐把她拉出来。拉出来后一些看客顿时觉到了无戏可看的乏味，便有离去之意，跳大神的怕这吃人的筵席散了，赶紧用针扎醒小团圆媳妇，看客们于是“个个眼睛发亮，人人精神百倍。看吧，洗一次就昏过去了，洗两次又该怎样呢？洗上三次，那可就不堪想象了。所以看热闹的人的心里，都满着秘密”①。又一齐将活过来的小团圆媳妇抬进热水缸，看小团圆媳妇第二次叫跳，第二次烫昏，如此重复，看小团圆媳妇第三次叫跳，第三次烫昏。

传统中国社会中尊卑分明的等级秩序，将家庭成员之间的关系也变成一种权力服从的“君臣关系”，父子、婆媳等关系，晚辈对长辈需要无条件地顺从和驯服，一旦有越轨者，便以疾病的名义对其进行特殊的干预和治疗，公共空间中的看客们成为这一整套医疗实践中与婆婆同一位置的权力实施者。这一敞开的院落是书房封建思想的“圆形监狱”，它巩固与加强着传统礼教的枷锁。

酒店，也是乡村人群聚集的地方，作为现代文学作品中乡村的公共空间，其运行的规则与上层社会一样，与下层社会也一样。比

① 萧红：《萧红精选集》，北京燕山出版社，2006年版，第165页。

如当阿Q是未庄的流氓无产者时，酒店的看客们都拿他取笑，拿阿Q对小尼姑的调戏起哄；但是当阿Q在城里“中兴”之后，酒店的堂倌、掌柜、酒客、路人都对他变得疑且敬起来了；而当大家再得知他不过是一个站在外面递包裹的不敢偷的小偷时，酒店里的人们便又不把他放在眼里了。

第三类公共空间是庙宇和“说书场”。庙宇和“说书场”经常挨着，它们一个通过未知的鬼神世界，一个通过已逝历史中的“帝王将相”佐证着现实统治的意识形态秩序。在鲁迅的《祝福》里，祥林嫂去庙里捐了一条门槛，以免去自己死后可能被锯成两半的恐惧，在这些庙宇空间里，阴间的道德标准与阳间的“封建礼教”完全一致，甚至还变本加厉，这就是所谓的“幽明一理”。

20世纪20年代著名乡村作家王鲁彦在《菊英的出嫁》中，无声地批判了寺庙对乡民精神的麻醉与对无辜生命的戕害。小说围绕菊英娘为早已去世的女儿菊英置办冥婚所需要的嫁妆为中心，回忆了菊英之死源于菊英娘的迷信。得了白喉病的菊英，本应该被送去医院接受西医的治疗，但菊英娘却把菊英带到了万邱山的庙里，烧了香烛和香灰，菊英的病情加重了，最终不治而亡。现在，迷信的菊英娘又花巨资为菊英准备了豪华的嫁妆，各种金银珠宝，绫罗绸缎，硬木家具以及箱柜烛台，希冀女儿在阴间有一个美满的婚姻，愚昧以爱的名义继续行进着。

20世纪30年代，茅盾《春蚕》中替东家催老通宝买桑叶的三十块钱债的“中人”，正是在东乡村城隍庙露天“说书场”说《隋唐演义》传的张财发。

道路和敞开的院落、酒店以及庙宇和戏台三重空间像是“家庭”空间扩散出来的均匀涟漪，一层一层将乡村百姓的精神封锁。由此，我们也可以观测到这一时期村民的精神空间结构形成了以“家庭”为中心，以街坊四邻等为外层空间的同心圆结构，这是一个封闭的空间，它像一个黑暗的铁屋子一样窒息了众多如小团圆媳妇一般的活泼泼的人。20世纪40年代的解放区文学，土地革命运动的进行，为这一间铁屋子打开了一扇全新的窗。

二、“公共空间”中的诉苦与主体重塑

在1942年解放区的小说创作中，乡村中的“公共空间”开始有了较大的变化，除了道路以外，寺庙被改为学校，集体劳作时的耕地、公共谷场成为新的“公共空间”，这“公共空间”反映了新阶段的伦理、道德和政治维度。

在丁玲《太阳照在桑干河上》中，暖水屯村子里原来的龙王庙被改成了小学，紧挨着龙王庙的大戏台也被拆了，戏台后边建了一个合作社，一个豆腐坊，合作社旁边安置了一个大黑板报，豆腐坊外边的墙上写着大标语：“永远跟着毛主席走！”①

地主许有武被吓跑了，他家的大厅成了农会识字班举办的地方，农会开会也在这里进行，在这里，文采等党的政策的传达者宣传着斗争恶霸地主钱文贵的策略。因此，这个新的公共空间，体现出其组织、动员社会力量的功能，虽然有时也会因发生错误而效果较差，但已经成为一种新的政治抵抗空间。

周立波《暴风骤雨》中的工作队，一进元茂屯，放下行李卷，架好电话线，萧队长就让老孙头吆喝村里人到小学校开会。在会上，工作队的人们告诉村民，他们来这里的目的是要“斗争大肚子，帮穷人们翻身”，但村民对这一激动人心的事业并没有表现太多热情。所以工作组决定从交叉穷叉苦的村民朋友开始，去发现村里的积极分子，搜集村里地主坏蛋的材料，确定需要斗争的具体对象。很快工作队便找到了赵玉林、郭全海等深受剥削和压迫的村民积极分子，确定了放高利贷，不让人家喝井水，欺负别人家的好媳

---

① 丁玲：《太阳照在桑干河上》，人民文学出版社，2011年版，第9页。

妇、好姑娘的韩老六是斗争对象，于是便四次搭台，开大会批判韩老六。最后一次，村民们积极性高涨，一个个咬牙切齿痛诉韩老六的罪恶，四面八方，角角落落都传来如春天打雷一般轰轰的鸣声："揍死他！"

这一种来自底层的"力"充斥在乡村的"公共空间"中，这种力，渊源于五四时期的摩罗和狂人、匪徒与天狗，也和胡风的主观战斗精神，路翎的"人民的原始的强力"有关系，当然更多的是《讲话》中赋予底层民众的一种至高的权利。在党员的引导、启发、鼓动下，在石板底下被压得枯黄的快没有任何生命力的闰土们开始在公共空间振臂呐喊，高呼，批判，斗争，夺权。否定性的力量成为这一时期"公共空间"的主旋律，它是沉默了几千年的农民的愤怒与抗争、企盼与欢呼……

《暴风骤雨》第一部的结尾，原来的韩家私人宅院，变成了农会的办公空间，改叫了"北大院"。在赵树理的《李家庄的变迁》中，也有类似的空间功能迁徙现象，小说中，原来被恶霸李如珍、春喜和小喜所占据的庙宇空间最后被共产党员小常所领导的牺盟会代替了。出身底层的被压迫者将原来富人的空间变成村里的公共空间，这是新社会对旧时代风俗、旧时代秩序的攻克。

"十七年"时期，乡村小说中的"公共空间"是20世纪40年代解放区土改小说中"公共空间"的继承和发展。庙宇空间在这一阶段基本被废弃或者被改造成学校及政府办公场所。在周立波的小说《山乡巨变》中，清溪乡的土地庙里，土地公公和他的夫人虽然还端端正正站在庙里，但香火已经冷了，神龛也长满了枯黄的野草，"庙顶的瓦片散落好多了……墙上的石灰大都剥落了，露出了焦黄的土砖"[①]，而原来乡村的"权威空间"祠堂此时也被乡政府代替，这个空间原来用五彩瓷片镶嵌的楷体大字"盛氏家庙"和上下排列的用

① 周立波：《山乡巨变》，作家出版社，1959年版，第6页。

油彩泥塑的文武名人仍然在，但“从前安置神龛的正面的木墙上，如今挂着毛、刘、周、朱的大肖像”[①]。

新的权威秩序已经建立起来，旧的虽然已经衰落，但并没有彻底消失。这一空间也正象征着小说所要处理的当时的农村政治问题，即土改之后，农村出现了新的两极分化的情形。

40年代的土改确保了耕者有其田，但起点的平等并不一定会带来结果的平等。柳青的《创业史》中，新富农一天一天发展壮大起来，而很多贫农却因为生产资料不足，仍然被困在贫困的位置上。如《山乡巨变》中的陈先晋、“菊咬筋”等是先富起来的生产者，但其他村民或因为缺乏劳力，或因为缺乏生产资料，或因为天灾人祸、债务缠身，日子仍然处于举步维艰的状态。因此，《山乡巨变》《创业史》等这一时期的农村小说所描写的农业合作化运动，便是党和政府针对这一现象展开的乡村治理道路的实践与探索的文学反映。在小说中，政策与理念最为集中的宣传场地是农村当时的学校、村里空旷的戏台，以及党员和先进贫农的家宅，这一时期的集体性会议背负起了“十七年”农村治理的光辉梦想，也记录下了这一段理想与现实矛盾重重的历史时光。

“公共空间”的“斗争”功能在20世纪50—70年代依然是其最重要的功能之一，现实与理想之间的错位与矛盾使得新会场承担着批判农村党员和农民的私有观念、提高农村党员和农民的社会主义觉悟的职责。因此，它是一个生动而严肃的政治课堂，对农村党员和农民具有监督和引导的作用。比如赵树理在《三里湾》中叙述的一次会议，其目的就在于“有些不正确的思想已阻碍着现在的工作做下去”[②]，因此要开一个一两天内可能都开不完的会来进行批判，疏导，清除。当然，这一公共空间最重要的作用还是传达“十七

① 周立波：《山乡巨变》，作家出版社，1959年版，第21页。

② 赵树理：《三里湾》，作家出版社，1963年版，第132页。

年”农村治理的光辉梦想，包括赋予农民应有的民主政治权利以及发展农业合作化运动。

在《创业史》中，梁生宝等十几个庄稼人聚集在贫民冯有义的家庭中，商量着农闲搞副业的问题，梁生宝在这个“临时的公共空间”里对大家讲述他与黄堡区供销社订扫帚合同的经过。在更大的公共空间里，锣鼓声、话筒声响彻了蛤蟆滩这个小乡村的天空，这里的人们白天黑夜开着会，交流、协商、反馈着新的农村政策，大家的积极性不断提高，集体的凝聚力不断增强。王汶石在小说《卢仙兰》中形容，这一热火朝天的场面产生的热气，能把房顶掀在一边。

毫无疑问，公共空间重塑了村民们的精神空间，带给人们非凡的自信心和自豪感。在李準的《春笋》中，作者为我们描写了村民们对乡村政治选举参与的主动性和积极性。老头们、妇女们、男社员们、姑娘们，一个个屏住呼吸、聚精会神、全神贯注地盯着党支部书记刘永义手里的选票，从每个人的眼睛、神情、手势中可以看出大家为自己能够实践个人的民主权利而产生的兴奋与骄傲，这是前所未有的村民的翻身与解放，在政治上的民主权利的拥有和实践。

西方思想家阿伦特在论述“人”的时候指出：“一个人过一种纯粹的私人生活，像奴隶一样不被允许进入公共领域，或者像野蛮人一样自愿选择不建立一个领域，就不是完整意义上的人。”[①]20世纪50—70年代，乡村公共空间对个人的政治召唤，在某种意义上也在塑造着具有政治权利的新人。

这一“新人”的精神空间不再是以“家”为中心的向外扩散的同心圆结构，而是转而去信仰组织的力量。比如李準的小说《李双双小传》中，李双双已经不再依赖家庭，而是开始去寻找老支书（组织）的力量，在“大跃进”运动中，李双双甚至将家庭空间置于

---

① ［美］汉娜·阿伦特：《人的境况》，王寅丽译，上海人民出版社，2009年版，第24页。

公共空间的对立面，“家务事／真心焦／有干劲／鼓不了／整天围着锅台转／跃进计划咋实现／只要能把食堂办／‘妇女能顶半个天’”[1]，新的共同体空间架空了家庭空间的父权和夫权等，成为小说中乡民最重要的核心精神空间。

赵树理在《三里湾》中，描写了经过土改的老解放区，只有地主马多寿把自家的门户看得特别重要，天只要一黑，他不管家里还有几口人没有回来，总要先把门搭子扣上，等到家里人全部回来齐了之后，他会命令负责关门的人给门上三道锁，以表示对私有财产的高度在乎与警惕。而与他形成鲜明对比的是普通村民，他们家家户户之间不再安门，新的互助组、合作社等公共组织的崛起已经弱化了家庭成员之间互相保护的联盟，打破了传统的“家庭空间”对人精神世界的局限。人们不再依赖个人的家庭，而是开始在更广阔的空间内寻找生存的意义与价值。

柳青《创业史》中的改霞，准备离开家乡，考城市的工厂，并不是为了改善自己的“物质空间”，为了所谓“楼上楼下，电灯电话”，而是有志于为“国家工业化”尽个体的绵薄之力。

当然，作者们在描写的时候，也写出了这一“公共空间”中存在的杂音，比如《山乡巨变》中写妇女开会时，有许多来参与的婆婆子其实对政治并没有那么关心，她们提着烘笼子，选一个避风的、暖和的角落，烤着手与脚，带孩子的或者当众喂奶，或者哼着催眠曲哄孩子睡觉，“没带孩子的，就着灯光上鞋底，或者补衣服”[2]。所以，如果说李双双和改霞呈现了20世纪50—70年代社会主义理想“新人”的形象，那么这些婆婆子不经意间流露出来的就是社会主义现实个人的形象，婆婆子的这一形象在“新时期”从被压抑的潜流转而为汹涌澎湃的主流。

---

① 王洪应主编：《李准作品选》（上册），大众文艺出版社，2004年版，第193页。

② 周立波：《山乡巨变》，作家出版社，1959年版，第86页。

三、现代性改革与“公共空间”

随着“家庭联产承包责任制”的实行，乡村的生产关系发生了重大的变动，乡村小说中的“公共空间”也有了重大的变化，乡民的“精神空间”又有了不同的形式和内涵。

20世纪80年代，学校操场、庙宇等原有公共空间的政治功能开始退却。贾平凹的《腊月·正月》描写了一个叫韩玄子的退休教师，想要组织大家集资来竞选县上的社火比赛，但是正像这一能人在家庭里的权威已经受到了动摇一样，象征权威的影壁墙脱落得斑驳但无人愿意再修，韩玄子的积极也只遭受到了村民的冷嘲热讽，大家既不愿意出钱，也担心浪费时间，最后还是村里的新的经济能人王才自愿资助了这一事件。不难看出，农村公共事件的萎缩已经成为历史之趋势，同时，韩玄子个人魅力的衰退，预示着村干部的权威也在衰退。这对于解构过于集权而专制的村干部权力有其进步意义，村支书不但不再操心村里的集体事件，也不再在乎大家之间的互动与交往，新的村支书的当选更多只是为了谋取个人的私人利益。这一角色功能的转变必然带来公共政治空间的萎缩，伴随政治空间消退的则是传统的“庙宇空间”的兴起。

中国乡村传统的星命之学、阴阳五行、求神问卜等虽然从20世纪40年代赵树理的《小二黑结婚》中就遭到了显性的批判，在“文革”时期，又成为“破四旧”中首先被破毁的对象，但民族的集体无意识在新的政治经济政策下开始悄然复苏。贾平凹《瘪家沟》中的神庙保佑着瘪家沟乡村的平安、健康与兴旺。《天狗》中李正打井，每次动工前都要求雇主请阴阳先生察看打井的方位。《黑氏》中，主人公木犊为了生计，打算去深山从事担木炭的职业前，需要先用神秘咒文祷告一番，并发出怪异的祷告声来祈求平安。

湖南作家韩少功的《爸爸爸》中，鸡头寨人与鸡尾寨人因为风水问题打架时，在村里的公共祠堂中用杀牛来占卜这场战役的胜败。占卜时，智障的丙崽因为嘟囔了两句，本来要被杀头祭祀的丙崽又被当作“丙神仙”，展现了村民对神的敬畏、恐惧与迷狂。

新时期以来，宗教文化在意识形态上获得了一定的松绑。作者们对这一“公共空间”的描写，存在着极其矛盾的双面态度，有对民间深厚的隐形“心理土壤”的理解和同情，有对神秘文化热潮的好奇和崇敬，也有五四时期启蒙主义式的批判立场。

与庙宇公共空间功能的转变相一致的是“家庭空间”再一次成为乡民精神空间的圆心，被打散的同心圆精神空间重新恢复，乡村街道的舆论公共空间再一次形成以传统儒家“仁”为主导的形态。

王安忆的《小鲍庄》中，主人公捞渣的“仁”便是这一经典的结构的恢复。与梁生宝总是处在“公私对立”的矛盾冲突中不同，捞渣的“仁”在于“公私一理”，即对“家人”的“仁”便是对“众人”的“仁”，便能够获得街道舆论空间的肯定和礼赞。

在儒家的“仁”中，孝悌是本，也就是儒家理论是以血缘为基础的。在孔子所推崇的圣人中，舜是非常孝的一位，他的父亲、继母以及继母的弟弟，想方设法要杀害他，但是他只是躲避却不抗击，而且自始至终以德报怨，孔子非常推崇他，因为，对家人的孝意味着对天下人的“仁”。这并非是外在强制于人的“礼”，而是出于个人自然合理的欲望之心。在《小鲍庄》中，捞渣在家孝顺父母，以至于他牺牲之后，他的母亲还常常念叨捞渣给自己干活的诸种场景；同时友爱兄长，当他的家庭只能供得起一个人上学的时候，他把这个机会让给了哥哥文化子；从家庭开始，他善待乡村里的长与幼，对鲍五爷孝顺之至；对和自己一起打猪笼草的小伙伴们也遵循关爱照顾弱者原则，谁慢了就主动帮一把，小伙伴们都愿意和捞渣一起打猪笼草。

小鲍庄没有一个不说捞渣“仁义”的。但是，这一“仁义”空间与其说是20世纪80年代中国乡村的现实，不如说是作家对农民世世代代朴素、和谐、邈远的生活方式的一种理想投射，在现实乡村中，随着农村经济组织合作社的解体，公共政治空间的萎缩，农村集会的商业公共空间开始涌现，而这一集会的商业空间形成的社会关系的交际原则，开始向“利”而非“礼”倾斜。

路遥的《平凡的世界》中，村民海民和妻子银花经营了一个养鱼场，银花不愿意让村里的穷人过来沾光，包括自己的父亲和四叔。在王润滋的《鲁班的子孙》中，小木匠为了个人木匠铺的经济效益，也拒绝了与自己家有多年交情的笨富宽，从乡村共同体中脱落出来的小木匠，必然会忽略乡村公共空间中的公共责任和社会义务，而是更关注个人的发家致富，这实际上走的是一条从梁生宝到梁三老汉的道路。

社会学家阎云翔指出，市场化以来，“许多年轻村民用‘个性’和‘个人主义’来为他们自私地、毫不留情地向父母索取资金的行为做辩解。按照同样的逻辑，许多个体村民也经常牺牲别人的利益来追求个体利益，同时逃避履行他们在乡村社会公共生活中的责任”[①]。越来越多的村民开始沦为“无公德的个人”，不过这一“无公德的个人”要到20世纪90年代才会“遍地开花”。

20世纪90年代以来，随着乡村劳务人员输出数量的增多，农民工被各种各样越来越宽的路和越来越快的交通工具运输出去，构成了城市里庞大的农民工群体，正如马克思、恩格斯所说：“资产阶级使农村屈服于城市的统治。它创立了巨大的城市，使城市人口比农村人口大大增加起来，因而使很大一部分居民脱离了农村生活的愚昧状态。正像它使农村从属于城市一样，它使未开化和半开化的国家从属于文明的国家，使农民的民族从属于资产阶级的民族，使东方从属于西方。”[②]

---

①［美］阎云翔：《中国社会的个体化》，陆洋等译，上海译文出版社，2016年版，第18页。

②《马克思恩格斯选集》（第1卷），人民出版社，2012年版，第405页。

乡村人口的减少一方面促进了乡村文化公共空间的进一步衰落，另一方面也加剧了乡村公共空间的唯市场化。在《中国在梁庄》中，这里的村民过去曾经有一个热火朝天的打麦场，打麦场既可以打麦子，也可以晒麦子，还可以供村里人娱乐戏耍，“红白喜事放电影的，唱戏的，送葬报庙跪哭的，都在这个打麦场里进行”①，这里是全村人交流、对话、释放个人生动情感的空间，它是全村人的舞台，是全村人情绪的宣泄闸，在这里，乡村的百姓健康而生动地过着大地上的生活。而现在所有的一切早已消失得无影无踪了。

学校这一曾经充满了琅琅读书声的公共空间也已然被废弃，梁庄小学内的空旷处被种上了菜，正中央的旗杆也只剩下一个水泥底座，教室的门被风化得腐朽，玻璃残缺，里面堆积的是破旧的家具，床、沙发、木椅、小凳子、锅碗瓢盆，还有散乱的旧迹斑斑的作业本。

与这两个空间的衰落形成对比的是乡村的集市空间仍然兴旺，而且赶集的日子也不再被指定为某一月某一个具体的日子，现在，每一天都可以赶集：“吴镇形成了新的集市中心和贸易中心，一排排崭新的房屋矗立在道路两旁，全是尖顶的，欧式的建筑，很现代……”②传统政治和文化的公共空间逐渐消失，集市空间提供给了大家一个最大公约数，即消费。

原有政治和文化公共空间骤然坍塌和消失，新兴公共空间唯利主义地兴起，意味着自然环境、社会组织、文化思想传统这些长时段支配人们的“结构”正在一点一点溃散，乡村内部人与人之间的交往互动情景已经越来越少，人与人的感情变得越来越分散化、稀薄化、空心化，农村固有的社会秩序和伦理道德失去了其规范力和约束力，社会道德整体下滑，乡村少年的犯罪率升高，《中国在梁庄》

---

① 梁鸿：《中国在梁庄》，台海出版社，2016年版，第48页。

② 梁鸿：《中国在梁庄》，台海出版社，2016年版，第12页。

中，提到了一个少年强奸并杀害一个八十多岁独居老太太的罪案。

这种公共空间的变化，打破了原有的以家庭为核心，向邻里均匀扩散的同心圆精神空间，村民被相互隔绝在各自的消费空间之中，无法交流。刘震云的作品《吃瓜时代的儿女们》展现了原来精神空间最核心的支柱——“家庭”也已危机四伏。小说中没有一个家庭成员可以信任：女主人公牛小丽的父母之间；牛小丽的哥哥和嫂嫂之间；村人老辛和老辛的老婆朱菊花之间；牛小丽与丈夫冯锦华之间……都是如此。西方哲学家列维纳斯的理论认为，“自我”与“他者”之间，存在着一条永远无法跨越的无限的鸿沟，在刘震云的《吃瓜时代的儿女们》的乡民之间，“我”与“他者”永远处于相异的维度。

小说开头，是牛小丽在帮她哥哥买老婆时与中人老辛老婆朱菊花及女人宋彩霞所进行的讨价还价。老辛老婆说最低十三万，宋彩霞问了几个问题，将价钱同意在了十万。这几个问题分别是：第一，牛小丽有没有对象？第二，牛小丽的父母是否还健在？第三，牛小丽的哥嫂离婚时，谁甩的谁？牛小丽分别答：有，父母已亡，嫂子甩的哥哥。牛小丽认为宋彩霞之所以会同意十万，是因为感到牛小丽家没有什么负担，哥哥也老实，宋彩霞进门就能当女主人，因此判断她会和哥哥好好过下去，但是五天之后，宋彩霞逃之夭夭。

牛小丽觉得自己被骗了，倒不全是为了被诓骗的钱，更重要的就是对“他者”的“信任”这样一种精神空间被彻底摧毁了。为了讨一个说法，当然也为了追回丢失的钱，牛小丽逼着中人老辛老婆朱菊花陪自己去宋彩霞的老家找宋彩霞。但在这个过程中，又被看上去老实巴交的朱菊花骗了，朱菊花当年也是别人卖给老辛的，趁此机会溜之大吉，剩下牛小丽自己。后来，牛小丽找寻未果，经过一番更离奇的遭际之后回到老家与冯锦华结婚，开了一个卖羊肚汤的小吃店，生意兴隆，但原来给她打工的齐亚芬却开了一家与她竞争的店铺，而且，她一直以为诚恳真挚的丈夫冯锦华，竟然与齐亚芬有染。人与人之间丧失了最基本的诚与爱，乡民的精神空间被乡间复兴的传统迷信以及极功利性的消费文化异化成新的黑暗空间。

公共空间是盛放权力的容器，公共空间的组织形式是一定时期社会知识权力的投影。20世纪以来，随着公共空间从文化权威、政策制定者到资本利益集团的更迭，乡民的精神空间也发生了从以“家庭”为中心的同心圆精神空间形态到这一空间的破裂、重组、再破裂。两者的变化皆直面质询着20世纪以来中国包括政治、文化、道德在内的社会的诸种变革的收获与代价。

第三节　中国乡村小说中的“自然空间”之变

中国是一个有着悠久农耕文化的国度，在黄河与长江两条大河的哺育下，无数的农业乡村进行着自给自足的小农生产。在中国古代以乡村为书写对象的文学中，乡村中的自然空间始终是最令作家们兴趣盎然的景致，陶渊明的“道狭草木长，夕露沾我衣”，孟浩然的“绿树村边合，青山郭外斜”，王维的“倚杖柴门外，临风听暮蝉”“白水明田外，碧峰出山后”，等等，举不胜举，乡村中的山水风云，日月四季，花草树木，鸟兽鱼虫，农田果园，在千古文人的笔下，存蓄着经久不衰的生命力。

近代以来，中国文学的形式发生了现代的转换，小说从小道一跃而至大道，诗歌的格律也被打破，散文也具有了新的现代品格，但对乡村中“自然空间”的描写并没有消退。现代作家对乡村中的自然风景和农田景观的书写，一方面可以观照中国现代性进展中农村生产力的发展与转换，另一方面，“自然空间”的写照往往是作家与其特定时期社会问题对话的隐喻空间。因此，对百年来中国乡村小说中“自然空间”进行历时性梳理，可以清晰地看到不同时期“自然空间”所折射的现代性进程状况，并深入反思其引发的诸多现实性难题。

恩格斯谈及巴尔扎克时曾明确指出："围绕着这幅中心图画，他汇编了一部完整的法国社会的历史，我从这里，甚至在经济细节方面（诸如革命以后动产和不动产的重新分配）所学到的东西，也要比从当时所有职业的史学家、经济学家和统计学家那里学到的全部东西还要多。不错，巴尔扎克在政治上是一个正统派；他的伟大作品是对上流社会无可阻挡的衰落的一曲无尽的挽歌；他对注定要灭亡的那个阶级寄予了全部的同情。"[①]这无疑说明了文学作品对于社会变迁的记录与对生活细节摹写的独到之处。而文学作品对于空间的描摹状写无疑是文学把握时代脉搏从而定格时代影像的最佳门径之一。中国乡村小说中空间书写的流变历程恰恰印证了这一点。中国乡村小说在百年的发展历程中，与乡村中国产生了密不可分的关系。实际上，除了赋予中国乡村小说以"三画四彩"的审美范式与内蕴，葳蕤广袤的中国乡村社会在不同的时间段也给予了中国乡村小说形态各异的自然空间。中国乡村小说在近百年的历史流变过程中，其文学书写中的空间书写变化始终隐伏于广大作家的创作隐喻之中，正如约瑟夫·弗兰克在《现代小说的空间形式》中所言："就将我们的注意力集中在叙述技巧的发展之上来说，空间形式是一个有用的隐喻。"[②]当我们回顾中国乡村小说中自然空间的变化时，我们可以发现，不同阶段的中国乡村小说中的自然空间书写亦包蕴着多维的隐喻，既有对时代风俗的展现，也有对社会政治运动的容纳，同时也可能会与时代的风云际会产生背离。总而言之，要纵览百年中国乡村小说的"发生—发展—渐变"的历史过程，必然要重新审视中国乡村小说中的自然空间发展历程。

---

①［德］恩格斯：《致玛格丽特·哈克奈斯》，《马克思恩格斯选集》（第4卷），人民出版社，2012年版，第591页。

②［美］约瑟夫·弗兰克：《现代小说中的空间形式》，秦林芳编译，北京大学出版社，1991年版。

一、封闭与昏暗

自然空间场景作为乡村小说中最常见却最容易被忽视的构成细节，事实上，自五四时代开始乡村小说已经被广大作家所重视。由于“五四”阶段是中国乡村小说的发轫期，启蒙成为时代的主题，乡村小说的发展亦是如此。正因如此，以鲁迅为代表的“五四”乡村小说作家的乡村书写的终极旨归必然要指向国民劣根性的源头，从而解剖老中国儿女精神的麻木与愚昧，进而达到疗救的效果。因此，对于乡村自然空间布景的选择也成为广大作家在作品中需要考虑的问题。而“五四”乡村小说作家为了能够给这一阶段的作品主题提供足够的空间支撑与景物衬托，他们首先从空间布景的地域性入手，其次从空间的封闭性与色调的昏暗入手，进而呈现出时代的特色。

首先，五四时代乡村小说的自然空间书写具有地域性的特点。新文学以降，启蒙与民主成为时代的主题，所以，新文学的诞生预示着对原有模式与书写内容的一次彻底的颠覆。中国乡村小说在诞生之初，鲁迅与茅盾等文学巨擘都对乡村小说的地域性极为重视，无论是鲁迅笔下的鲁镇，还是沈从文笔下的边城、废名笔下的黄梅故乡、蹇先艾笔下的老远的贵州，无疑都代表了我国不同地域的空间特色与差异性。正因为如此，美国的小说家赫姆林-加兰曾经在《破碎的偶像》中提出过地方色彩对于文学的重要性：“显然，艺术的地方色彩是文学生命力的源泉，是文学一向独具的特点。”① “五四”乡村小说作家在空间的书写中显然也对各位作家所生活过的“吾土吾乡”有着浓得化不开的精神依恋，因此，这一阶段的乡村小

① ［美］赫姆林-加兰：《破碎的偶像》，载刘保端《美国作家论文学》，生活·读书·新知三联书店，1984年版，第89页。

说中的空间书写有着明显的精神原乡的色彩。鲁迅成长于浙江绍兴，王鲁彦来自浙江镇海，许钦文来自浙江绍兴，台静农来自安徽霍邱，蹇先艾来自贵州遵义，彭家煌来自湖南湘阴，许杰来自浙江天台，因此，这一批作家具有类似的地域文化背景，同时也具有类似的自然地理环境。在这种类似的环境中，乡村中国的空间呈现也就有着相通乃至于类似的书写特质。本书正是通过对各地有着极强的地域特色的乡村风景与空间所包蕴的传统文化的发现，找寻到了启蒙主题和空间书写的时代关系。

在《风波》中，鲁迅就将空间的书写聚焦在傍晚乡村的土场上，在这段自然空间的描写中："临河的土场上，太阳渐渐的收了他通黄的光线了。场边靠河的乌桕树叶，干巴巴的才喘过气来，几个花脚蚊子在下面哼着飞舞。面河的农家的烟突里，逐渐减少了炊烟，女人孩子们都在自己门口的土场上泼些水，放下小桌子和矮凳；人知道，这已经是晚饭的时候了。老人男人坐在矮凳上，摇着大芭蕉扇闲谈，孩子飞也似的跑，或者蹲在乌桕树下赌玩石子。女人端出乌黑的蒸干菜和松花黄的米饭，热蓬蓬冒烟。河里驶过文人的酒船，文豪见了，大发诗兴，说，'无思无虑，这真是田家乐呵！'"[①]乌桕树、蒸干菜和松花黄的米饭无疑是对于浙江地域性的暗示。因此空间书写的地域性得到了展现。但是鲁迅在作品中所要达到的目的显然是以看似风平浪静的空间关系来展现时代所暗藏的不稳定因素。首先，七斤虽然是农民，但是因为长期进城，因此可以从鲁镇获得最及时的消息，而每天他传播消息的地点正是土场。但实际上，他所传播的却是蜈蚣精以及夜叉等荒诞不经的所谓新闻，但其仍被村民奉为权威。所以土场就成了谣言的集散地，间接说明了乡村亟须启蒙与开化的必要性。赵七爷以七斤没有辫子恐吓七斤，进而引起了七斤的恐慌和七斤嫂的埋怨，土场上一家人的一餐

① 鲁迅：《风波》，《鲁迅全集》（第1卷），人民文学出版社，2005年版，第491页。

温馨晚饭成了互相埋怨的诉苦会。事实上，七斤愚昧自大，赵七爷无知混沌，张勋复辟这一闹剧之所以能成为赵七爷恐吓七斤的理由，原因正是乡村土场所隐喻的乡村自然空间的封闭性。由于乡村空间的封闭和落后，故而，外界的即时性信息无法通过现代化的媒介输入到乡村的土场中来，农民所关注的只能是荒诞不经的谣言。在青雨的《三个真命天子》中，空间也被局限在冯家坪。这里也是一个乡村消息的集散地。在这里，众人对于社会新闻的关注显然不及对于社会谣言的青睐。在时间已经进入到民国后，这里的乡民们仍在谈论着烧饼歌和推背图，所期待的仍然是真命天子何时能够出现。这一切无疑是传统封建意识残留的表现。而《孔乙己》中的咸亨酒店以及《阿Q正传》里的土谷祠，无疑都是江浙地域特色的再现，并具有和土场以及冯家坪同样的功能。

其次，这一阶段乡村小说中自然空间书写具有明显的封闭性。由于“五四”一代乡村小说作家所具有的启蒙与救亡的思想基础，因此，发现乡村的封闭与昏暗，从而展现国民的愚昧与麻木成为时代的选择。而传统乡村中的空间书写也成为映照国民劣根性的镜子，所以乡村小说作家竭尽全力去发掘广大乡村中具有封闭特征的空间，将其作为广大农民与现代文明以及信息相脱节的证据，进而使启蒙的必要性与急迫性实现了自洽。

在王鲁彦的《岔路》中，自然空间场景的设计显然具有作者的深意，其一是在关帝庙中抬出关帝塑像，其二则是在岔路口的械斗。当两个村庄发生瘟疫后，两村将希望寄托在关帝塑像的巡游之上，希望借此消灭瘟疫。中国古代对于关帝的信仰可谓盛极一时，源远流长。但是当瘟疫暴发后，广大乡民却仍然保留着封建时代的迷信风俗，到关帝庙中祈求神灵的庇佑，无疑表现了作家对于国民愚昧性的批判。关帝庙的威严与瘟疫肆虐的惨状显然形成了鲜明的对比。当两村因为关帝庙究竟该首先进入哪个村发生争执后，在另一个自然空间——岔路口发生了一场械斗。从封建迷信的象征——关帝庙延伸出的乡村利益分歧空间——岔路口，封闭的乡村空间又一次见证了乡民的愚昧与自私引起的瘟疫的“次生灾害”，关帝庙所代表的乡村空间无疑证明了乡村封闭性造成灾难性结果的必然性。在蹇先艾的《水葬》中，骆毛因为偷盗而被广大乡民处以水葬的私刑，这不仅没有引起乡民们的同情，相反，作者将看客们与受害者相遇的空间安排在押送骆毛到河边的山路上，乡间山野的空旷不仅没有稀释水葬这一野蛮陋俗所产生的恐怖与狰狞，反而愈加凸显出堵塞在山路上的围观乡民的无知和愚昧，山路的长度与宽度实际上正是代表了作者对于传统中国国民的看客精神的痛惜与愤懑。而这一切并非个案，《阿Q正传》中看客们在刑场的丑态以及王鲁彦《柚子》中看客们奔走相告邀约看杀人的兴奋，无疑通过空间所含纳的人物以及人物的行为展现了中国农民的时代样貌，从而寄寓了五四时代乡村小说所要阐释的文学介入现实的目标。

二、从封闭到开放

当乡村小说的启蒙步伐被时代的政治因素所打断，这就预示着乡村小说的书写必然转轨。因此，相较于五四时代乡村小说中空间书写的封闭性而言，左翼乡村小说为革命以及为社会的创作宗旨，与解放区乡村小说的文艺大众化趋向，使这两个时期乡村小说的空间书写具有了开放性。因为当政治的任务成为文学使命后，乡村小说中的细节性建构必然统一在政治这一核心使命之下，自然空间与场景的书写所具有的深层含义也得到进一步的发掘，进而成为乡村小说因时代变化而转变的证明。

左翼乡村小说由于与政治的关系十分紧密，所以，自然空间书写的开放性具有时代的必然性。如果说，“五四”阶段的乡村小说中，自然空间的书写始终局限在“一村之内，两村交界”的范围，那么及至左翼乡村小说的书写，乡村内部的自然空间范围已经难以再现“鸡犬之声相闻，老死不相往来”的上古似的沉寂，原因无他，时代的任务决定了文学的方向。在左翼乡村文学的关键词中，分析造成中国乡村与农民困苦的根源以及广大农民反抗意识的觉醒是两条并行不悖的轨道，二者的最终目的地皆是以文学透视乡村乃至中国革命兴起的必然性。故而，乡村小说中的乡村自然空间也成为中国乡村困苦以及广大农民反抗的见证者。

首先，自然空间书写的开放性与中国乡村经济的崩溃和解体有着直接的联系。在茅盾的《春蚕》中，故事被设定在江南的一个乡村，相较于五四时代乡村小说中鲁镇、枫溪村、边城、黄梅故乡的封闭与灰暗，多多头和老通宝所在的乡村已经实现了与外界乃至和外国的联系。因此，“《春蚕》的一切描写中都渗透着作者强烈的意图”[①]，作品中对于空间场景的书写也同样如此。作品的开篇通过老通宝的视觉和听觉呈现出空间的隐喻。代表着西方经济入侵的小火轮在隐喻着老中国的河流中前进，在乡村所泛起的波浪无疑是对于中国传统农业的冲击，而当小火轮经过时，一条赤膊船上的农民为了靠岸只能抓住岸上的茅草来苦苦维持。实际上，当外来的机械化火轮与本土的茅草形成对比后，传统农业经济被帝国主义经济冲击乃至彻底被湮没的时代悲剧已经不可避免。小桥流水、莺飞草长的江南河畔，早已不是乡村社会的安乐之乡，而是成了外来资本入侵的前沿阵地。

与此同时，这一阶段乡村小说中的自然空间也成为联系外来者与乡村的神圣之地。在叶紫的《星》中，梅春长期遭受丈夫的殴打与虐待，每一次丈夫殴打她的地点都在昏暗而狭窄的家里，丈夫为了防止梅春与外界接触，每次离家前都会要求梅春躲在家中。事实上，狭窄而昏暗的家所代表的无疑是封建礼教对于女性的捆绑和束缚，而相较于五四时期乡村小说表现女性解放的时代目标，左翼乡

---

① 丁帆：《中国乡土小说史》，北京大学出版社，2007年版，第129页。

村小说在此的发力显然寓意更加深远。因为当梅春在遇到外来的黄姓的革命者之后，二人产生了感情，这无疑是对于梅春的解救。在此基础上，梅春跟随黄姓革命者一起走上了革命道路，二人初次相识的地点正是在村里的河边，随后，二人相处的地点又从河边进入到村里的寺庙。寺庙作为一个被打破了传统威严与禁忌性的空间，已经成为村中不同性别、年龄、身份的村民们的共同聚集地，而其使命也转变为革命的生发地以及与外界联系的中转站。正因如此，在河流这一自然空间的牵引下，乡村的传统空间已经实现了自发的开放。

如果说，左翼乡村小说中自然空间的书写因为时代政治因素的介入而走向了自发的开放，那么解放区乡村小说中的空间书写则在文艺大众化的引领下实现了空间书写的新的转向。在解放区乡村小说中，自然空间的书写显然具备了更深层次的意义，在乡村小说整体色调由暗转晴的过程中，解放区乡村小说对于自然空间的书写对地域性的指向更加显著，同时传统乡村自然空间场景的文学寓意得到了进一步固定，甚至延伸到了“十七年文学”时期农村题材小说的空间书写中。

在“五四”乡村小说中，因为创作者生活地域的差异，其作品中自然空间书写的差异性十分明显，且由于以鲁迅为代表的乡村写实流派的作家均来自我国的江浙皖等南方地区，故而这一阶段乡村小说中的自然空间书写具有明显的南方地区的地域色彩。及至解放区文学的书写对象与作家群体转入黄土高原的陕北地区，广大作家在《讲话》精神的指引下，深入黄土高原的乡村，故而，极具陕北特色的自然空间场景书写与政治的结合呈现出新的风貌。窑洞是黄土高原最具特色的居住空间，而窑洞所处的空间位置也成了区分乡村阶级的标志物，在赵树理的《李有才板话》中，阎家山窑洞的空间分布与村中的阶级关系形成鲜明对照：“阎家山这地方有点古怪：村西头是砖楼房，中间是平房，东头的老槐树下是一排二三十孔土窑。地势看来也还平，可是从房顶上看起来，从西到东却是一道斜坡。西头住的都是姓阎的；中间也有姓阎的也有杂姓，不过都是些在地户；只有东头特别，外来的开荒的占一半，日子过倒霉了的杂姓，也差不多占一半，姓阎的只有三家，也是破了产卖了房才搬来的。”[①]通过作品中对于乡村自然和人文空间的方向布局、建材种类的摹写，我们可以明确了解乡村的阶级分布。周扬也曾对此段描写进行阐释：“从西到东是一道斜坡不正是农村中阶级的明显区分吗？”而这一切产生的前提正是黄土高原所独有的窑洞这一居住空间的差异性。

当乡村的自然因地域性而呈现出阶级差异后，解放区乡村小说也对乡村的公共空间施加了特定的政治寓意。《吕梁英雄传》又一次提及了“五四”乡村小说中曾提及的关帝庙，但是“旧庙”却换了新颜。“每年旧历七月七日，汉家山关帝庙有古庙会，自从日本占了就没闹过。老武们商量说：‘现在把敌人挤跑了，咱们就凑这天开庆祝大会吧。’干部们都同意。随即分了工，开始进行筹备工作。……关帝庙的大门上，插着红旗，贴着标语，进出的人，就像织布穿梭一般。两个老太婆一边走，一边不住地指指这个，说说那个，看见这样多的人，都不禁叫道：‘真是红火呀，二四年也没有闹过个会啦！’”相较于王鲁彦作品中引起两个村庄村民们械斗悲剧的关帝庙，解放区的关帝庙已经被红旗和标语改造为容纳了政治使命的革命空间，这一公共空间所具有的封建文化中的崇拜行为与迷信内涵已经被彻底涤荡，取而代之的是革命标语对其的改造。

左翼乡村小说和解放区乡村小说对于空间场景的书写，具有鲜明的文学与政治结合的色彩，同时空间书写的范围也实现了从“五四”乡村小说空间书写的封闭走向开放的转折。

---

① 刘绍棠、宋志明主编：《中国乡土文学大系·现代卷》，农村读物出版社，1996年版，第898页。

三、“艳阳天”下的田野与无土时代

“文学作品中的场景环境描写，并不是客观物理空间或地理空间的简单机械式再现，其中渗透着人们对于空间的理性规划和社会历史性理解。因此，无论运用表现还是再现的方式，文学运用文化表征实践方式所产生的空间总是具有特定社会历史内涵的象征性空间。”[①]若以此论述评价“十七年文学”时期农村题材小说中的自然空间书写，可谓切中肯綮。当乡村小说转化为与工业题材小说、革命历史题材小说相对应的文学题材后，乡村小说的基本审美特质已经被熔铸为整齐划一的农事与农业生产书写，因此，在高度一致的文学话语规约下，农村题材小说中的自然空间书写也从前一阶段乡村小说所呈现出的多元化走向单一。紧随土地改革、合作化以及人民公社化等一系列运动，农村题材小说对于农业生产的开掘近乎巨细靡遗。正是在这一时代背景下，文学作品中自然空间场景的书写具备了更加开阔的时代隐喻。

《艳阳天》作为“十七年文学”的代表作品，其中的空间书写极具代表性。在东山坞，全村被一条沟分开，居住于沟北面的是村中的富户，而南面的是贫困户，这一点与阎家山中按窑洞所处方位划分阶级的方法十分类似。萧长春作为作者塑造的典型人物，他出场的地点正是挖渠引水的工地现场，火热的劳动场面无疑为萧长春这位新时代农村领导人的形象奠定了基调。他回到村里后，并未回家，而是到了当时斗争的核心地带——麦田，这又一次树立了萧长春作为劳动者的伟岸形象。同时，包括焦淑红、马翠清、韩小乐等进步青年也在麦田与萧长春相遇，而这一众人也正是村中的积极分

① 谢纳：《空间生产与文化表征》，中国人民大学出版社，2010年版，第87页。

子。相对而言，对于萧长春家的描写更加值得关注，因为他每一次回家停留的时间都非常短，甚至出现过数过家门而不入的情景，因此，“家”这一人文空间意象与工地和麦田等自然空间意象形成了鲜明的对比，从而通过空间场景的对比性书写彰显了萧长春的公而忘私乃至无私的特质。反之，作为村里落后人物的代表，马之悦并未出现在劳动现场等自然空间，而是以其家为中心，以其院落为半径，划分出自己的活动空间。他家院落的空间十分开阔，这无疑暗示其在新中国成立前曾经占据的社会地位，但是大门油漆脱落，主人却仍然保留着往日的习惯，则说明了其阶级觉悟的落后。对于弯弯绕——马同利家的书写更加明显，在沟北面的家庭中，弯弯绕家的房子无论是建材还是新旧程度都堪称村中的“独一份”，但是这一切都是建立在弯弯绕在新中国成立前依靠放高利贷危害农民的恶劣行径之上。他家的院子也比普通农民正常院子的面积更大，而背后的事实则是其将集体的耕地占为己用，暴露了其自私自利的品行。相比于空间中透露出个人阶级信息的隐喻性，东山坞村中庙宇的空间作用的改造更加具有时代特色。在作品中，古庙作为明代的遗迹，其传统意义上所具有的宗教信仰的内蕴已经被扫除殆尽，农业社的仓库设立在此，豆片坊设立于此，团支部的技术研究室和民校教师办公室也设立于此，充分证明了在新的政权领导下，传统人文空间的改造已经完成并实现了功能的多样化。

管中窥豹，可见一斑。《艳阳天》中的空间书写，无疑是对“十七年”时期农村题材小说中空间含义多维隐喻的展现。

新时期文学的肇始，是政治领域的拨乱反正。新时期文学的书写也始终与国家政策的变化有着紧密的联系。而乡村小说在新时期文学中有着独特的地位，与其及时反映国家政策的变化，以及政策变化对于农民们精神面貌的影响和对于农村经济的激活大有关联。正因如此，这一阶段乡村小说对于空间的书写才呈现了上述特征。

这一阶段的乡村小说中，自然空间的书写展现了国家政策的变化。在何士光的《乡场上》中，梨花屯的乡场本是一个平常的乡村自然空间，但是由于冯幺爸的做证，赋予了这一空间以时代的意蕴。由于冯幺爸家境贫困，生活拮据，因此始终受到轻视。但是，当食品购销站会计的妻子罗二娘需要他做伪证时，他却一反平日唯唯诺诺的常态，拒绝了罗二娘的要求。发生在乡场上的这一事件成为村民们的议论中心，众人都在探讨冯幺爸挺直腰杆的原因。事实上，正是因为土地政策的改变帮助冯幺爸实现了温饱并且家有余粮，同时乡村集市的恢复帮助冯幺爸获得了购买商品的主动权。因此，乡场这一自然空间实际上成为改革开放后国家土地政策与经济政策的见证者。

同时，这一阶段乡村小说的自然空间书写，也见证了农村经济的恢复。在《黑娃照相》中，作家将目光聚焦在改革开放后得以恢复的中岳庙会。黑娃因为养殖长毛兔而获得了前所未有的收入，所以走进了中岳庙会。而中岳庙会与其说是一个民俗空间，毋宁说是中国乡村社会在国家经济政策改革后，农村市场经济走向繁荣的见证。在庙会中，农具、食品随处可见，时尚的服饰与精彩的杂技表演成为亮点。黑娃通过照相实现了自己的精神追求，从而树立了发家致富的目标。可以说，作者通过庙会这一民俗空间，展现了当时中国乡村在经济领域的巨变以及取得的可喜成果。

贾平凹曾经坦言："现在我为故乡写这本书，却是为了忘却的回忆。我决心以这本书为故乡树起一块碑子。"[①]当时间来到21世纪后，经济的发展与现代化进程的冲击成为中国农村所必须面对的一个问题，传统意义上的乡村中国正在逐渐走向城乡中国，因此，作为传统农业时代的产物——土地，正在被不断侵蚀。正因为如此，乡村小说的书写也同样面临着如何书写现代化进程中的乡村样貌这一时代难题。当这一时代难题与乡村小说中的自然空间书写产生交集

① 贾平凹：《秦腔·后记》，作家出版社，2006年版，第563页。

后，乡村小说必然面临乡村的土地逐渐模糊乃至消失的问题，故而这一阶段的乡村小说中，以土地为标识的乡村自然空间从单一化的空间场景走向从精神层面到现实层面的书写。

21世纪乡村小说中以土地为代表的乡村自然空间，首先要面临精神层面的危机。赵本夫的《无土时代》中，木城市在几十年前就按下了“城市化”的加速键，曾经的村子被社区取代，独门独户被几十层的居民楼代替。但是当灯火通明、交通便利的木城市在几十年后真正矗立在曾经的村里人面前时，市民们的想法却与当初的殷切期盼大相径庭。此时他们才真正理解了人与土地密不可分的关系。故而木城市的市民几乎家家都有花盆，但是种植的却是蔬菜和庄稼而不是鲜花，有的市民甚至在草坪上“开荒”种植庄稼。而兼具留美博士、木城出版社的总编辑、木城市政协委员等身份标签的高级知识分子石陀甚至在政协会议上提出了拆除木城市的所有高楼、扒开木城市的所有水泥地面，从而让土地重新焕发生机的提案，希望唤起木城人对于土地的记忆。

其次，21世纪乡村小说对于以现实土地为代表的自然空间的书写更加令人触目惊心。贾平凹在《秦腔》中所塑造的老村主任夏天义在清风街的耕地被开发用于商业用途时显然是排斥的，故而他与夏君亭的意见产生了分歧。但是以夏君亭为代表的、以商业代替农业从而让村民们富起来的观点，毫无悬念地成为多数人的选择。当众人沉浸于时代的喧嚣中时，夏天义默默地带着引生、哑巴和大黄狗到七里沟去实践他淤地造田的理想。最终他被塌方的山体掩埋在了尚未完成的田地中，土地的坚守者用生命践行了他的承诺。显而易见，夏天义的形象具有象征色彩，作为一名始终坚守在田间的长者，可以说他就是土地的化身。如罗中立的油画《父亲》中满面沧桑的长者具有中国乡村“父亲们”的共性一样，他们兼具包容、厚重、仁爱、隐忍等所有的美好特质，但是只能停留在静态的记忆中。而夏天义对土地的眷恋最终使他与清风街的山川融为一体，不可谓不悲壮。

第三章　乡村小说中的“主题”之变

主题在文学作品中的重要地位是不言而喻的，它是体现文学作品价值的核心要素。若要对文学作品进行有效的把握和判断，就必须要明确“主题”一词的内涵。然而，在文学研究和文学批评中，“主题”一词的内涵经常被简单化处理，这样很容易将一部作品的题材、内容与主题相混淆。实际上，“主题”一词的内涵是比较复杂的，它不仅仅是作品表面所描写的主要事件或人物。陶东风认为：“文学作品的主题不是文学话语的谈论对象，而是文学话语本身所显示的核心意味。”[①]这表明“主题”一词的内涵还包括作品表面内容背后更深层的审美意蕴。它应该是文学作品的真、善、美实现统一之后所升华出来的，蕴含着创作者对生活的认知与思考，同时还蕴含着创作者作为主体的价值判断，是隐藏在作品中的深层的主观意图。当一部作品完成之后，主题便获得了中心性地位，从而具有一定的辐射性。文学作品主题的生成一方面受到时代背景、社会环境、历史文化等因素的影响，另一方面也是由创作主体的思想观念、认知视角、价值立场以及审美追求等因素所决定的。它是文学

① 陶东风：《文学史哲学》，河南人民出版社，1994年版，第338页。

内外因素相互撞击的结果。因此，考察文学作品主题的演变，能够更加深刻地发掘文学创作变化的逻辑与规律。

乡村从五四新文学诞生开始便成为中国作家最为关注的审美对象，在百年中国新文学发展过程中，乡村小说表现出了绝对的优势，占据了中国小说创作的半壁江山，这种优势在一定程度上具有必然性。百年中国所经历的是一个不断追求现代化的过程。在这一过程中，现代工业文明对传统农业文明产生了巨大冲击力，两种文明发生了激烈的冲突。现代工业文明所产生的强大力量动摇了传统乡村社会的稳定性，使其在各个层面都发生了翻天覆地的变化。在这种情况下，乡村是中国作家进行现代化思考时无法回避的对象，两种文明冲突也为作家审视乡村社会提供了新的视角。然而，受多种复杂因素的影响，中国在追求现代化的道路上并非一帆风顺，经历了众多的坎坷与挫折，不同历史时期追求现代化的重点也有所不同。同理，不同时代的作家关注的重点有所不同，他们的思想观念、认知视角、价值立场等也会有变化，使乡村小说呈现出不同的主题内涵。这些主题内涵体现了不同时期中国作家对现代性境遇中的乡村社会命运的思考与探索。因此，乡村小说主题随着时代的变迁也经历了复杂的演变。结合时代变迁，考察乡村小说主题的演变，能够比较深刻地接近不同时期作家的审美姿态以及对现代性的思考。

第一节　现代“人”与浪漫乡村

一、“国民性”批判与传统乡村“再发现”

“五四”文学革命是在新文化运动的促动下发生的，成为新文化运动的一个重要组成部分，新文化运动也因文学革命的发生而扩大了影响。在这一背景下，鲁迅开创了中国乡村小说的母题，随后一群青年知识分子在鲁迅的影响下走上了乡村小说的创作道路。由此，乡村小说在新文学整体发展版图中形成了一座高峰，成为20世纪20年代最为重要的小说流派。在这种情况下，乡村小说的主题内涵鲜明地体现了五四新文化运动和文学革命的核心精神与根本意图。五四新文化运动的发生标志着中国知识分子对现代化转型的思考进入到一个新的阶段，它超越以往的器物与制度层面，开始深入到思想文化层面。历史发展到五四时期，在西方现代文明思潮的影响下，知识分子深刻意识到仅仅依靠器物与制度变革无法使封闭、落后、保守的中国完成现代化转型，还必须从根本上进行思想变革。于是，思想启蒙便成为五四新文化运动的核心内容，其根本目的是立人，即人的觉醒，将人从一切受奴役的状态中解放出来，使人获得原本应有的自由、尊严和权利。这是“五四”一代知识分子痛感于中国人“非人”的生存状态和精神麻木而做出的文化选择。

在思想启蒙精神主导下，“五四”文学革命不仅在语言上完成了用白话取代文言，更重要的是确立了“文学是人学”这一现代文学观念。1918年，周作人发表了《人的文学》一文，最早从理论层面上系统阐述“文学是人学”这一命题。这篇文章一开始就指出新文学是“人的文学”，应该反对和排斥“非人的文学”，强调从文学开始提倡人道主义思想，去发现“人”而“辟人荒”。周作人认为灵肉并非二元对立的，偏重哪一面都是非人的，人类正当合理的生活就应该是灵肉一致的生活。在此前提下，周作人指出：“彼此都是人类，却又各是人类的一个。所以须营一种利己而又利他，利他即是利己的生活。第一，关于物质的生活，应该各尽人力所及，取人事所需。换一句话，便是各人以心力的劳作，换得适当的衣食住与医药，能保持健康的生存。第二，关于道德的生活，应该以爱智信勇四事为基本道德，革除一切人道以下或人力以上的因袭的礼法，使人人能享自由真实的幸福生活。……这真可说是二十世纪的新福音了。只可惜知道的人还少，不能立地实行。所以我们要在文学上略略提倡，也稍尽我们爱人类的意思。”[①]文学不再是仁义道德、忠孝节义等礼教的宣传工具，文学的合理任务和意义就要致力于推动人的理想生活的实现，努力革除一切引人堕落或扼杀人性的因袭的礼法。周作人还从根本上将人道主义与传统士大夫或贵族对老百姓居高临下的同情区别开来。这种人道主义便是在伦理上人人平等，互相尊重彼此的人格，打破一切权威和特权，使任何一个人都不再受制于另外一个人。无论高低贵贱，每个人的价值和权利都应该得到尊重，这是思想启蒙所追求的根本目的。它成为包括乡村小说在内的新文学创作的主题内涵。鲁迅永远无法忘却那张幻灯片给他带来的椎心之痛：“凡是愚弱的国民，即使体格如何健全，如何茁壮，也只能做毫无意义的示众的材料和看客，病死多少是不必以为不幸的。所以我们的第一要著，是在改变他们的精神，而善于改变精神的是，我那时以为当然要推文艺，于是想提倡文艺运动了。”[②]由此看来，思想启蒙主题在新文学运动的先驱者那里很早就开始酝酿了，到五四时期有了全面而深刻的爆发。乡村小说的创作者在这种时代环境影响下审视自己那渗透着“土气息、泥滋味”的“故乡”，他们在新旧文明的激烈冲突中对乡村社会获得了一种新的认知。在现代文明的参照下，他们看到了传统乡村社会的封闭、落后、愚昧、野蛮，看到了身在其中的人们的“非人”的生存状态，并对此进行了深刻思考。他们追随鲁迅，从多个方面表达了思想启蒙这一主题内涵。

首先，通过揭露传统专制制度的野蛮与黑暗表达思想启蒙主题内涵。中国乡村小说的开创者鲁迅，对传统专制制度有着深刻的切身体悟。他在《灯下漫笔》一文中精准地指出传统专制制度的本质，那就是“有贵贱，有大小，有上下。自己被人凌虐，但也可以

---

① 周作人：《人的文学》，《新青年》第5卷第6号，1918年12月15日。

② 鲁迅：《自序》，《鲁迅全集》（第1卷），人民文学出版社，2005年版，第439页。

凌虐别人；自己被人吃，但也可以吃别人。一级一级的制驭着，不能动弹，也不想动弹了”。“于是大小无数的人肉的筵宴，即从有文明以来一直排到现在，人们就在这会场中吃人，被吃，以凶人的愚妄的欢呼，将悲惨的弱者的呼号遮掩，更不消说女人和小儿。”[①]在这种专制制度下，“中国人向来就没有争到过‘人’的价格，至多不过是奴隶，到现在还如此，然而下于奴隶的时候，却是数见不鲜的”。中国的历史也是在“想做奴隶而不得的时代”和“暂时做稳了奴隶的时代”[②]的相互更替中循环着。

鲁迅正是在这种认识的基础上开启了中国乡村小说创作，完成了新文学史上第一篇白话小说《狂人日记》。他在《〈中国新文学大系〉小说二集序》中谈到这篇小说的创作“意在暴露家族制度和礼教的弊害”[③]。这篇小说无论从整体的主题内涵还是从文本细节都揭示了传统专制制度对人性的戕害，狂人正是在这种制度的压迫下而精神扭曲，进而判定这种制度的“吃人”本质。当狂人用“从来如此，便对么？”质问别人时，那人却回道：“我不同你讲这些道理；总之你不该说，你说便是你错！”[④]这一简单的对话深刻暴露了传统专制制度的野蛮、无理和残暴。《阿Q正传》也营构了一个在传统专制制度笼罩下的未庄。在未庄，阿Q连获得姓氏的资格都被剥夺了；表白爱情本是人与生俱来的权利，阿Q却因此被惩罚得倾家荡产，为这些无理与蛮横提供保障的恰恰是传统专制制度。阿Q在赵太爷及其帮凶、地保、假洋鬼子等人的合力压迫下只能以丧失尊严的精神胜利

---

① 鲁迅：《灯下漫笔》，《鲁迅全集》（第1卷），人民文学出版社，2005年版，第227、229页。

② 鲁迅：《灯下漫笔》，《鲁迅全集》（第1卷），人民文学出版社，2005年版，第224—225页。

③ 鲁迅：《〈中国新文学大系〉小说二集序》，《鲁迅全集》（第6卷），人民文学出版社，2005年版，第247页。

④ 鲁迅：《狂人日记》，《鲁迅全集》（第1卷），人民文学出版社，2005年版，第451页。

法来麻醉自己，最终在赵太爷、审案老头子、把总、看客们的大团圆中被悲惨地虐杀，“哀其不幸，怒其不争”的主题内涵至此达到高潮。《故乡》通过对比闰土的少年时期与成年时期，深刻反映了传统专制制度对人性的摧毁力量，仅仅一声“老爷”便将生活在这种制度下的人们的生存状态和精神麻木暴露无遗，这种制度让人们丧失了作为人的本来面目，那个向一匹猹尽力刺去的健康阳光少年已经被彻底毁灭了。此外，《风波》《祝福》《长明灯》《离婚》等小说无不对传统专制制度进行了深刻的批判。

鲁迅的追随者们也深深感悟到了传统专制制度吞噬人性的巨大力量，他们在这一时期的乡村小说创作中呈现了一个又一个笼罩在这种制度下的乡村社会，以及被这种制度所迫害的人们。王鲁彦的小说《阿长贼骨头》中，阿长与鲁迅笔下的闰土一样都在传统专制制度的压迫下而变得精神麻木和人性扭曲。阿长原本聪明能干，但在这种制度的压迫下，他逐渐丧失人的尊严而变得无耻与无赖，最终走上盗墓这条非人非鬼的沉沦之路。许钦文的《鼻涕阿二》通过主人公命运的沉浮，让人们看到一个由传统专制制度孕育出来的“自己被人凌虐，但也可以凌虐别人”的菊花。王任叔《疲惫者》中的运秧也是勤劳善良，却得不到人所应有的尊严，最终被冤枉偷盗而入狱。潘训《晚上》中的高令也是在传统专制制度压迫下痛苦不堪，日渐堕落下去。狂人、阿Q、闰土、阿长、菊花、运秧、高令等等，这些形象的遭遇深刻表现了传统专制制度的“吃人”本质。通过这些形象，读者可以看到残暴蛮横的专制制度完全可以将一个好人变坏。然而，更可怕的是身在其中却不自知。因此，这些乡村小说便具有了很深的认识价值，思想启蒙的主题内涵也在其中得以显现。

其次，对国民劣根性及乡野风俗的批判也是“五四”一代乡村小说作家表达思想启蒙主题的一个重要途径。批判国民劣根性是完成思想启蒙的一项重要工程，因此其成为“五四”乡村小说表现主题内涵的一个重要方面。传统的专制制度成功培育出了国民劣根性。阿Q精神胜利法所包含的自欺欺人、麻木健忘、妄自尊大、畏强凌弱等劣根性早已被人们所熟知。这些劣根性在鲁迅所创作的乡村小说中受到了深刻的批判。无聊的看客心理作为国民劣根性的一个重要表现，在“五四”乡村小说中得到了充分的揭示。鲁迅曾说：“群众，——尤其是中国的，——永远是戏剧的看客。……北京的羊肉铺前常有几个人张着嘴看剥羊，仿佛颇愉快，人的牺牲能给与他们的益处，也不过如此。而况事后走不几步，他们并这一点愉快也就忘却了。”“对于这样的群众没有法，只好使他们无戏可看倒是疗救”[①]。《祝福》中的祥林嫂正是遭遇了这种看客的戕害，那些群众一次又一次让祥林嫂讲述丧子之痛，只不过是寻求一种心理慰藉，听烦了之后又对祥林嫂施以嘲讽。他们没有给予祥林嫂应有的尊重和同情，反而是以一种玩赏的姿态去消费她的痛苦。这里所有人都参与了祥林嫂悲剧的制造。王鲁彦的《柚子》再一次呈现了鲁迅《示众》那样的场面，看客们观看杀头，犹如参与盛大节日一样精神亢奋，成为配合残暴统治者的杀人武器。《疲惫者》里的运秧因为驼背而被人取笑嘲讽，导致他在精神上极端痛苦。台静农《天二哥》中的天二哥因欺辱更弱小的女孩而赢得众人的喝彩，阿Q调戏小尼姑的一幕在此重现。这些作品对国民劣根性进行了深刻揭露和批判，国民劣根性的存在使得同样处于奴隶地位的民众相互欺压、相互迫害、相互嘲讽，相互加重彼此的精神负担，在奴隶的地位上共同堕落，麻木冷酷，并以此来获得精神胜利。这些被国民劣根性所充斥的民众不仅是被“吃”者，也是“吃人”的参与者，更是传统专制制度的帮凶，是其坚实的维护者。批判国民劣根性是思想启蒙主题的一个重要表现。

在鲁迅的影响下，对乡野风俗的描写成为“五四”乡村写实小

---

① 鲁迅：《娜拉走后怎样》，《鲁迅全集》（第1卷），人民文学出版社，2005年版，第170—171页。

说的一个重要内容，这些风俗描写不仅在审美层面上增加了作品的地方色彩，而且成为表达思想启蒙主题内涵的一种重要方式。乡野风俗是在长期的历史积淀中形成的，是乡村社会文化心理和思维方式的具体外化，对乡村社会成员的日常生活和行为方式有着强大的制约作用。作家们以理性的眼光来审视这些乡野风俗，对其中所体现出的落后、愚昧、无聊和残暴进行了深刻的批判。王鲁彦的《菊英的出嫁》生动描写了乡村举行“冥婚”的习俗，菊英的母亲尽心竭力为已去世十年的女儿操办冥婚。作者着力表现了整个“冥婚”过程中乡村民众的愚昧、无聊与麻木。这种风俗存在本身就是对死者的不尊重，对死者人格的践踏，它的存在为乡村民众提供了消费死者尊严的机会，从而不断加固国民劣根性。许杰的《惨雾》表现了宗族械斗对一个新婚家庭的毁灭，新婚媳妇香桂一个人同时承担了丧夫与丧弟的双重痛苦。一场械斗所带来的悲剧，深刻揭示了乡村社会群体内部自戕与自虐的国民劣根性。莫名而来的仇恨、盲目的仇视，反映出了乡村民众的愚昧与残忍，作者对此进行了无情的控诉。蹇先艾的《水葬》描写了水葬这一风俗给一个乡村弱势家庭带来的生死悲剧，骆毛因为偷窃被村人处以水葬，与母亲瞬间阴阳两隔，而他的母亲却还在苦苦等待他的归来，由此可以看到这种风俗的残酷和对人的戕害。作家们对这些野蛮、残暴的乡野风俗进行理性的批判，揭示了乡村民众在这些习以为常的风俗中所表现出来的愚昧、残忍、麻木，从而深化了思想启蒙这一主题内涵。

再有，“五四”乡村小说还通过对传统伦理的批判来表达思想启蒙主题。陈独秀在1916年时便曾断言：“伦理的觉悟为吾人最后觉悟之最后觉悟。”[①]因此，对传统旧伦理的批判是思想启蒙的一个重要内容。在此基础上，“五四”乡村小说的创作者们自觉地对传统伦理进行了理性批判，深刻揭示了传统伦理对人性的摧残。许钦文的《疯

---

① 陈独秀：《吾人最后之觉悟》，《新青年》第1卷第6号，1916年2月25日。

妇》中，勤劳的双喜妻外表麻木，内心却有着人的本能式的情感需求，她内心渴望美好的生活，思念外出的丈夫，但是这些正常的情感流露却遭到邻居的非议和婆婆的训斥，传统伦理将双喜妻的行为判定为不守妇道，有伤门风，这给她带来巨大的精神负担，她最终发疯死掉。传统伦理的“吃人”性至此昭然若揭。许杰的《赌徒吉顺》中的吉顺原本勤劳节俭，因深陷赌博恶习而无法自拔，最终不得不走上“典妻”这条路。台静农的《蚯蚓们》中的李国富因灾年歉收而无钱养家，最终只能通过“卖妻”来期望度过危机。这些作品充分反映了在传统伦理规范下，女性完全沦为丈夫的私有物品的状况，可以被随意买卖，毫无人格尊严可言，更可怕的是大部分女性对这种伦理秩序习以为常，认为是理所当然的。这些作品对传统伦理进行批判，有效地表达了思想启蒙主题。

另外，中国乡村小说初创时期，除了乡村写实这一创作路径之外，还有一条由废名等人开创的乡村浪漫小说路径，他们以田园写意风格来建构乡村世界，注重意境的营造，使作品具有了“诗化”和“散文化”的特征。然而，他们只是在创作风格上与乡村写实一派相比显示出巨大的差异，但在主题内涵上却与乡村写实一派有着一致的表现。他们以另外一种方式表达思想启蒙的主题内涵，具有很强的独特性，并非是一些文学史著作所评价的远离现实。当时周作人评价废名说：“冯君的小说我并不觉得是逃避现实的。他所描写的不是什么大悲剧大喜剧，只是平凡人的平凡生活，——这却正是现实。”[①]阅读废名的作品所获得的印象正是如此。他的《浣衣母》中的李妈也是一个被传统伦理所戕害的悲剧女性。她因违反了“守节”这一传统伦理，人们对她有了一个由尊重到歧视的反转，最终被可畏的人言吞噬而痛苦挣扎。废名的《桃园》描写了一个不谙世

① 周作人：《〈竹林的故事〉序》，《语丝》第1卷第48期，1925年10月12日。

事的小女孩对生活有着诸多的疑问和不解，而这些疑问和不解都是来自人的本能反应，以此来折射生活环境对人性的残害。废名在这些作品中以一种舒缓的情绪表达了思想启蒙的主题内涵。

中国新文学诞生不久，乡村小说便出现了一个创作高峰，具有绝对优势。选择乡村为审美对象来表达思想启蒙主题，与当时知识分子对中国现代化转型问题的认识有关。1919年，李大钊便发表文章说："我们中国是一个农国，大多数的劳工阶级就是那些农民。他们若是不解放，就是我们国民全体不解放；他们的苦痛，就是我们国民全体的苦痛；他们的愚暗，就是我们国民全体的愚暗；他们生活的利病，就是我们政治全体的利病。"[①]受这种认识的影响，作家们将乡村作为审美对象，能够深刻表达思想启蒙这一主题。事实上，"五四"乡村小说所审视和批判的问题不仅仅存在于乡村社会，而且存在于当时中国的各个角落，只是这些问题在乡村社会更加突出和典型。因此，"五四"乡村小说表达思想启蒙这一主题内涵更具有普遍意义。

相对于启蒙主题着重从精神、个性等方面对乡村进行批判的叙事而言，还有一类作家则是从审美的、文化的角度来观照乡村，借助对古老乡村中国的记忆来为现代中国开出一份"药方"，比如沈从文的《边城》、废名的《竹林的故事》《桥》等作品。

《边城》是沈从文最负盛名的一部小说，其中寄寓了作者的审美理想。"边城"是一个地理概念，指的是与城市相对立的边缘地区；同时也是一个时间概念，是指一种过去的、快要消失的生存方式和生活态度。火塘、吊脚楼、山村、沅河码头、方言、民歌、民俗等等是小说中的重要意象和意境，连同外公、翠翠、傩送、顺顺等人物的美好品性，共同地表达和寄托了一种可贵的人生理想，即纯真、朴素、健康、坦荡的生命方式。不过，在这种美好之下，还裹

① 李大钊：《青年与农村》，《李大钊全集》（第2卷），人民出版社，2006年版，第304—305页。

杂着迷茫和忧患，传达着命运的不可知。《边城》是于美的赞歌中唱出来的对美的呼唤。“也许明天就会回来，也许永远也不会回来”是小说的结尾，其实更是一种对将要消失掉的美的复杂心情：既抱有期待，又充满忧虑。

《边城》是一段旧时光，也是一段好故事，是作者的一段记忆。记忆是立足于当下而对过去的一种建构。作者的“立足当下”便是目睹这个伟大民族目前的堕落之处，因此可以说，作者是在看到现实中国的衰败和萧瑟、人的堕落后而试图通过回溯的方式，借对“边城”的记忆来为现代中国提供一种方案。

我们在《边城》中看到的民间便是一种安静祥和的环境、一种悠然自得的生活方式、一种坦荡真诚的生活态度，但很显然，这是一种理想化了的、审美化了的面貌。以沈从文为代表的京派作家选择从文化角度进行启蒙，与他们对乡村中国的审美态度有关，是为了不被时代主潮所裹挟而有意选择的一种独立的审美价值取向。尽管他们和鲁迅等人在文学创作中存在着很大的差异，但都表达了对现实乡村的不满、对底层民众的同情、对乡村改造的迫切渴望。

此外，还有一些被认为是左翼文学和革命文学的作品，不像前两者经常出现被人批评的模式化、机械化、政治化等弊病，表现出了别致的审美风格，在文学史上留下了独特的一笔，如师陀的《里门拾记》《果园城记》、萧红的《呼兰河传》《生死场》、艾芜的《南行记》、孙犁的《风云初记》《白洋淀纪事》等。《果园城记》通过对一系列乡村人物形象的塑造，展现了20世纪初期至抗日战争前期日益凋敝的中国封建乡村小镇的生活场景，基调滞重沉郁，传达出深厚的乡愁意味，在这个表面看似宁静和谐实则保守没落的小城中，作者呈现了被诅咒的旧社会；《呼兰河传》以散文化的笔调，回忆了儿时的故乡生活，表现出浓厚的眷恋之情，并在这一过程中揭露和批判封建陋习在乡村社会形成的毒瘤；孙犁在那些反映革命斗争的小说中，塑造了一系列形象鲜明的女性人物。

由鲁迅和沈从文分别创造和形成的两种创作范式，构成了人们对乡村的两种基本观照方式，对此后的乡村小说创作产生了深远的影响，在不同历史时期内都得到了回应。他们对乡村的不同叙述，既源自写作者对乡村形成的不同经验和理解，也源自对现实问题的不同分析和对现实提出的不同解决方案。

二、革命话语与乡村的重构

从20世纪20年代末期开始，中国社会进入了一个动荡不安、灾难频发的时期，阶级矛盾不断升级，阶级革命日益高涨。一系列事件对中国乡村社会产生了巨大影响。面对这样的时代环境，很大一部分乡村小说作家的文学观念、思想意识和价值立场等也都发生了很大变化。在这一时期，中国乡村小说创作在阶级革命浪潮推动下产生了主题分化。在日益高涨的阶级革命洪流激荡下，一些留学日本和苏联的年轻知识分子带着新的理论资源走上文坛，在他们的努力下，无产阶级文学理论资源得到了广泛的传播，并开始成为左翼文坛的主导思想，阶级意识也随之渗透到文学创作之中。不仅如此，这种新的理论思想对“五四”新文学所确立的思想启蒙立场形成了巨大冲击力，使其迅速边缘化。此外，这一时期，京派乡村小说创作由于远离政治与文化中心而表现出独特的主题内涵。

随着时代环境的复杂变化，左翼文学运动不断高涨。1928年发生的革命文学论争对当时文学观念的转变产生了重要影响，也为左翼文学在20世纪30年代取得主流地位奠定了基础。这场论争发生时，共产国际正在倡导全世界无产阶级革命，推行“世界革命”政策。这种世界革命即是无产阶级对资产阶级的革命，是世界范围内的阶级斗争；而在国内，一方面国民革命时期在一定程度上助长了阶级意识，培养了底层大众阶级翻身的愿望，另一方面1927年四一二反革命政变进一步激化了阶级矛盾。因此，在革命文学论争中，阶级观念已经成为文学的核心观念，阶级斗争理论和阶级分析方法成为倡导无产阶级革命文学的理论依据。在论争中，后期创造社和太阳社成员积极倡导无产阶级革命文学，对五四新文学所确立的思想启蒙立场发起了挑战，他们以阶级斗争理论为基础，用阶级分析的方法将鲁迅为代表的五四新文学作家判定为小资产阶级知识分子，而思想启蒙则被看成了小资产阶级个人主义趣味。因此，他们对作家提出要求，“我们还得再把自己否定一遍（否定的否定），我们要努力获得阶级意识”，“克服自己的小资产阶级的根性，把你的背对向那将被奥伏赫变的阶级，开步走，向着那龌龊的农工大众！以明了的意识努力你的工作，驱逐资产阶级的‘意德沃罗基’在大众中的流毒与影响，获得大众，不断地给他们以勇气，维持他们的自信！”[①]这里已经表明文学要以唤醒大众的阶级意识为中心任务。1930年3月，中国左翼作家联盟成立，成为20世纪30年代无产阶级革命文学的组织与领导机构，在其发表的理论纲领中明确表示：“我们的艺术是反封建阶级的，反资产阶级的，又反对‘失掉了社会地位’的小资产阶级的倾向，不能不援助而且从事无产阶级艺术的产生。”[②]随后不久，左联执委会又发表了《无产阶级文学运动新的情势及我们的任务》，进一步强调：“‘左联’这个文学的组织在领导中国无产阶级文学运动上，不容许它是单纯的作家同业组合，而应该是领导文学斗争的广大群众的组织。”“无产阶级文学运动应该为苏维埃政权做拼死活的斗争。”[③]这里，文学创作已经被纳入阶级斗争的框架中，要求文学为无产阶级解放事业服务，阶级意识在文学中得到

---

① 成仿吾：《从文学革命到革命文学》，《创造月刊》第1卷第9期，1928年2月。

② 《中国左翼作家联盟底理论纲领》，《大众文艺》第2卷第4期，1930年5月。

③ 左联执委会：《无产阶级文学运动新的情势及我们的任务》，《新文学史料》，1980年第1期，第126—127页。

了根本确立。在这种文学观念主导下，乡村小说的创作主题发生了根本转变，大部分作品中都表现出了明确的阶级性。用阶级分析方法审视乡村社会，注重唤醒人们的阶级意识成为这一时期乡村小说的主题内涵。

进入20世纪30年代以后，中国乡村社会灾难频发，在天灾人祸的共同打击下，乡村社会走向凋零与破败。乡村社会的现实灾难成为作家表达阶级意识觉醒与指明阶级斗争道路这一主题内涵的重要素材。反映特大自然灾害导致的乡村民众生存困境成为这一时期乡村小说创作的一个重要题材。1931年，中国多地遭遇了百年不遇的特大洪水灾害，引起左翼作家的高度关注。钱杏邨在回顾1931年中国文坛时说道："1931年的中国，最值得作家们抓取的主要的题材，应该是广大的洪水的灾难。这样惊心动魄的洪水，是一世纪来世界史上仅有的事。"①在这种情况下，丁玲以这次洪水灾害为题材创作的中篇小说《水》引起了左翼文坛的轰动，受到冯雪峰、钱杏邨等"左联"重要人物的高度称赞。《水》描写了这场特大洪水灾害所导致的广大饥民暴动，展示了广大饥民从在生活困境中挣扎，到最终阶级意识觉醒而走上抗争道路的全部过程。这样主题内涵的生成，正如冯雪峰所称赞的："在现象的分析上，显示作者对于阶级斗争的正确的坚定的理解。"②这篇小说里没有形象较为清晰的个体，而是塑造了一组群像，通过群体行动来描写饥民的抗争，昭示了作为同一个群体的阶级意识的觉醒，从而深刻地表达了主题内涵。同一题材较有代表性的小说还有匡庐的《水灾》，同样表现了因阶级意识觉醒而走上阶级斗争道路这一主题。丁玲的《水》揭示了饥饿所带来的生存危机造成了大众走上阶级斗争的必然性，而《水灾》又揭示了一个更深刻的必然性，那就是天灾背后隐藏着人祸，是统治阶级压

---

① 钱杏邨：《一九三一年中国文坛的回顾》，《北斗》第2卷第1期，1932年1月20日。

② 丹仁：《关于新的小说的诞生》，《北斗》第2卷第1期，1932年1月20日。

迫的结果，进一步深化了主题内涵。

这一时期，乡村小说另外一个重要题材是乡村社会遭遇的“丰收成灾”。1929年，西方资本主义社会爆发了长达四年的经济危机，直到1933年，经济才逐渐复苏。这一时期，西方资本主义国家为了转嫁危机，开始向中国低价倾销大量的剩余产品，对中国传统乡村经济造成了毁灭性打击，最终导致乡村的破产与凋零。丰收本来是令农民欣喜的，然而在这种情况下丰收却成为农民的负担，丰收也会使一年的劳作毫无回报，同样会使人们陷入生存困境之中。这些便是“丰收成灾”题材小说创作的现实基础。这种特别现象引起了乡村小说作家的广泛关注。当时，《现代》杂志在一篇“告读者”中写道：“近来以农村经济破产为题材的创作，自从茅盾先生的《春蚕》发表以来，屡见不鲜，以去年丰收成灾为描写重心的，更特别的多，在许多文艺刊物上常见发表。本刊近来所收到的这一方面的稿件，虽未曾经过精密的统计，但至少也有二三十篇。”①由此可以看到这一现象在作家中的影响范围之广。作家们几乎都是从阶级论的视角出发来审视和思考乡村社会的凋零与破败，为乡村经济的破产探寻出路的。因此，表现阶级矛盾与唤醒阶级意识也成为这类乡村小说的主题内涵。这类乡村小说最具有代表性的是茅盾笔下由《春蚕》《秋收》《残冬》组成的“农村三部曲”。这三篇作品通过描写坚守传统的父亲老通宝与穷则思变的儿子多多头之间的父子冲突来表达主题内涵。面对“丰收成灾”的困境，老通宝坚守着传统持家理念，勤劳靠天，而儿子多多头则不再固守传统的生活方式，开始对生活有了新的求索，直到最后阶级意识觉醒走上抗争的道路。在这三篇作品中，作家鲜明地表现了老通宝旧式的生活方式根本无法走出困境，最终只能走向毁灭，而多多头选择走上阶级抗争的道路才是乡村家庭摆脱困境的唯一出路。老通宝最后在临终前也承认了儿

---

①《四卷狂大号告读者》，《现代》第4卷第1期，1933年11月1日。

子的选择是正确的。此外，在多多头的影响下，阿四夫妇也已经从根本上动摇了耕田喂蚕养家的生活信念，也选择了多多头的道路。在这里，整个家庭最终把多多头的行动作为了方向，老通宝去世，阿四夫妇改变了生存方式，表现了整个家庭与旧生活的决裂，多多头阶级意识的觉醒成为家庭重新选择生活的旗帜。在这里，父子之间的冲突，已经表现为阶级意识是否觉醒的冲突。这类作品主题表明在现代经济形态对传统乡村自然经济的摧毁面前，在阶级压迫的现实面前，无法再依靠辛勤劳作来获取生存保障，另寻出路是现实所提出的必然要求，这条出路便是获得鲜明的阶级意识，从而走上阶级斗争的道路。在这种情况下，作家们更注重从政治经济层面进行审视和思考，作品的主题内涵表现出一种社会批判意义。

虽然五四新文学所确立的思想启蒙主题在阶级革命浪潮下已经退居边缘，但没有完全陨灭，少数作家表现出很大的理性，在获取阶级意识的同时，没有抛弃“五四”思想启蒙精神。这一时期，柔石的《为奴隶的母亲》在暴露阶级压迫的同时，延续了五四时期思想启蒙的主题，对传统伦理进行了深刻的文化批判，表现“典妻”这种习俗对人性的摧残。春宝娘因为家境贫困而被典给当地一个五十多岁的秀才，她为了丈夫和儿子的生存，不得不离开自己幼小的儿子春宝，忍辱去做秀才传宗接代的工具。三年后，典期已满，她又不得不忍痛离开自己另一个儿子秋宝。回到家后，儿子春宝已经不认得亲娘了，同时丈夫对她更加冷漠，在这个一贫如洗的家庭里，她依然做着奴隶。两次骨肉分离，对于一个母亲来说是一种撕心裂肺的精神打击，并且后来的一次是需要终身忍受的精神摧残。作品中，春宝娘完全丧失了人的地位，沦为奴隶。在秀才家，她不仅沦为生育工具，还要忍受秀才正妻恶毒的诅咒和欺辱，陷入一种非人的境遇。对于自己丈夫来说，她又是可以随意典当的私人物品。作家通过春宝娘的遭遇深刻地批判了传统伦理对人的残害，表达了从五四时期继承的思想启蒙主题。

另外，在20世纪30年代，京派乡村小说创作表现出不同的审美追求，因为远离政治与文化中心，这类乡村小说创作表现出独特的主题内涵。沈从文是京派乡村小说的重要代表人物。在审美上，沈从文延续了乡村写意风格，以“诗意化”的手法表现乡村社会的清新、静谧、和谐、闲适。在主题内容方面，沈从文呈现出一个没有受到现代文明浸染的、近乎原始状态的湘西世界，努力构筑那供奉“人性”的希腊小庙。因此，沈从文的乡村小说主题注重挖掘原始生命本能所包藏的美，寻找没有受到污染的纯洁的“人性”。他往往以反对现代都市文明的姿态来表达一种现代性的主题内涵。如果说“五四”乡村小说主题内涵表达的是对传统专制制度、风俗、伦理的一种理性的文化批判，那么沈从文所代表的京派乡村小说主题内涵所表达的是一种寻找，寻找现实中所缺失的那种原始的“人性之美”。沈从文的乡村小说往往通过张扬的、带有原始野性的、狂放不羁的、放纵自我本能的生命意识，去追求一种更深层次的生命自由，以此来深化作品的主题内涵。在作品中，沈从文经常努力挣脱一切理性对生命的束缚，消弭人与自然、人与文明的界限，追求天人合一的意境，从而获得生命本真的自由。他的代表作《边城》鲜明地表现出这种主题内涵，天保和傩送对翠翠的爱意完全来自生命本能，他们三人的每一次选择也都没有理性思维的干扰，而是生命本能发出的信号，正是通过展示这种原始生命的自然形态，来表现纯洁人性之美。沈从文所代表的京派乡村小说更多的是表现这种人性主题与生命主题，这种主题内涵契合了五四新文学所追求的人性意识觉醒。

“五四”文学革命落潮后，时代环境发生了巨大变化，阶级革命运动不断高涨。阶级革命浪潮对五四新文学所确立的思想启蒙主题产生了一定冲击，促使乡村小说主题产生分化，出现了占主流地位的唤醒阶级意识主题，退居边缘的思想启蒙主题，以及京派的人性与生命主题三者并存的状况。

第二节　新中国与“新”乡村

一、国家想象与乡村的翻转

进入20世纪30年代以后，中国社会不仅内忧深重，而且外患接连不断。时代环境的变化，一方面使中国社会阶级矛盾日益加剧，引发了阶级革命浪潮；另一方面也使民族矛盾不断升级，民族救亡的呼声一浪高过一浪。这一时期，既有传统乡村经济在自然灾害与西方资本主义经济双重打击下走向破产，破败而凋零的乡村社会面临严重的生存危机，更有一部分乡村社会同时还得忍受异族侵略所带来的苦难。1931年九一八事变爆发，日本全面占领中国东北，直到1945年战败投降，侵略中国长达十四年，其中有近八年的时间占领了大半个中国。在这种背景下，一些乡村小说作家的民族意识开始凸显，带着民族忧患意识与民族救亡的责任感，开启了一种新的乡村小说主题形态。这种主题形态与此前乡村小说主题相比表现出了一定的复杂性。在这之前，无论是思想启蒙主题还是阶级意识觉醒主题，在乡村小说中都是非常鲜明的单一主题内涵。但是，到了这一时期，乡村小说作家在民族意识的触动下开始表达不同层次的主题内涵。他们在表达民族救亡主题的同时，还有意识地吸收新文学发生以来所生成的主题资源。因此，这些乡村小说往往表达了多层次的主题内涵，在民族救亡主题主导下，思想启蒙、阶级意识觉醒、生命力等多个主题聚合在了一起，进而产生出一种特别的审美力量。

最先在乡村小说创作中凸显民族救亡意识的是“东北作家群”这些较为年轻的作家，他们也是最早在创作中以民族救亡主题为核心聚合了多种主题内涵的作家。这种选择是由他们的生活经历与现实遭遇所决定的。众所周知，“东北作家群”是最先体会到亡国之恨的，这些作家主要有萧军、萧红、端木蕻良、舒群、白朗、马加、李辉英等。九一八事变发生后，他们目睹了故乡人民被日寇铁蹄践踏后的悲惨遭遇，切身感受到了亡国的屈辱，同时他们不甘沦为亡国奴，无奈选择了逃离惨遭沦陷的故土，走上了流亡之路。选择流亡虽然可以使他们免受异族奴役，但是无法给他们带来心灵的解脱，他们怀念故乡，心系生活在那片黑土地上的父老乡亲，乡亲们还在遭受着侵略者的蹂躏与奴役。然而，侵略者的枪炮也震醒了故乡人民的民族意识，激发了他们的英勇抗争精神。“我的故乡的人们则是双重的奴隶。在没有失去的时候，是某一家人的奴隶。失去了之后，是某一国的奴隶。然而当主人们在大观园里诗酒逍遥将土地断送给敌人的时候，这些奴隶们却想用他们粗拙的力量来讨回！这呼声这行进我的故乡的兄弟的英勇的脚步，英勇的手呵，我愿用文字的流写下你们的热血的流。”[①]这些便是“东北作家群”创作的原动力。面对侵略者的野蛮与残暴，这些作家无法压抑自己内心的怒火，用笔和舌发出了民族救亡的呐喊。这些作品一方面反映了故乡人民沦为亡国奴的悲惨遭遇与痛苦，表达了对日本侵略者的愤怒与反抗；另一方面也反映了他们对故乡的眷恋，强烈表达了早日收复故土的内心愿望，以此安放漂泊的灵魂。因此，“东北作家群”的乡村小说创作在这种情况下表现出独特的主题内涵。

萧军是“东北作家群”中最有代表性的作家之一。东北那片勃发原生生命力的大地和雄浑的白山黑水孕育了萧军的侠义和匪气，使他带着“拼命三郎”的抗争精神走上中国文坛。九一八事变爆发后，萧军不堪忍受日本侵略者肆意践踏国土，辱我人民，亲身投入民族救亡运动的前线，以实际行动捍卫国土的神圣与民族的尊严。他与一群志同道合的抗日青年组织在一起，誓与侵略者抗争到底。

① 端木蕻良：《〈大地的海〉后记》，《中流》第2卷第3期，1937年。

这些经历为萧军后来的创作奠定了生活基础，也使他产生了丰富的生命体悟。在被迫离开故土而走向流亡以后，萧军并没有颓废消沉，流亡反而进一步激发了他那旺盛的生命力；他日益思念惨遭日寇屠戮的兄弟姐妹，再也抑制不住内心的冲动，决定用笔将亡国之恨与痛，以及那种不屈的抗争精神告诉人们。1934年萧军流亡到青岛，创作了《八月的乡村》；1935年到上海，得到鲁迅的鼓励和支持，《八月的乡村》得以出版。在鲁迅看来，《八月的乡村》虽然在技术上有欠成熟，但作品所透射出的觉醒意识和抗争精神是当时文坛不可多得的。由于当时有人表示，日本要想征服中国人的心，就应该停止对中国的侵略，鲁迅对这部作品评价道："'要征服中国民族，必须征服中国民族的心！'但这书却于'心的征服'有碍。心的征服，先要中国人自己代办。宋曾以道学替金元治心，明曾以党狱替满清箝口。这书当然不容于满洲帝国，但我看也因此当然不容于中华民国。"[①]显然，这篇小说所表达的"不前进即死亡，不斗争即毁灭"[②]的主题，并不仅仅停留在民族救亡的层面，而是进入了拯救国人灵魂的深度。改造国民性主题与民族救亡主题聚合在一起，对于唤醒民族意识具有强大的力量。人的觉醒才是实现民族救亡的根本保障，不摆脱心的奴役则无法彻底完成民族救亡的历史任务。萧军将自己生命中所包藏的这种抗争精神融化在这部作品中，通过一个又一个英雄形象诠释着什么是真正的民族大义，什么是为摆脱奴隶地位的真正抗争，什么是真正的人的觉醒。陈柱司令、铁鹰队长、当过"胡子"的游击队战士、知识分子出身的萧明，以及朝鲜族姑娘安娜等等，这是一些为摆脱奴隶地位，与日寇和伪满洲国伪军奋力抗争的英雄"群像"，但又不失个性。不同民族、不同成分、不同思想、不同出身导致这些人物之间存在着很大的矛盾纠葛，但他们

① 鲁迅：《田军作〈八月的乡村〉序》，《鲁迅全集》（第6卷），人民文学出版社，2005年，第296页。

② 萧军：《八月的乡村》，上海奴隶社，1935年版，第129页。

誓死不当亡国奴的精神是一致的。萧军作品的主题内涵正是将拯救国民灵魂的内涵融入抗日救亡的时代要求之中，从而表达了希望在抗争异族侵略的同时彻底摆脱奴隶地位，彻底实现人的觉醒的意愿。民族救亡主题与思想启蒙主题，还有逐渐明确的阶级意识，在萧军的乡村小说中聚合在了一起，对于彻底摆脱奴隶地位产生了巨大的能量。

萧红是与萧军一起从东北流亡到关内的才女。萧红的一生遇到了太多的不幸，童年遭遇家庭冷漠，后来又被包办婚姻的丈夫抛弃，因旅馆老板逼债而遭到软禁，被萧军解救后，她忍受着亡国之痛，与其一起流亡到关内，此后不停地辗转流亡，一生贫病交加，最后在香港孤独地走完了生命的最后旅程。在不幸的一生中，萧红忍受着孤独，看到了人的愚昧和麻木，也看到了生命的坚忍与顽强，深刻体悟了生命的悲凉。1934年，她与萧军一同流亡到青岛，创作了成名作《生死场》。《生死场》在艺术上表现出鲜明的散文化特征，淡化人物性格，注重情绪的表达，对风景画与风俗画进行抒情化描写。这篇小说虽然在艺术上具有一定的独特性，但它在主题内涵上与《八月的乡村》类似，也呈现出多主题聚合的形态。萧红在故乡同样目睹了侵略者的残暴以及对故乡人民的摧残，因此民族救亡是《生死场》的中心主题。胡风在《生死场》的后记中说道："被抢去了的人民却是不能够'驯服'的。要么，被刻上'亡国奴'的烙印，被一口一口地吸尽血液，被强奸，被杀害。要么，反抗。这以外，到都市去也罢，到尼庵去也罢，都走不出这个人吃人的世界。"[①]可见，唤醒民众的民族救亡意识是《生死场》的中心主题，只有反抗才能摆脱受异族奴役之苦。同时，萧红在《生死场》中深刻表达了自己对生与死的认知，表现出深刻的生命意识，使作品具有

① 胡风：《〈生死场〉后记》，《胡风评论集》（上），人民文学出版社，1984年版，第396—397页。

了生命主题内涵。鲁迅为《生死场》作序时说："北方人民的对于生的坚强，对于死的挣扎，却往往已经力透纸背"。同时"对于生的坚强和死的挣扎，恐怕也确是大背'训政'之道的"。[①]这表明，《生死场》的生命意识主题中又蕴含了思想启蒙的主题内涵。这些生命意识折射出生活在这片土地上的人的精神状态。他们一方面同动物一样，忙着生，忙着死，愚昧、麻木、冷漠；另一方面，在面临苦难遭遇时，又表现出生命的坚韧与顽强。由于拥有这份坚忍和顽强，侵略者的枪炮震醒了他们的愚昧，他们为摆脱奴隶地位与侵略者展开殊死抗争。萧红所表现的这种生命意识，具有了批判国民劣根性的主题指向。在这里，生命主题与思想启蒙主题融入民族救亡主题之中，它们聚合在一起，进一步深化了民族救亡的主题内涵。

1937年7月7日，抗战全面爆发，民族救亡意识日益高涨。1938年3月在武汉成立了中华全国文艺界抗敌协会，整个文艺界都聚集在了民族救亡的旗帜之下。民族救亡主题在乡村小说创作中进一步凸显。抗战全面爆发后不久，《七月》杂志创刊，由胡风担任主编。此后，在胡风文艺思想主导下，以《七月》等刊物为创作平台，形成了"七月派"文艺创作群体。虽然"七月派"的主要成就是在诗歌领域，但是路翎、丘东平等作家的乡村小说创作与这一时期同类作品相比表现出较高的思想深度与艺术水平。他们这一时期的乡村小说创作在民族战争背景下挖掘出更加深刻的主题内涵，既具有鲜明的时代特征，同时又具有一定的超越性。在胡风"主观战斗精神"和"精神奴役的创伤"文艺思想影响下，他们触摸中华民族深层的历史文化，挖掘国民性，对民族救亡的时代任务进行了冷静的思考。这就决定了他们笔下表达民族救亡主题的方式并不单一，而显现出在多个主题聚合后所生成的复杂而深刻的内涵。路翎的《财主底儿女们》《饥饿的郭

① 鲁迅：《萧红作〈生死场〉序》，《鲁迅全集》（第6卷），人民文学出版社，2005年版，第422页。

素娥》、丘东平的《多嘴的赛娥》等乡村小说较为成功地实践了胡风文艺思想，有了与鲁迅所开创的乡村小说思想启蒙精神相通的主题内涵。路翎的《财主底儿女们》一方面表现了人们在侵略者的压迫面前英勇抗争的民族救亡意识，另一方面又表现了人的心灵深处那根深蒂固的“精神奴役的创伤”。在这篇小说中，路翎更注重人物心理描写，走进人物心灵深处进行挖掘，以此来表达复杂的主题内涵。他通过对人物心灵深处的挖掘，塑造了人性与奴性相生相克的立体人格，以此来表达对复杂生活的认知，深刻地审视了历史文化的深层意蕴，点明民族救亡的历史本质。路翎更具有挖掘心灵深处潜意识的能力，以此来探寻“精神奴役的创伤”生成的深层原因，进而挖掘民族深层文化结构所孕育的最隐蔽的真实心理，从根本上推动民族救亡任务的成功完成。路翎将摆脱“精神奴役的创伤”的主题融入民族救亡主题之中，将二者聚合起来，进一步深化了民族救亡主题内涵。

鲁迅面对民族救亡意识不断高涨的状况，非常担忧文学对这一主题的表达流于浅薄而阻碍解放事业，并在临终前发出告诫：“用笔和舌，将沦为异族的奴隶之苦告诉大家，自然是不错的，但要十分小心，不可使大家得着这样的结论：‘那么，到底还不如我们似的做自己人的奴隶好。’”[①]鲁迅所表达的是，民族救亡不是根本目的，最根本的目的是人的彻底解放。鲁迅希望作家在表达民族救亡主题的同时，更应该致力于改造国民性，从根本上实现人的彻底觉醒，剔除一切奴役人们的力量。“东北作家群”“七月派”，以及孙犁、沙汀、姚雪垠等同时期的其他一些作家都致力于这种主题的表达，将多个主题聚合在一起，对于民族救亡产生了巨大的思想能量。呼吁了实现人的彻底解放，民族救亡便水到渠成，这也是这些作家将多主题聚合在一起所表现出的主题意义。

---

① 鲁迅：《半夏小集》，《鲁迅全集》（第6卷），人民文学出版社，2005年版，第617页。

1942年前后，国内外局势发生了重大变化。在国际上，世界反法西斯同盟成立，成为世界反法西斯战争取得胜利的一个决定性因素。在这种情况下，中国人民虽然还在进行艰苦卓绝的抗日战争，但是抗战胜利已是大势所趋，需要的只是时间。随着抗战不断深入，敌后根据地不断发展壮大，解放区政权得到了进一步的巩固和加强。这使局势向好的方面转变。同时，抗日民族统一战线也不时遭到破坏。解放区文艺界在不同程度上也存在着一些问题，急需确立一个明确的文艺方向。正是在这样的时代背景下，在延安召开了文艺座谈会，规范文艺工作的方向。毛泽东的《讲话》确立了文艺为工农兵服务的方向，要求“文艺工作者的思想感情和工农兵大众的思想感情打成一片”[①]。同时，确立了政治标准第一、艺术标准第二的文艺批评标准。《讲话》精神得到了解放区文艺工作者的积极响应。在《讲话》精神的引导下，解放区建立起了一个系统的文艺规范，文艺界风貌发生了全新的转变。在新的文艺环境中，解放区乡村小说的创作主题发生了根本性变化，表现出了新鲜的主题形态。在新的文艺规范指导下，文学的一个基本任务就是服务政治。因此，这种新的主题形态是在政治规范引导下生成的。政治标准成为乡村小说作家主题选择的首要因素，这种乡村小说的主题模式从20世纪40年代初期一直延续到20世纪70年代末期。

赵树理是延安文艺座谈会以后被确立起来的“方向”作家，他的乡村小说创作在解放区乃至新中国成立以后都产生过巨大的影响力。赵树理是乡村土生土长的作家，是真正从农民群体里走出来的乡村小说作家。他熟悉乡村，熟悉农民的生活状态，熟悉农民心理、思维和心愿，并立志做“文摊文学家”，创作出了《小二黑结婚》《李有才板话》《李家庄的变迁》等多篇深受广大农民欢迎的乡

---

① 毛泽东：《在延安文艺座谈会上的讲话》，《毛泽东选集》（第三卷），人民出版社，1991年版，第851页。

村小说。赵树理与此前乡村小说作家的根本不同在于，他是真正站在农民的立场上，用农民的眼光来把握和审视生活。虽然赵树理在解放区文艺界的地位是《讲话》精神造就的，但是无法否认他在创作中的真诚态度。他并非一开始就有意实践《讲话》精神，而是《讲话》精神的一个自然体现者。反过来，《讲话》精神又给予赵树理极大的鼓励，使他对自己的创作风格产生了巨大的自信。也就是说，赵树理的乡村小说创作与《讲话》精神发生了高度契合，这便决定了赵树理在创作中的主题选择更多地受到了政治规范的引导。赵树理特别关心农民的生活状态与现实利益，其乡村小说创作往往是由此出发，到生活中去寻找主题。他在谈到自己创作经验时说道："再谈谈决定主题：我在做群众工作的过程中，遇到了非解决不可而又不是轻易能解决了的问题，往往就变成要写的主题。……假如也算经验的话，可以说'在工作中找到的主题，容易产生指导现实的意义'。"[①]由此可以看到，赵树理乡村小说的主题选择带有明显的政治倾向性。事实上，乡村小说主题具有政治倾向性本身无可厚非，问题是不能仅仅停留在这一层面，而是在表现政治倾向性的同时对生活进行更加深刻的思考。赵树理乡村小说主题内涵反映了乡村社会新的生活、新的制度、新的政策，以及农民新的面貌，同时对此给予真诚赞颂，因为这些新的制度与政策是符合农民利益与农民愿望的。这也决定了赵树理乡村小说主题所反映现实问题的性质。赵树理乡村小说所揭露的往往是与政治要求相违背的思想观念，或是对新的制度与政策具有阻碍作用，甚至是产生破坏力量的现实问题。《小二黑结婚》中，二诸葛和三仙姑的迷信思想都是与新社会所要求的思想观念相违背的，且有碍农民现实利益的实现。金旺兄弟便是对新社会具有破坏力量的代表。赵树理正是在这种先进

---

① 赵树理：《也算经验》，司马文森编：《创作经验》，智源书局，1949年版，第22页。

与落后的矛盾交锋中，寻求问题的解决方案，表达自己预设的主题内涵。

“赵树理方向”的确立对解放区作家产生了深刻的影响，他们切实感受到依据政治规范所选择的主题在新的环境中表现出极大的活力，进而更加积极主动地响应《讲话》精神。虽然如此，但是并非每一个作家都能像赵树理一样对这种主题模式运动自如。赵树理这位在农民中土生土长的作家具有天然优势，然而一些受过“五四”文学熏染的作家，甚至沐浴过20世纪30年代左翼文学精神的作家运用起来总感觉力不从心。他们需要经过一番改造，经历一次破茧成蝶式的蜕变，才能完成创作主题的转变。丁玲便是其中的典范。丁玲这位从“五四”走来的作家，在解放区文艺界享有盛誉，但1942年之后她开始长期沉寂，不得不经过改造来获得新的时代所要求的创作能力，直到1948年出版《太阳照在桑干河上》，才再次取得巨大成功。丁玲这篇小说的主题正是根据当时的政治需要而选择的。从20世纪40年代后半期开始，解放区开展了大规模的土地改革运动，并一直延续到新中国成立初期。这场运动对中国乡村的生产关系、经济结构、权力结构等各方面都产生了深刻的影响，同时作家们对这场运动也表现出了极大的热情，决定了这一时期乡村小说创作的主题选择。丁玲的《太阳照在桑干河上》对土地改革进行了深刻的书写，“斯大林文学奖”对这篇小说的成功给予了肯定。这篇小说通过对暖水屯土改工作全过程的书写，反映了人物之间错综复杂的阶级关系，以此来揭示阶级斗争的本质，明确阶级斗争的复杂性与尖锐性，同时展现了在党的领导下发动群众取得土地改革的最终胜利，实现了农民的翻身愿望。这个主题的确立是由当时的政治需要所决定的。1946年5月，解放区发布了《中共中央关于清算减租及土地问题的指示》，其中指出：“必须明确认识解决解放区的土地问题是我党目前最基本的历史任务；是目前一切工作的最基本环节。必须以最大的决心和努力，放手发动与领导目前的群众运动来完成这一历史任务。”[1]丁玲也是根据这一指示参加到土地改革的实际工作中，体验生活，为自己创作《太阳照在桑干河上》奠定了基础，同时通过文艺创作来配合这项历史任务，揭示其本质，以求对现实工作具有指导意义。1947年10月，解放区又公布了《中国土地法大纲》，这份具有法律意义的纲领性文件，与此前那份指示相比，更加具体和成熟。这时，丁玲的《太阳照在桑干河上》尚在创作中，她积极提高自己把握政策的能力水平。通过学习土地改革的相关理论政策和总结土地改革的工作实践，丁玲对自己的写作计划进行了调整。《太阳照在桑干河上》的主题内涵就是在这个过程中形成的。与丁玲《太阳照在桑干河上》相媲美的是由周立波创作并同时获得“斯大林文学奖”的《暴风骤雨》。这篇小说对土地改革运动进行了“史诗化”呈现，揭示了乡村社会在这场运动中暴风骤雨般的阶级斗争，与《太阳照在桑干河上》有着相同的主题内涵。

新中国成立后，根据《讲话》精神建立起来的文艺规范由解放区推向全国，乡村小说继续依据《讲话》精神来进行主题选择。时代环境的变更也带来了中心任务的变化。新中国的成立意味着革命事业取得了阶段性胜利，这给作家们带来了极大的热情和喜悦。在这种情况下，乡村小说作家更是急于寻找能够表现这个伟大时代的重大主题，已有经验告诉这些作家，根据政治规范来选择创作主题才是成功的关键。于是他们紧跟时代发展，努力认识时代本质，把握时代脉搏，以求能做出正确的主题选择。1951年12月，《关于农业生产互助合作的决议（草案）》印发，农村开始试行合作化。经过一年多的实践，1953年2月，这份文件稍做修改，去掉了“草案”二字，作为正式决议开始施行，这标志着农业合作化开始正式启动。第一部反映农业合作化的长篇小说是赵树理创作的《三里湾》。《三

① 《中共中央关于清算减租及土地问题的指示》，中共中央统一战线工作部编印：《关于土地农民问题的重要文献》，1949年版，第2页。

里湾》通过描写马家、袁家、范家、王家四个家庭错综复杂的矛盾纠葛，反映了乡村社会中资本主义与社会主义两条道路的斗争，以及落后与先进思想的冲突和消长，既歌颂了具有先进思想的农民走合作化道路的积极性，也揭示了社会主义改造的复杂性与艰巨性。这个主题正是根据当时推行农业合作化的现实需要而确立起来的。“长篇小说《三里湾》的发表，更是规约了当代乡村小说的主题基调。”[①]此后，柳青的《创业史》、周立波的《山乡巨变》、李凖的《李双双小传》等具有重要影响的作品都延续并深化了这一主题基调。《创业史》以两条道路斗争为线索，揭示农村阶级斗争和道路斗争的复杂性和尖锐性。通过梁三老汉与梁生宝之间的父子冲突，以及梁三老汉最终的转变，鲜明地表达了走集体化道路符合社会发展本质这一主题内涵。《李双双小传》的主题思想是致力于社会主义新人形象的塑造，于是作者塑造了李双双这一社会主义新女性。喜旺和李双双原本是非常普通的乡村夫妻，他们之间的关系、夫妻地位以及家庭分工等都遵循传统的生活习惯，在农业合作化过程中，作为妻子的李双双最先觉醒，她奋力挣脱传统乡村家庭生活习惯的束缚，努力改变生活方式。如此，夫妻之间便产生了矛盾冲突，这种冲突缘于夫妻之间对不同政治道路的认知和选择。在丈夫喜旺的眼里，李双双的所作所为无异于在家庭中进行造反，而李双双努力完成了从一个传统乡村家庭妇女向追求现代新生活的乡村妇女的蜕变，她走出家庭，参与到整个社会生产之中，这是在特定时代所表现出来的政治觉悟，在她的努力引导下，喜旺最终也觉醒了，选择了正确的生活道路。作品通过李双双的形象和他们夫妻关系的变化，表达了走集体化道路是社会发展的本质要求这一主题内涵。

“文革”时期，“根本任务论”和“三突出”的创作原则共同托起了主题先行论。这一时期，乡村小说进一步根据政治要求确定主

---

① 丁帆：《中国乡土小说史》，北京大学出版社，2007年版，第226页。

题，然后到生活中寻找素材，中间人物消失，作品的矛盾冲突表现为正面人物与反面人物的对抗。浩然在这一时期创作了《艳阳天》和《金光大道》两部鸿篇巨制。《金光大道》依据阶级斗争理论，将人物设定为正面人物和反面人物，在正面人物中又突出了主要英雄人物高大泉。作品依据事先设定的主题表现了正反两方面人物激烈的矛盾斗争。乡村小说在政治规范引导下做出的主题选择至此走向极端，“乡土小说完全变成了一种政治或政策的简单传声筒，赤裸裸的主题阉割了小说的审美机能”[①]。

从20世纪40年代到70年代末期，中国乡村小说在政治规范引导下进行主题选择，时代政治需求成为作家确立主题的晴雨表。这种主题选择的基本功能就是表达政治的需求，配合政治的发展，具有明确的政治倾向性。事实上，文学表达政治倾向性本身无可厚非，并且表现人民根本利益是文学不能推卸的责任。但是，文学有着自身独特的规律，只有遵循文学创作规律才能更有效地表达主题内涵。这个规律就是从生活到创作再到主题，也就是说主题是在作品完成的那一刻自然生成的，而不是先于作品存在的。

二、乡村作为一种叙述方法

“文革”结束后，中国无论是政治、经济、文化，还是社会生活的各个方面都开始逐渐回归正轨，历史的车轮走进了新时期。随着时代变化，中国文学也获得了相对宽松的环境，逐渐回归正常，也进入了一个复兴和发展的新时期。政治环境的变化使当代中国社会思想得到了空前解放，并且获得了很大的政治支持。邓小平在《解放思想，实事求是，团结一致向前看》中认为，“解放思想是当前的

① 丁帆：《中国乡土小说史》，北京大学出版社，2007年版，第239页。

一个重大政治问题"[1]。在这种情况下，思想解放对文学观念的转变产生了巨大的推动作用。一方面，文艺界对现实主义进行重新认识和理解，文学创作开始向真正的现实主义道路回归。同时，中断几十年的乡村浪漫抒情小说也开始重新回归文坛。在思想解放的推动下，这两类乡村小说的主题随着新时期文学的发展而发生演变。另一方面，思想解放带来了改革开放，西方文艺思潮不断涌入，现代主义文学观念开始重现于中国文坛，这为乡村小说表达另外一些主题形态提供了可能，拓展了中国乡村小说的主题内容。从新时期文学开启到20世纪80年代末，中国乡村小说主题正是在思想解放的推动下发生了转变。

新时期文学是从关注政治开始的，这是因为思想解放运动最初是从政治层面开启的，同时也是由当代中国文学的特殊传统所决定的。这一时期出现的伤痕文学、反思文学和改革文学，都是从政治层面展开创作的，具有鲜明的政治意识。虽然它们的出现在时间上稍有先后，但它们之前并非是彼此更替的，而是相互联系的，并且在主题内涵的追求上表现出一定的同一性。较早出现的伤痕文学对"文革"仅仅表现出一种情绪化的控诉，而随后出现的反思文学开始对极左政治进行比较深刻的理性反思，并将这种反思推向了更长的历史时段，对极左政治追根溯源，表现出深刻而沉重的思考。如果说反思文学是对过去历史的一种理性反思，那么改革文学则是作家们直面尚处于改革之中的现实生活，有些作家热情地欢呼改革给中国社会带来的新生，还有一些作家冷静地表现改革的艰难，呈现改革过程中出现的问题和困惑，表达自己的忧思。其中一些优秀作品深入到国民性与传统乡村文化层面思考乡村改革中的矛盾与冲突。这些创作现象正是在思想解放运动的激励下形成的。另外，思想解

① 邓小平：《解放思想，实事求是，团结一致向前看》，《邓小平文选》（第二卷），人民出版社，1994年版，第141页。

放使文学可以挣脱政治的束缚，恢复其本身应有的独立性。在这种情况下，人的意识在新时期文学中开始苏醒，“人的重新发现，是说人的尊严、人的价值、人的权利、人情、人性、人道主义，在遭到长期的压制、摧残和践踏以后，在差不多已经从理论家的视界中和艺术家的创作中消失以后，又开始重新被提起，被发现，不仅逐渐活跃在艺术家的笔底，而且成为理论界探讨的重要课题。说重新发现，乃是因为在历史上曾经发现过。文学上人的发现，常常和现实生活中人的解放紧密相关”[①]。“人的文学”这一根植于五四新文学传统的现代文学观念在这里再次获得新生，“人”重新成为文学创作的中心与目的指向。因此，站在人道主义立场上呼唤人性与人情，成为新时期之初乡村小说创作的基本出发点，其主题内涵也围绕“人”这个中心点而生发开来。

新时期乡村小说是从关心和思考政治问题开始的，带有浓厚的政治色彩，表现出作家们强烈的忧患意识与变革意识。在“文学是人学”这一观念的主导下，批判和反思极左政治，重新确立人的价值、尊严和权利成为新时期之初乡村小说的一个中心主题，这一主题的内涵得到了多方面的表达。作家们首先关注保障人基本生存的现实物质生活，反思极左政治对人民生活的危害，以及由此带来的人的尊严和权利的丧失。高晓声的反思文学代表作《李顺大造屋》较早表达了这一主题。作品通过李顺大一波三折的造屋经历，生动展示了特殊年代中国农民的生存状态。亲人们因为没有房屋而在风雪中惨死，给李顺大造成无法磨灭的伤痛，他因此省吃俭用，立志造三间房屋，然而历次政治运动不断地摧毁了他造屋的愿望，三十年也未能如愿。作品主题正是通过李顺大艰辛的造屋经历，深刻反思了极左政治对人的基本生活的破坏，从而导致人的价值、尊严和

① 何西来：《人的重新发现——论新时期的文学潮流》，《红岩》1980年第3期。

权利的丧失。作为反思文学的巅峰之作，获得首届茅盾文学奖的《芙蓉镇》也是在对极左政治进行深刻反思的同时，呼唤人的尊严和权利。作者古华在“后记”中表示，这篇作品是“寓政治风云于风俗民情图画，借人物命运演乡镇生活变迁，力求写出南国乡村的生活色彩和生活情调来”[①]。这句话对《芙蓉镇》做出了简明扼要且精准的概括，为把握主题内涵提供了方便。作品展示了在极左政治环境中一系列人物的命运变化，以此来反思历史，并表达对生活的认识与思考。作品在开篇题记中标明，这是“一曲严峻的乡村牧歌”。这一简短的题记深刻地点明了主题内涵。“乡村牧歌”带给人们的往往是一种远离尘嚣的天籁，清新、静谧、和谐、闲适，然而《芙蓉镇》所唱的这曲“乡村牧歌”却被“严峻”所修饰，其中已不再是“静谧”与“和谐”演奏的交响乐章，而是由政治风云卷起的巨浪涛声，人物命运在这巨浪涛声的裹挟下无奈且无望地沉浮，悲凉、残酷与严峻取代了和谐、静谧与闲适。作品以胡玉音的命运沉浮为主线，通过游走在这条主线上的一系列人物命运的展示，表现了一次又一次的政治运动摧毁了人们的美好生活，致使人们家破人亡，深刻揭示了极左政治对人的尊严和权利的肆意践踏及其对人性的摧残。另一方面，《芙蓉镇》还从正面描写了胡玉音的坚忍与顽强，她坚强地从失去丈夫的阴影中走出来，与“右派”分子秦书田产生了深厚的感情。在夫妻反目、儿女揭发父母的动荡年代中，他们之间始终坚守着真挚的爱情，分别多年依然真情不减。胡玉音、秦书田、谷燕山这些人物形象从正面高扬了人的尊严和价值，深化了作品的主题内涵。同时，通过王秋赦、李国香等人物形象展示了人性的扭曲与卑劣，并进行了深刻反思，挖掘了极左政治生长的社会基础。这些人物形象共同托起了作品的主题内涵。

描写人的正常情感的苏醒和需求是新时期之初乡村小说表达主

① 古华：《芙蓉镇》，人民文学出版社，1981年版，第234页。

题内涵的一个重要方面。情感需求是由人的基本属性所决定的，是人性健康的一个重要因素，是人与生俱来的基本权利，也是实现人的价值和维护人的尊严的必要条件。否定人的情感便否定了人的价值、尊严和权利。曾经爱情一度成为“禁区”而在文学中沉没，即便是亲情和友情也必须依附在“阶级感情”上才能具有合法性。新时期之初，这些人类基本情感开始苏醒，并在乡村小说中进行了生动的描写。周克芹的《许茂和他的女儿们》也是反思文学的一部力作，与古华的《芙蓉镇》同时获得茅盾文学奖。作品中，许茂在世道混乱的年代中变得孤僻、懦弱、自私，同时谨小慎微，情感麻木冷漠。四女儿被品质恶劣的丈夫郑百如抛弃后，许茂对女儿表现出了冷漠，反感其回家。后来，时代环境发生了变化，他在女儿们一次次的亲情呼唤中逐渐觉醒，那早已失去的亲情得到回归。许茂的生日使整个作品达到了高潮，父亲和女儿们之间的深挚情感在其中得到了充分的展现，整个家庭又重新找回了那失去已久的幸福和温暖，暗示着整个家庭即将迎来一个全新的生活状态，主题内涵在此得以升华。同时作品也以此暗示一切邪恶的力量都将被埋进历史的坟墓，整个社会也将迎来一个全新时代。另外，在这一时期，一些远离政治、淡化政治色彩的乡村小说也在表达人的纯洁情感，呼唤健康人性的回归，肯定人的价值、尊严和权利这一主题。汪曾祺的《受戒》是这类创作的代表作品。汪曾祺师从沈从文，在这里他恢复了中断几十年的乡村浪漫抒情化的创作风格。作者在《受戒》结尾标示的是“写四十三年前的一个梦”[①]，似乎是远离了时代，但是这篇小说所表现的情绪和主题内涵却是与新时期时代环境紧密相连的。作品表现了因生活所迫而出家的小和尚明海与农家女小英子之间那纯洁无瑕、朦朦胧胧的爱情，结尾那场问答正是健康人性的本

① 汪曾祺：《受戒》，邓九平编：《汪曾祺全集》(一)，北京师范大学出版社，1998年版，第343页。

能反应，在富有桃花源式的意境中，歌颂健康的人性，美好的人情，表达与以反思历史为主题的作品相一致的主题内涵。

随着思想解放运动的推进，乡村小说的创作视野也有所扩展，一些作家开始关注现实政治，对乡村社会的改革进行了深刻思考。这些乡村小说创作具有很大的现实基础。1978年12月，小岗村农民以生命为赌注在一份分田到户的约定书上按下了十二个手印和四个名章，率先开启了中国乡村的改革之路。面对这场意义重大的乡村变革，作家们是不会躲开的，他们带着强烈的责任意识，对乡村社会的这场变革进行了深刻的思考。这场变革给农民们带来了怎样的变化？改革中出现的问题和困惑根源在哪里？作家们回答这些问题时，仍然是以“人”为中心，从而决定了这类乡村小说的主题内涵。何士光的《乡场上》较早对这些问题进行了思考。作家选取了梨花屯乡场这一典型场景，描写了一个早晨发生的事情——让不敢得罪任何人的老实巴交的农民冯幺爸做证。作家通过对冯幺爸在这一过程中的神态、语言、行为等细节刻画，生动反映出他内心的纠结、矛盾以及最终转变。虽然这种转变对于现实中背负沉重精神负担的农民来说有些迅速和理想化，但作家借此表达的主题却是深刻的。“像一条狗”的冯幺爸不敢得罪人，因为这些人掌控着他的生活保障，但是在这个早晨他却一反常态，敢于凭着良心，实事求是地给人做证。他喊道：“老子前几年人不人鬼不鬼的，气算是受够了！——幸得好，国家这两年放开了我们庄稼人的手脚，哪个敢跟我再骂一句，我今天就不客气！”“只要国家的政策不像前些年那样，不三天两头变，不再跟我们这些做庄稼的过不去，我冯幺爸有的是力气，怕哪样？”[①]这就是因为乡村改革给农民带来了经济独立，进而使他们获得了尊严后的呐喊。冯幺爸的呐喊点破了作品的主题，一方面歌颂了乡村社会经济改革，这场改革让农民们获得了经

① 何士光：《乡场上》，《人民文学》，1980年第8期。

济上的独立，生活有了保障；另一方面揭示了这种经济独立使农民获得了人的尊严和价值，使冯幺爸这种依附于权势的农民获得了解放，能够不再违背良心，光明正大地生活。“经济基础决定上层建筑”不仅仅在社会层面上适用，对于个体来说更具有重要意义。高晓声创作的“陈奂生系列”，也对乡村社会的改革进行了深刻的思考。改革之后，乡村新的经济政策使陈奂生摆脱了“漏斗户”的身份，但面对这种改变，高晓声笔下的故事并没有像何士光写的那样理想，而是在肯定这场改革的同时又表现出新的忧虑和冷静思考。他将主题内涵深入到了国民劣根性层面，对“陈奂生”们身上的阿Q习气给予了深刻的揭露与批判。像高晓声这类作家，延续了五四时期开启的批判国民性的主题内涵，以此来呼唤人的尊严、价值和权利。

随着改革的深入，一些作家开始思考改革给人们带来的精神层面上的变化。贾平凹的《浮躁》通过金狗这一形象表达了农民在改革面前所表现出的精神浮躁。乡村变革使金狗获得了一定程度的解放，他的主体精神开始膨胀，为了急于实现人生价值表现出了过度的亢奋与激情，进而产生了一种心理失衡，情绪浮躁，最终经历了一番破茧成蝶式的蜕变才从浮躁回归冷静沉着，回归本土。作家在看到改革成绩的同时，也看到了改革中出现的新的问题，并对此进行了一次深刻的思考。贾平凹所表达的主题就是乡村改革不能仅仅停留在经济层面，还应进行一场与其相适应的人的精神变革，只有经过这场精神变革，人才能获得真正的尊严和权利。显然，在这里，贾平凹思考的焦点仍然是“人”。路遥的《人生》也表达了类似的主题，高加林也是在经历一番挫折之后，完成了痛苦的蜕变，最终回归乡村。面对人的精神变革，贾平凹和路遥给出的路径都是回归乡村，由此可以窥见一代作家的文化选择。

随着思想解放运动的不断深入，中国的思想界和理论界将目光投向了民族传统文化，思考在新的历史条件下中国文化的建设和走向问题，到1984年前后掀起了一股“文化热”浪潮。“文化热”的兴起有着多种复杂因素。首先，思想解放运动给中国社会带来了经济变革和政治变革，从而引发了人们对文化问题的思考。知识界在反思历史和审视改革时已经将触角伸向了民族文化层面。其次，随着改革开放的深化，西方各类文化思潮纷纷涌入中国。这些异质文化与本土文化产生了冲突，它们彼此形成参照，促进了知识界对这些文化进行价值重估和选择。这些因素共同推动了“文化热”的兴起。随着文化讨论热潮的逐渐升温，一些作家开始离开对现实政治的思考，开始超越现实，挖掘更深层次的民族文化，出现了“寻根小说”创作潮流，乡村小说的主题也随之发生转变。李杭育的《最后一个渔佬儿》、阿城的《棋王》等是较早出现的作品。1985年，韩少功发表了《文学的“根”》，为这些创作寻求理论支撑。他在文章中指明，“文学有‘根’，文学之‘根’应深植于民族传统文化的土壤里，根不深，则叶难茂”，主张文学回归本土，寻找滋养文学创作的文化之根，同时还支持文化对外开放，“只有找到异己的参照系，吸收和消化异己的因素，才能认清和充实自己”[①]。这些理论对一些作家产生了很大影响，也决定了韩少功自己的创作，进一步助推了“寻根小说”创作，先后出现了韩少功的《爸爸爸》、王安忆的《小鲍庄》、郑义的《老井》等作品。大部分“寻根小说”作家创作的主题意图，是通过一些形象化的象征符号挖掘并寻找民族本土文化，判明优劣，弘扬其中的优质成分，批判劣质成分。虽然作家们在情感上对传统本土文化表现出难以舍弃的一往情深，极力寻求其中的优质营养，但是在实际创作中，在理性甄别时，批判国民劣根性这一主题占据了绝对优势，由此可以看出本土文化的实质。韩少功的《爸爸爸》的主题通过丙崽这一永远长不大的痴呆小老头儿，揭示了

① 韩少功：《文学的“根”》，洪子诚主编：《中国当代文学史·史料选》，长江文艺出版社，2002年版，第780、782页。

传统文化的劣根，丙崽是这片土地上的文化环境象征的符号，通过对鸡头寨民众的描写，对愚昧、麻木、迷信、野蛮等国民劣根性表现出了深刻的批判。王安忆的《小鲍庄》折射出作者面对传统文化的纠结情绪。小鲍庄是一个以儒家“仁义”文化为核心的小乡村，“仁义”成为这个乡村内在的凝聚力，这里的人们“不独亲其亲，子其子”，每个人都老有所终、幼有所养，村子里充满了桃花源一样的温馨，但是这温馨里又透射出毫无活力的压抑。这里每个人都满足于静止固定的生活方式，排斥异质文化，对异质文化具有天然的恐惧。他们耻笑个性张扬的“文疯子”，欺凌再嫁的寡妇，破坏纯洁的爱情，等等，否定人的价值、尊严和权利。小鲍庄正是传统文化环境的象征，被人们世世代代推崇的“仁义”虽然具有很强的魅力，但它带来的却是愚昧保守和社会停滞不前。外部社会经历了一次又一次巨大的变革，小鲍庄却依然故我，纹丝不动。主人公捞渣作为“仁义”的化身，其仁义精神与生俱来，是强大的文化基因遗传给他的一种集体无意识。“捞渣”的名字已经折射出作品的主题内涵，文化寻根打捞出来的却是文化之渣。小说结尾昭示了捞渣的离去并没有终结这些文化基因的遗传与繁衍，批判国民性主题至此得以深化。这是寻根小说的核心主题内涵。即便是致力于寻找“优根”的阿城，“也时时透露出对苍凉人生与人性劣根的揭示与批判”①。

思想解放运动不断地推进文化观念变革，文学界也以更加开放的姿态面对西方文化思潮的涌入。其中，直觉主义、存在主义、弗洛伊德精神分析学说等以非理性主义为理论基础的文化思潮对中国文学界产生了巨大影响，一些作家在不同程度上接受了这些理论思想，并付诸创作实践，从而形成一股具有现代主义色彩的“先锋”小说创作潮流。现代主义文学观念给乡村小说带来了一种全新的创

① 丁帆：《中国乡土小说史》，北京大学出版社，2007年版，第262页。

作模式。这种模式打破了传统小说的观念，开始进行一种“向内转”的叙事实验。在这种创作观念支配下，乡村小说的主题发生了转变，不再是通过外化的人物性格或个体生命外在的命运沉浮来生成主题，而是通过对直觉、潜意识等梦境般的描写，内视个体生命深处的灵魂，挖掘其个体内在的精神世界，探索人的原始本能，企图揭示人的本真状态。因此，这些乡村小说的主题内涵是内向性的，表达作家主体的生命意识。马原是“先锋小说”的重要代表作家，他的创作受到法国“新小说”的代表作家罗布·格里耶的叙述理论及作品的影响，以其独特的叙事形式和技巧博得文坛关注。因此，长期以来，文学界更多地关注马原的“元叙事”以及“叙事圈套”，从叙事方式和技巧上谈论马原作品的价值，很少有人关注马原作品的意义内涵，甚至认为马原作品是无意义和无主题的。实际上，马原小说的形式本身便具有意义内涵，而语言圈套也正是作家主体经验的一种表达，是作家对自我内在精神状态的一种认知和表达。“写作变成对个人经验的发掘与表达，同时就是对普遍经验及其表达方式的反抗。”[①]在作品《冈底斯的诱惑》中，作家叙述了四个毫无关联的故事：一是一位老作家夜里在野外遇见的奇异景观；二是猎人穷布猎熊遇见野人的故事；三是陆高和姚亮去看天葬；四是顿珠和顿月兄弟的故事。每个故事都不是完整叙述的，而是无序的穿插。虽然意义不明，但这正是作家主体经验的传达，表达一种非理性自我对内在精神混沌状态的感知。这种主题内涵在《虚构》中表现得更加突出。作家用叙事方式本身不断地混淆虚构与现实的界限，表现出自我潜在的精神状态，以此表达对虚构本质的认知。玛曲村虽然住满了麻风病人，但那里男女有序，他们有自己的生活方式，与世隔绝，有自己的娱乐，稳定和谐，虽然作品基调有些沉寂，但不失一种“桃花源”的怡然自得与自足。“我”这个外来者也

① 丁帆：《中国乡土小说史》，北京大学出版社，2007年版，第307页。

被这里吸引，不顾感染麻风病的危险，与会讲汉话的女人激情过后依然无怨无悔，这里又表现了瞬间性享受，瞬间的失去，这是一种矛盾。“我”最后离开时恋恋不舍，但“我”毕竟不属于那里，那里只是现代社会中所奢望的一种虚构世界，这是虚构的意义。作品中明确表示马原是在5月3日进入玛曲村，经历了七天，这一切都是那样真实，然而最后从玛曲村出来的时间却是5月4日，真实的感觉瞬间消失，犹如大梦方醒，但是此刻又产生出一种对梦境的真实体验。这种精神状态，这种生命体验，这种内心感受，却是每个人都在梦境中有过的真实体验。这些便是作家所要表达的主题内涵，是对人的潜意识的挖掘，是主体内在精神体验和自我生命意识的表达，从而试图接近人的生命本真状态。扎西达娃的“先锋”乡村小说创作更是明显地表现出叙事形式和叙事内容的关联，从而表现意义内涵。其代表作《西藏，系在皮绳扣上的魂》的叙事形式即成为一种意义参照，以这种形式审视西藏这片土地所孕育出来的生命意识。莫言的成名作《透明的红萝卜》也以带有“先锋”色彩的形式挖掘人的原始本能。被后母虐待的黑孩近乎彻底麻木，到水利工地劳动时又得到了菊子的关心，这种关心唤醒了黑孩的生命本能，后来菊子和小石匠一同离去，对于黑孩来说这一切犹如一场梦。但经历这一场梦之后，麻木的黑孩似乎有所觉醒，他到地里不停地寻找那象征生命本能的“透明的红萝卜”。莫言在这里也是在挖掘人的生命状态，作品主题内涵则提供了一条寻回生命本能的途径。实际上，这些乡村小说的主题内涵仍然没有脱离对人的尊严和价值的思考，只是以另外一种形式呈现出来。

20世纪80年代后期，一些作家把西方这些非理性主义文化观念和写实主义创作方法嫁接在一起，产生了“新写实小说”，进一步深化了乡村小说的主题内涵。“新写实”乡村小说以“零度介入”的方式屏蔽作家的主观倾向，对人的生活做原生态的呈现，在主题内涵上，它延续了对人的生命意识的开掘，通过人的自然生存状态的呈现，对主体生命进行哲学观照，力图揭示生命的本真状态。这些作家往往将人物置于残酷的生存环境之中，揭露人的灵魂深处的阴暗，表现人性的扭曲，注重人性本身对人物命运的决定作用，挖掘人的原始生命本能。刘恒在“新写实小说”创作者中具有代表性意义。刘恒往往将人从社会关系和伦理文化等方面的制约中剥离出来，将人完全还原成动物性的存在。在这个前提下，他看到了生命本真与文明传统之间的巨大冲突。他的作品《狗日的粮食》和《伏羲伏羲》可以看成是姊妹篇，前者描写吃的本能，后者描写性的本能。《狗日的粮食》揭示了人面临生存危机时本能会极度膨胀，本我将不再受控制，尊严、文明、伦理等一切东西都得在生存本能面前让位。在生存危机面前人完全回归到动物性本能，人的尊严和价值此时消失殆尽。如果说《狗日的粮食》展现了不受控制的本我，那么《伏羲伏羲》则呈现出不断遭到压制的本我，最终导致悲剧。杨天青与菊豆本是婶侄关系却有着夫妻之实，强烈的生命本能让他们无法扼杀自己的性欲，同时这种本能不断受到伦理的冲击和束缚，他们又无力冲破这种伦理的束缚，人完全进入一种两难的境地。由此揭示出无知让他们无法意识到这种伦理本身对生命本能合法性的束缚，对人性的扼杀，所以他们只能苟且地活着，毫无尊严和价值，最终只能走向集体覆灭。

新时期乡村小说主题在思想解放的推动下不断发生转变，但是这些转变都没有脱离对人性的思考。人的意识的觉醒是新时期文学的根本性变革，它恢复了“文学是人学”这一理论思想。因此，新时期乡村小说主题都是以人为中心而生发出来的，目的是重新确立人的尊严、价值和权利。新时期乡村小说，无论是反思历史，还是审视和思考现实，抑或是对生命意识的开掘，都没有脱离对人性的思考。随着思想解放运动的深化，作家们从不同层次探究了确立人的尊严、价值和权利的可能。

第三节 “城”与“乡”的对峙

20世纪90年代，中国社会走进了一个急剧转型的时代。1992年初邓小平在南方谈话中表明：“计划多一点还是市场多一点，不是社会主义与资本主义的本质区别。计划经济不等于社会主义，资本主义也有计划；市场经济不等于资本主义，社会主义也有市场。计划和市场都是经济手段。”[①]随后不久，这一精神在党的十四大上得到了进一步确认，中国开始围绕建立社会主义市场经济体制加快改革步伐。市场经济由此从根本上获得了合法性，并全面展开。市场经济体制的确立对中国社会，尤其是乡村，产生了深远影响。市场经济推动了中国现代化和城市化的飞速发展，冲破了乡村社会相对封闭稳定的外壳，使乡村社会发生了前所未有的变化，在乡村社会的空间里上演着传统文明与现代文明的激烈冲突。两种文明的激烈冲突产生了巨大力量，促使乡村社会也走上了现代转型之路。在这个过程中，中国乡村在生活方式、社会结构、价值观念、思维方式、行为准则等各个层面都发生了根本性动摇和剧烈变革。乡村社会巨大而迅速的现实变迁为乡村小说创作提供了新的表现内容，新的主题内涵也随之产生。

同时，随着市场经济的深入发展，与其相伴而生的竞争机制不断地渗透到文化领域，多种文化思潮竞相绽放，彼此之间互相碰撞、互相融合，催生纷繁多样的文化形态，文化思想领域多元并存的格局开始形成。在这种背景下，文学也发生了翻天覆地的变化。20世纪90年代以前，中国当代文学无论是作为政治宣传的工具，还是作为关注现实、反思历史、思考人性的重要途径，始终都处于社会的中心地位。进入90年代以后，在市场经济和多元文化思潮的影

① 邓小平：《在武昌、深圳、珠海、上海等地的谈话要点》，《邓小平文选》（第三卷），人民出版社，1993年版，第373页。

响下，文学一方面摆脱了政治束缚，获得了回归自身独立性而走向自由发展的条件；另一方面在新的时代环境下，文学又受到多种新的因素制约，对时代的影响力明显极速衰弱，逐渐走向边缘化与多元化。在20世纪80年代，文学虽然也受到多种文化思潮的影响，但是整个80年代的文学演变具有明显的阶段性，每个阶段的作家们都有相对集中而统一的文学观念和关注焦点。到了20世纪90年代，“由于80年代用以整合社会的意识形态的解体，和商业社会的物质存在的凸显，使得文学在表现‘现实’时的基本方式和内容都有一些变化。‘个人’经验在文学中具有了新的特别的含义。它既意味着脱离80年代的集体性的政治化思想的独立姿态，也意味着，在一个尚未定型（‘转型’）的社会中，个人经验成了作家据以描述现实的主要参照”①。由此可见，1990年以来乡村小说发生的现实基础与文学环境都发生了极大的变化。在这种新的文化环境中，创作主体摆脱了那种集中而统一的社会文化思潮影响，以个人经验描写乡村社会，完全根据自身的生活经验进行主动的文化选择，而不是被动地接受统一的社会理性，在个体经验的基础上对乡村社会进行认知和把握。与集中而统一的社会理性相比，个人经验自然是丰富多样的。由于作家对乡村社会的审视视角不同，思维方式不同，文化选择不同，价值立场不同，所以作家笔下出现了丰富多样的乡村世界，乡村小说由此走向了多元主题共生的局面。不仅乡村小说的整体创作呈现出多元主题形态，而且许多作家都在创作中表达过不同的主题内涵，甚至运用“复调”手法在同一文本中呈现出多样化的主题内涵。

一、乡村的破败与危机

进入20世纪90年代以后，中国乡村小说创作的一个非常显著的

① 洪子诚：《中国当代文学史》，北京大学出版社，1999年版，第391—392页。

特征就是直面现实，紧随现实。作家们从不同角度审视乡村社会的现实变迁，并且能够将面对现实所产生出来的个人体验和情绪及时地表达出来。因此，关注现实、书写现实是乡村小说呈现多元主题的一个重要途径。随着改革的不断深入，尤其是市场经济全面展开之后，中国乡村的改革遭遇了瓶颈。乡村社会各种错综复杂的矛盾冲突和问题开始不断凸显，未来充满了迷茫和困惑。何士光笔下那个站立起来并找回尊严的冯幺爸，在商品化浪潮冲击下已经化为一种理想和奢望，现实让冯幺爸们再次匍匐在地上，于痛苦和困惑中艰难地生存。乡村社会在改革中所遇到的现实矛盾和问题引起了一部分作家的极大关注，他们以直面和切近现实的姿态反映了乡村社会的矛盾和困惑。刘醒龙的《分享艰难》《黄昏放牛》、关仁山的《九月还乡》《大雪无乡》《落魂天》、何申的《穷乡》等作品，以鲜明的时代感和浓郁的当下生活气息，真实地记录了乡村社会改革的艰难与现实困境。这些作品大都因具有现实主义的外形特点而被简单地认定为“现实主义冲击波”。然而，深入分析这些作品的主题内涵，便会发现它们仅仅是套了一层现实主义的外壳，却不具备现实主义的精神内质。刘醒龙的《分享艰难》以西河镇党委书记孔太平为中心展现出西河镇改革过程中遭遇的各种矛盾问题，其中有乡镇经济危机、基层权力争斗、各个方面的利益之争、乡村基层对企业家既依附又排斥的矛盾心态，以及自然灾害等问题。通过孔太平在这些问题面前的矛盾、纠结、无奈，进而不得不随波逐流，甚至做出巨大牺牲，来表达“分享艰难”的主题。这一主题内涵最终指向宽容和理解，作品展现的是矛盾冲突中每个人都有难处，随波逐流、搞不正之风完全是出于无奈，出发点都是为群众利益着想，只要目的正义，他们的本质就是好的，所以需要宽容和理解，需要分享艰难。“分享艰难”是作品给出解决这些矛盾问题的途径，然而“分享艰难”真的能从根本上解除乡村社会的现实困境吗？

关仁山的《九月还乡》同样是直面乡村社会在改革中出现的现

实矛盾和危机，侧重表现农民在市场经济环境下的心灵变迁。杨贵庄村民在商品经济浪潮的诱惑下集体出走到城里挣钱，种粮大户杨大疙瘩父子却还是被兆田村主任硬拉回村里种田以保证种粮任务。然而当农产品价格上涨之后村民们又一窝蜂地还乡，外出四年的九月也在这次还乡潮中回到了杨贵庄。进城的人们中，除了在城里卖菜的杨广田之外，只有九月和孙艳在城里依靠出卖肉体而挣到了钱。作品所要表达的主题正是："还乡"是农民唯一的出路，但是"还乡"之后却并不是幸福安宁的，反而危机重重。冯经理圈占杨贵庄800亩田地赖着不还，面对还乡村民无地可种，承包土地十年不变的政策即将动摇，种粮大户面临分地的困扰。兆田村主任无奈让九月用肉体满足冯经理来要回地契。九月的妓女身份延续到了还乡，但是这一次却似乎成了美德："九月走在街上，分辨不出投向她的各种目光是啥意思。她不愿去猜测，因为她刚干了一件自己都无法解释的事情。当她早上从冯经理的汽车走到村口时，感觉很轻松。她将那张800亩的土地契约交给兆田村长时，心情就更好起来。如果说过去在城里拿肉体换钱，时常感到一种罪恶的话，眼下就莫名地消除了这种不安。"[①]从这里的描述可以看到作家的态度，虽然表现出了一种无奈，但同时又昭示出只要目的正义，九月的行为就应该被称赞，这便是作品主题的题中之义。另外，在这里，"还乡"主题内涵表现出"向后看"的情绪，表露出回归集体化时代的意愿，但又深感回不去的无奈，既质疑市场经济又没有根本否定的矛盾心态。作品主题内涵将乡村社会的矛盾和道德失范推给了市场经济，从而表露出一种"向后看"的情绪内涵。作品表面上是在直面现实，描写现实的困境，但在主题深层上走向了回避现实的一种客观效果。实际上，形成所谓"现实主义冲击波"的这些作品虽然直面现实，真

① 关仁山：《九月还乡》，谢冕等主编：《十月典藏品·绿卷：中篇小说卷》，北京十月文艺出版社，2004年版，第340页。

实地记录了乡村社会改革的矛盾与困惑，但在主题内涵上并没有深入挖掘这些矛盾产生的根源，也没有提供从根本上解决这些矛盾问题的可能途径，从而推进改革健康发展，而是面对改革带来的诸多矛盾，选取了一种回避的立场，对市场经济带有一种怀疑情绪。因而可以看出，这些作家在思想深处并没有完全摆脱“姓社姓资”的困惑，在这些作品里，个体老板都被看成是搞资本主义而道德败坏的。这些作品的主题内涵表现了面对现实的无奈，又极力抹平矛盾，一切裂缝都被“分享艰难”“理解万岁”抹平而没有了痕迹。这些现实困境和矛盾，在“分享艰难”和“理解万岁”的庇护下最终都不了了之。也许不能否认这些作家在把握现实和审视生活中的真诚态度，但他们本身的思想限制了对现实的思考，“分享艰难”和“理解万岁”这样的主题内蕴排挤了现实主义的精神内质，使其作品只剩下了现实主义的外壳。

二、城市视域中的乡村

城乡两种文明的冲突是20世纪90年代后期以来乡村小说创作的一个重要内容。随着市场经济体制的不断深化，中国的城市化进程呈现出前所未有的发展速度，代表现代化的城市文明不断向乡村社会渗透，从根本上动摇了传统乡村社会的时空结构和相对封闭的生存环境，现代城市文明和传统乡村文明的冲突成为乡村社会无法避免的现实。面对城乡文明冲突的现实，乡村小说作家从多个层面和角度展开审视和思考，因而在作品中呈现出不同的主题内涵。鬼子的《被雨淋湿的河》是较早深刻描写农民进城遭遇的尴尬窘境和命运沉浮的作品。主人公陈晓雷带着梦想走进城市，遭遇的却是欺骗、杀人，最后在一次次为尊严而抗争的过程中走向死亡。作为乡村教师的陈村坚守乡村教育，逆来顺受，却被无情地克扣工资，最后得到的是家破人亡。作品通过“我”这一观察者和倾听者见证了人在转型时期所遭遇的城乡双重苦难。作品主题内涵没有对城市文明和乡村文明的好坏做简单的评判，而是通过冷静的叙述和观察将人所遭遇的苦难深刻地呈现出来，无论城乡，人们似乎都无法逃脱苦难的宿命。苦难是作品主题的立足点，但作品主题内涵没有将苦难滞留在生命表层，而是将其植入灵魂深处的生命体验，是生命欲望和现实困境之间无法调和的宿命，进而将主题内涵推向了生命哲学的高度。陈应松的《马嘶岭血案》通过发生在野外的一桩血案揭示了城乡文明冲突下人性变异的背后逻辑。作品的主题内涵超越了单纯贫富差距带来的人性扭曲，走向了更深层次的探寻。在勘探队的祝队长看来，勘探队与农民挑夫之间就是一种雇佣的契约关系，在契约关系下犯错就得受罚，但他根本不理解罚20元钱对于生活贫困的九财叔意味着毁灭。正是这种冷漠、隔阂、不信任，催生了九财叔的人性的扭曲，在一种既图财又想复仇的复杂心理下，将七人集体杀害。作品表现出城乡两种文明的冲突与隔阂，乡村深处的农民无法适应现代文明的契约精神——认真履行契约而有尊严地获得报酬，而城市文明的天然优势在乡村文明面前居高临下，并不理解农民的生存困境。血案发生的真正根源是彼此之间的隔阂和不信任，而不是表面上的贫富差距。尤凤伟的《泥鳅》通过几个进城务工农民的命运沉浮揭示出乡村社会转型时期，农民的身心无处依附的悬浮状态，他们最终走向命运的毁灭。作品主题就是城市文明一方面不断进逼乡村，改变乡村，却又拒绝接纳从乡村社会走出的农民，使农民既失去了原有的家园和生活，又无法获得城市的认同。国瑞、蔡毅江、陶凤、寇兰等人进城遭遇到的是歧视、侮辱、欺骗、被利用、被陷害、尊严被践踏，作家通过这些人物展示了农民进城后的不同命运遭际。他们进城后的困境和悲剧不完全是贫困造成的，更深层上是对城市文明所形成的规则的陌生与无知造成的。国瑞进城后曾经一度过上了人上人的生活，担任公司的董事长，但这其实是上层人物早已设下的圈套，在幕后老板的操纵下，从银行骗贷的巨款不知去向，国瑞最终成了替罪羊。国瑞正像那温水豆腐煮泥鳅中的泥鳅，不知不觉钻进了豆腐深处，最终死亡。国瑞似乎成了一个城里人，但最终还是被城市文明所抛弃的蝼蚁。

孙惠芬也创作了大量农民进城的小说，展示了城乡冲突下农民的生存状态，具有独特的主题内涵。《民工》《歇马山庄的两个女人》《上塘书》《吉宽的马车》等作品，在表层上直面现实，对城乡冲突中的日常生活进行细腻的描写，但是作品的深层主题内涵是揭露在街与道之间徘徊的农民内在心灵世界的挣扎，乡村伦理和文化的衰败从细致、琐碎的日常生活中洇渗出来，表现了农民丧失精神家园后的痛苦、迷茫、无奈以及不知所措。在孙惠芬看来，“日常，是生活最本质的状态，也是人最难对付的状态，事件总是暂时的，瞬间的，而人在事件中，又往往因为忙碌，因为紧张，体会不到真正的挣扎。事实上，人类精神的真正挣扎，正是在日常里，在一个人面对自己内心的时光里”[①]。这便是孙惠芬作品主题内涵生发的源泉。贾平凹的《秦腔》也详细而真实地记录了在现代文明冲击下乡村社会破败琐碎的日常生活，唱响了一曲传统乡村文明的挽歌。尽管贾平凹自己宣称《秦腔》“只是想说出农村的现在的状况，农民的生存状态如何”[②]，但是作品实际的主题却是为将消逝的传统乡村文化存照和树碑立传，其主题内涵表现出一种深层的文化隐喻意义。因此，为了完成这一主题内涵的表达，作家在琐碎无序的日常生活背后进行了系统而周密的设计。居住在清风街的夏家，老一辈有兄弟四人，分别是夏天仁、夏天义、夏天礼、夏天智。从兄弟四人的名字可以看出其隐喻意义，“夏”字指明了夏家是整个民族传统的缩影，隐喻传统的华夏民族；关于“天”的观念在中华传统文化中占据着重要地位，天道是人们的一切活动准则；仁、义、礼、智显然

---

① 孙惠芬：《回到日常》，《北京文学：原创版》2003年第1期。

② 陈思和、杨剑龙等：《秦腔：一曲挽歌，一段情深——上海〈秦腔〉研讨会发言摘要》，《当代作家评论》2005年第5期。

是传统文化的核心要义。作品中兄弟四人的行为又分别代表了传统文化的不同方面，夏天仁曾设香案为母祈寿，宁折己寿以增母寿，结果果真导致自己英年早逝，这是传统伦理文化的化身；夏天义始终信仰土地是生命的根本，他开垦荒地和淤地，用生命实践自己对土地的信仰，这是传统文化中重农轻商的代表；夏天礼则体现了传统小农生产中勤俭治家的理念；夏天智酷爱秦腔，在马勺上绘制秦腔脸谱，达到了“一画起秦腔脸谱就成了聋子”的境界，这显然是传统艺术的化身。夏家的解体与分裂显然隐喻了中华民族传统文化的衰落与破碎，从夏家老一辈人中显示出的是传统乡村文明衰落的文化隐喻。此外，夏风和白雪也是具有文化隐喻意义的人物。夏风完全被现代文明所同化，彻底割断了与乡村的文化血缘，是现代文明的象征，是夏家的异类；白雪是当地的秦腔名角，是传统乡村文化的象征。他们的结合象征现代与乡村这两种文明发生了碰撞与融合，但这桩婚姻的最终并未取得理想效果。夏风与白雪生育的后代是一个没有肛门的女婴，其中深刻的文化寓意是不言而喻的：既表达了现代文明对传统乡村文明的破坏，又表达了乡村文明对现代文明的诅咒。夏风最终与白雪离婚也暗示了现代文明与传统乡村文明的决裂。作品的主题内涵表现出了作家在传统乡村文明的衰败前那种怅惘、无奈和喟叹。迟子建在《踏着月光的行板》中也揭露了城乡文明冲突给农民带来的生存困境。作品描写了由于城市化扩张侵占了乡村土地，一对夫妻在丧失乡村生存空间后被迫进入城市打工，而后他们又被迫两地分居，一个乡村家庭就这样在城市里分散。他们每星期只能有一次短暂的团聚，并始终为这样的团聚忙碌着。一个中秋节，夫妻各自打工的老板都临时给他们放假一天，于是他们同时坐上火车前往异地看望对方，在急于团聚的心理催促下，他们一天几次相互往返，几次在火车上擦肩而过，最终他们在两列急驰火车的窗口匆匆见上一面，瞬间便消失在彼此的视线中。但作品主题内涵并不是渲染这苦难，而是在揭露苦难的同时表现出美好的温情，展现出夫妻之间那份纯美的人情，在感叹中还能感受到丝丝人性的温暖。从这些乡村小说创作可以看到，作家们面对社会转型时期的城乡文明冲突有着不同的生活感受、价值立场和创作心态，也因此呈现出多元主题形态。

三、乡村的现实权力与历史想象

乡村社会的权力形态也是乡村小说创作的一个重要内容。乡村小说作家们从不同角度审视乡村社会转型时期的权力形态，表现出不同的主题内涵。阎连科的《黑猪毛　白猪毛》从权力这一角度切入，表达了批判国民劣根性的主题内涵。县委书记在李屠户家住了一夜，而给李屠户的家庭带来了兴旺，这是由权力所带来的资本，而这种资本存在的前提则来自全体村民对权力的崇拜和依附心理。此外，当镇长撞死人时，刘根宝争着要去替镇长坐牢，他的父亲也强烈支持，目的是想依附权力来改变自己的命运。刘根宝“有幸”可以成为镇长的“恩人”，年近三十岁还没有结婚的他因此一时间说成了媳妇。然而，被镇长撞死人的那家父母并没有责怪镇长的意思，只求镇长认死者的弟弟为干儿，这又是向权力屈服的表现。他们没有约束和监督权力的意识，也没有利用现代法律维护自己的正当权益和尊严。无论是刘根宝，还是死者的家人，都在依附权力的奴性思想下，上演了“认贼作父”的悲剧，使权力逍遥法外，凌驾于百姓之上。作品揭示出农民在官本位意识影响下，崇拜权力、畏惧权力的奴性心理，对国民劣根性进行了深刻地批判。

梁晓声的《沉默权》揭示了权力挤压下的人性扭曲将农民最终推向毁灭的悲剧。农民郑响午的女儿郑娟因年轻漂亮而在县城的歌厅当“小姐”，因为有着很好的经济收益，让他们全家人都能在村里扬眉吐气，享受着村里人带有嫉妒的羡慕，可是仅仅不到三个月，他的女儿便遭到了轮奸，而轮奸者一个是本县公安局局长的儿子张小君，同时又是歌厅总经理；一个是法院副院长的儿子；还有一个是张小君的司机。愚昧而软弱的郑晌午最初得知女儿被轮奸，怒气冲天，发誓要告状，为女儿讨回公道。但他在强大的权力面前受挫后，开始冷静思考，最终期望以十万元私了。然而权力拥有者的傲慢毁灭了他对十万元的幻想，进而再次告状。郑晌午告状激怒了歌厅老板，致使在县城水泥厂打工的儿子郑强被解雇，郑强回到家后不但不安慰妹妹，反而怪罪妹妹勾引老板才遭到轮奸，更怪罪父亲告状导致他失去工作，从此与父母决裂。郑晌午夫妻二人最终不得不以死抗争。作品主题内涵既揭示出权力挤压下的人性扭曲，又揭示出知情者在冠冕堂皇的“沉默权”遮盖下的“吃人”本质，从而具有了批判国民劣根性的意蕴。

孙春平的《蟹之谣》以主人公于旺田淳朴的人性映衬出权力拥有者的虚伪和狡诈。养蟹高手于旺田因妻子病重而变得经济拮据，他想通过贷款养蟹来走出生活困境，无奈贷款不成。然而孟乡长却利用旺田的名义帮县委吕书记贷款，并雇用于旺田在其土地上帮县委书记养蟹。在这个过程中，县委书记又将于旺田作为自己的“帮扶对象”并让媒体报道。秋收后，无人偿还贷款，于旺田又卷入经济纠纷之中。最终在村主任帮助下，在与权力持有者的妥协中，于旺田才得以脱身。与其他农民的形象不同，于旺田明知是为别人挣收成，依然努力养出最好的河蟹，可见他品性的纯洁与质朴，于旺田的人格恰恰衬托出滥用权力者的虚伪、狡诈、无耻和贪婪，同时又以此映衬出于旺田的人性光辉，这便是作品的主题内涵。李洱的《石榴树上结樱桃》从权力视角切入乡村日常生活，表现出与众不同的独特性。在这篇小说中，李洱处理故事的方式非常独特。作品中的所有事件都是在权力场域中发生的，但作者却始终回避对权力的直接审视。他既没有直接对权力进行道德批判，也没有直接表现民众崇拜权力、依附权力的奴性；既没有细致描写乡村的权力斗争，也没有描写权力冲击下的人性扭曲。他以惊人的冷静态度客观描摹了权力场域中的乡村日常生活，在这里，权力场只是事件发生的一种环境和背景。作品主题就是通过构筑权力场域这一背景，“给我们展现了一个处于世俗进程中的，混沌、复杂的现实生活中的乡村意象”[①]。作品围绕官庄村换届选举讲述了一系列事件，其中各类尖锐、复杂的矛盾并不是通过激烈的冲突呈现出来的，而是以一种不动声色的、太极式的且进且退方式呈现出来的，这恰恰符合中原大地上的乡村文化心态，对现实做出了一种恰到好处的呈现。在这个过程中，乡村社会的民主法治建设、人际关系的微妙、人口问题、经济发展问题等都真实地展现出来，至于价值判断却留给了读者，其主题意义也在于此。通过对上述几篇作品的考察可以看出，作家们面对乡村权力题材呈现出了多元的主题意蕴。

乡村小说主题多元共生的另外一个重要途径是想象历史。进入20世纪90年代以后，乡村小说作家们与民族解放、土改、合作化、“文革”等曾对乡村社会产生过巨大影响的重大历史事件开始渐行渐远，记忆也逐渐模糊，而以往的“权威历史叙述”又无力解释他们的生活感受，于是作家们开始根据自己的生活经验对历史展开想象。乡村小说作家在提供丰富多彩的历史面相的同时，也表达出了多种多样的主题内涵。较早引起文学界广泛关注的是陈忠实的《白鹿原》。《白鹿原》一出版便受到广泛关注并引起文坛轰动，主要是因为它所表现出的全新历史观念，它超越了以往带有政治功利性和意识形态化的历史观念，站在民族文化的高度审视历史，试图以一种文化视角还原历史，从而构筑了一部民族秘史。依照作者自己的表露，《白鹿原》的主题是“关于我们这个民族命运的思考”[②]。作品围绕白、鹿两家在半个多世纪中或隐或显的家族斗争，描写了在历

① 梁鸿：《“灵光”消逝后的乡村叙事——从〈石榴树上结樱桃〉看当代乡土文学的美学裂变》，《当代作家评论》2008年第5期。

② 陈忠实：《〈白鹿原〉创作漫谈》，《当代作家评论》1993年第4期。

史的风云变幻中两个家族人物的命运沉浮，将白鹿原与外在的历史变迁互为参照，探寻制约历史演变的民族文化力量，揭示历史的复杂性，引发对民族历史命运的思考。作品观照历史的文化视角是作为中国传统主流的儒家文化，其核心内质是仁义。因此，作品着力塑造朱先生和白嘉轩这两个“仁义”化身。朱先生显然是儒家文化所要求的圣人君子形象，他成了白嘉轩的精神支撑，体现出儒家文化超越世俗部分的精神境界；而白嘉轩则是仁义文化的世俗执行者，体现的是儒家文化在日常生活中的世俗境界。然而在世俗中维护仁义文化的手段却是残酷无情的礼教。白嘉轩一方面是仁义文化的坚守者和执行者，另一方面又是宗法制度下的族长，是仁义文化衍生出来的礼教的执法者。当有人冒犯这礼教的权威时，他表现出来的是丧失人性的冷酷无情。因此，从白嘉轩身上，可以看到作者对仁义文化的矛盾心态。通过朱先生和白嘉轩这两个仁义文化的化身去观照历史，可以看到无论历史表层经历怎样复杂的风云变幻，其深层结构始终没有脱离儒家文化的引力。也就是说儒家文化始终是历史演变的制约力量，同时也是审视历史的一个价值尺度。因此，作品的主题内涵便是揭示儒家文化与历史演变的对抗冲突，及其所带来的人性与礼教的对抗、灵与肉的冲突；揭示这种文化所塑造的民族灵魂，探寻在历史演进中的民族命运。

莫言在20世纪90年代以来先后创作了《丰乳肥臀》《檀香刑》《生死疲劳》《蛙》等历史题材的乡村小说，从多个角度对历史展开丰富想象。莫言在创作中习惯用不同的视角审视统一历史内容，展现出不同的历史景象，从而形成复杂的主题内涵。《丰乳肥臀》以上官鲁氏为中心，描写了她周围的一群人半个多世纪的悲欢离合与苦难命运，展示了历史变迁带给这片土地的深重苦难，赞颂了在苦难中坚韧不屈的生命意志。作品通过上官鲁氏、上官金童、司马粮等人的视角呈现出半个多世纪历史变幻的多个面相，以及对苦难的不同感受，但这些人物的共同特点是都是苦难的承受者，他们命运沉浮的动力都是苦难。作品一方面赞颂了承受无数苦难和屈辱的母亲所表现出的忍辱负重、坚韧不屈的强大生命意志，呼唤无限旺盛、充满激情和活力的生命力，及其所表现出来的母性光辉；另一方面，莫言通过塑造上官金童这一形象，发出了人“种的退化”的哀叹。实际上，莫言在《红高粱》中就表达出类似的主题内涵，在那里，他以“我爷爷”和“我奶奶”敢爱敢恨、充满原始野性生命活力，以及从生命激情中流淌出来的自由精神作为映衬，发出了“种的退化”的哀叹。在《红高粱》时期，莫言还怀有一份理想，到“我爷爷”和“我奶奶”那里去寻找曾经拥有的生命活力，然而到了《丰乳肥臀》时期，他开始冷静地面对严酷的现实，对“种的退化”进行了理性思考。《檀香刑》以山东义和团运动和八国联军进驻北京为历史背景，描写了戏班班主孙丙领头抗德，最终被施以十分酷虐的檀香刑的故事。作品通过赵甲、孙丙、孙媚娘、赵小甲等人的讲述构成了多声部合奏的历史图景，主题内涵是赞扬了那充满野性的生命意识，同时对由国民劣根性所制作出的一场杀人盛宴进行了批判，通过愚昧呆傻而又助纣为虐的“赵小甲”形象，再次表现出“种的退化”的感叹。一场精心筹划的杀人大剧竟是亲人之间的残杀，人性的扭曲至此暴露无遗。《生死疲劳》以西门闹经过六次轮回先后转世为驴、牛、猪、狗、猴、大头儿的所见所闻，呈现出半个多世纪的历史的立体化面相。每一次转世，这些动物都表现出带有野性的、不屈服于现实的生命意识，以此来映衬人的生存状态。莫言通过这些动物视角展现出人的苦难，在亦庄亦谐中重新审视和发现人的存在，呼唤那具有野性活力的生命意识。莫言始终站在民间立场上，用不同的视角去审视历史，在众声讲述中呈现出一个立体化的历史面相，呼应民族历史进程中所遭遇的共同问题和生存困境。莫言作品的主题内涵正是在想象历史的过程中对人的生存境遇和生命状态进行深刻思考。呼唤那原始生命活力的绽放，以及对“种的退化”表现出痛心的哀叹是莫言乡村历史小说中一贯的主题内涵。通过《丰乳肥臀》中的上官金童、《檀香刑》中的赵小甲、《生死疲劳》中的大头儿等形象，莫言对“种的退化”进行了一步步深入的思考，挖掘出“种的退化”背后的历史动因。

刘震云以“新写实小说”走进当代文坛，其小说创作不仅有对现实日常生活的描摹，还有对乡村历史丰富的主体想象。刘震云笔下的乡村历史，往往是他因讲述故事的需要而寻找的一个背景环境。他在想象中寻找真实，用虚构来讲述真实，在虚构与真实之间对生活、历史及人性进行深刻的思考，因此刘震云这类叙述乡村历史的小说也呈现出独特的主题内涵。在《故乡天下黄花》中，刘震云运用反讽的手法表现出一种调侃历史的态度，然而这种调侃带来的轻松表面背后却有着作者沉重的思考。他站在民间立场上想象历史的另外一副面相，以民间视角审视历史，还原了那些被正统历史叙事所遮蔽的民间历史的真实现象。这篇小说以一个普通农民的视角叙述马村长达半个多世纪的历史变迁，展示了马村人在各个历史时期为了夺取代表村里最高权力的村长之位，所进行的相互残杀和争斗。作品通过展示马村人的权力争夺所表达的主题内涵是，在循环论认知思维主导下的民间农民看来，无论外在历史风云如何变幻，发生在马村的故事永远不变，所变的只是故事中的人物名字，权力争夺的大戏在马村永远循环反复地上演，而在这一过程中，冷漠、自私、愚昧等人性劣根昭然若揭。因此，马村和发生在马村的故事具有了深刻的隐喻意义，这一主题内涵恰恰揭示了历史的另外一副真实面相。刘震云在2009年发表的乡村历史小说《一句顶一万句》产生了广泛影响。在这篇小说中，刘震云一方面延续了他对个体欲望的思考，另一方面他又将这种思考从形而下的物质欲望推向了形而上的精神欲望，对个体精神欲望展开了深刻的挖掘和思考。《一句顶一万句》推动故事展开的是流浪母题，而促动流浪行为发生的背后主题是寻找。刘震云说过，《一句顶一万句》的内容是“一个人特别想找到另一个人。找他的目的非常简单，就是想告诉他一句知心的话”[①]。寻找一个能够“说得着”的人，如此才能满足精神需求，在精神层面上寻求理解，这便是《一句顶一万句》的题中之义。在这里，刘震云依然站在民间立场上，借用历史场景思考人的精神欲望。正是民间立场的选择，使刘震云的探索有了创新。一般的习惯思维认为，精神欲望是知识分子或者是高端职业人物的专利。然而，刘震云却展示了从事低端职业的人所具有的复杂而剧烈的精神欲望，作品揭示了精神欲望存在的普遍性，并对精神欲望进行了深刻思考，表现出作家浓厚的人文关怀。

上述几个方面充分表明了20世纪90年代以来乡村小说主题走向了多元共生，但这些并不是这一时期乡村小说的全部主题形态，文坛实际提供的乡村小说主题要更加多元和复杂。20世纪90年代以来所形成的多元文化环境为乡村小说发展提供了一个难得的历史机遇。置身于这样一种文化环境中，乡村小说作家们可以获得多种审美视角和表达方式，可以较大限度地将主体精神注入作品之中，从而形成立体而深刻的主题意蕴。同时，乡村小说作家之间不同的生活体验和精神立场，可以相互交流、碰撞、融合，推动乡村小说的探索和创新，进而产生出丰富多彩的主题形态。另一方面，20世纪90年代以来城市化的快速发展对乡村小说作家形成了巨大的挑战。在城市化浪潮的冲击下，乡村社会发生了持续不断的飞速变化。现实生活的迅速变化已经逸出作家固有的乡村经验，许多作家感觉到无力把握现实生活的这种变化，因而在情感上陷入了迷茫、困惑和不知所措。面对机遇和挑战并存的时代，乡村小说作家应该冷静面对，整合自己的创作经验，从现实生活的真实感受中寻求突破，以更好地实现中国乡村小说的世纪转型。

20世纪以来的中国，尤其是乡村社会的发展，是现代化转型的

---

① 刘震云、孙聿为：《与记者的对话》，《当代·长篇小说选刊》2009年第3期。

历史。尽管中国社会已经经历了一个多世纪的现代化发展，但在深层文化结构上依然呈现出浓厚的乡村性色彩。正如费孝通所说："从基层上看去，中国社会是乡村性的。"[1]因此，百年中国乡村社会的文学呈现对中国社会的现代化转型具有重要的参考意义。梳理百年中国乡村小说的主题演变可以看到，从思想启蒙演进到多元共生，虽然每个时期的主题内涵不同，但其共同之处就是作家们都是在现代性探索中生成乡村小说主题的。每个时期的乡村小说主题都是作家在时代环境制约下，以审美的方式提供的现代化转型的解决方案。现代化究竟给中国乡村社会带来了什么？在现代化浪潮冲击下乡村社会发生了怎样的变化？乡村社会能否走向现代化，又如何才能在走向现代化路途中不迷失自我？各个时期的作家正是在思考这些问题时形成了乡村小说的主题。因此，现代化转型是百年中国乡村小说的总主题。

四、乡村中的女性

女性文学是20世纪中国文学的重要组成部分。囊括在这一名目的众多文学作品，不仅包括对女性自身性别经验的发现、审视、创造和呈现，还包括对时代、社会、历史、文化、乡村等公共题材的介入、思考和创作。后者不仅扩展了女性文学的观照视域，也丰富和强化了文学的表达样式，以女性特有的审美风格，提供了不同于男性作家的审美经验。在21世纪前后，女性作家创作了大量优秀的乡村小说，引发文坛内外的极大关注，形成了女性文学和乡村文学中的重要现象。

王安忆的《富萍》《上种红菱下种藕》、铁凝的《哦，香雪》《笨花》《谁能让我害羞》、迟子建的《额尔古纳河右岸》、孙惠芬的《歇

① 费孝通：《乡土中国 生育制度》，北京大学出版社，1998年版，第6页。

马山庄》《歇马山庄的两个女人》《致无尽关系》、范小青的《赤脚医生万泉和》《城乡简史》、乔叶的《最慢的是活着》、邵丽的《明惠的圣诞》、魏微的《乡村、穷亲戚和爱情》《大老郑的女人》、葛水平的《喊山》《裸地》《小包袱》《我望灯》、梁鸿的“梁庄系列”(《中国在梁庄》《出梁庄记》)、付秀莹的《陌上》……这一连串作家作品,有力地展示了女性作家在乡村文学创作上取得的成绩。整体来看,这些女作家注重描写乡村的日常生活和人心人情,在具体而微的生活场景中展示乡村的内部肌理,塑造个性鲜明的人物形象,刻画人物的心理轨迹。尤其值得注意的是,这些女性作家在小说中对乡村女性这一群体的关注和塑造。乡村女性是社会生活中容易被忽视的一个群体,在以往的乡村文学中常常是作为配角而存在的,女性作家的写作改写了这种局面。在她们的作品中,具有不同面貌、个性的女性,是反映社会生活景观的重要媒介。

葛水平的《裸地》塑造了一个类乎地母般的女性形象,将女性的柔弱、担当和坚忍表现得淋漓尽致;铁凝的《谁能让我害羞》讲述了城市女性与乡下打工者之间的一场冲突,表现了两个空间对彼此的误读;孙惠芬的《歇马山庄的两个女人》为两个具有不同个性的女性画像,展现了乡村女性的时代面貌;付秀莹的《陌上》以华北平原的一个乡村“芳村”为背景,细腻勾勒了如今日新月异的中国乡村面貌,描绘了乡村社会男女的精神生活。

作为一个仍然在进行中的现象,由女性作家参与和推动的乡村叙事,已然令人感到欣喜,也必将取得更为丰硕的文学成就,对此,我们应该抱有期待,“从来就不存在一个同质性的乡土经验,乡土经验会因为经验主体、表述主体性别身份的介入而呈现出不同的色彩。同样,也不存在一个同质性的女性经验,女性经验也会因为民族、地域、阶层等其他差异而呈现出不同色彩。新世纪女性乡土叙事一方面将性别意识带入一向由男性主导的乡土叙事领域,呈现被遮蔽、被修改的女性乡土经验,揭示乡土经验的复数形态;另一方面，它又将乡土经验带入女性文学中，提示女性经验的复数形态，从而构成与20世纪乡土文学传统和女性文学传统的双向对话”①。

乡村文学的一个重要特性在于它的当下性、及时性，这也正是乡村文学的活力之源。百年来的乡村小说，紧跟时代步伐，及时地回应和观照乡村社会的变动，真实体察和传达乡村人物的悲欢离合，展现了乡村的斑驳历程，使乡村小说富有生机。但令人遗憾的是，如今的乡村文学大多浮光掠影，尽管仍然依托着“乡村”这一本体，但既无法生动地呈现这一时期乡村的具体生活场景，也无法深入洞察乡村民众的心理情感，让人在阅读中总是感到不满足，或者不真实。

百年来中国乡村小说的主题，既是文学创作的主题，也是乡村社会发展的主题，而乡村社会又往往受到政治、经济、文化等不同力量的参与和作用。可以说，乡村的命运和中国的命运紧密联系在一起。乡村先后经历启蒙、革命、社会主义、现代化（城市化）等不同历史阶段，在时代大潮的裹挟下，被动地走向不知名的远方。面对仍然处于变革状态的中国乡村，乡村小说也仍然充满可能性，在新的主题下，讲述新的乡村故事。

① 王宇：《女性叙事与乡土叙事的双重新地标》，《光明日报》2018年4月18日。

第四章　乡村小说中的“语言”之变

在百年乡村小说的流变过程中，“语言”问题是贯穿乡村小说写作过程的重要问题。从表层结构和形态上看，语言是实现小说叙事的首要因素，缺少语言，文本叙事便不会展开，因而可以认为文学是语言的艺术，没有语言便没有文学；从内蕴的思想层面上看，文本是一种语言构成物，是一种话语阐释。语言是作家充分表达自身独特想象、经历感受的重要手段，这种感受包括生命的、生活的、社会的和时代的，因而可以认为语言是思想的物化形式。文学史上的任何一次文学语言的变革都不是偶然的，一方面，它是文化内部的语言发展演变的过程，另一方面，也是时代社会思潮在文学内部的映射，是文化思想层面上的深刻变革。

乡村小说叙事语言的选择及表现方式会随着社会时代的变化而演变，本章通过对中国百年乡村小说叙事语言的变化与演进过程的梳理，进而深入地剖析乡村社会文化思想的深刻演进以及中国社会时代思潮的变化。

第一节　白话文与叙述语言的变革

五四新文化运动中的白话文运动实现了文学语言从文言到白话的转变，这不仅仅是语言形式的变革，更是从传统语言到现代语言的革新，即语言现代化的过程。乡村小说叙事语言在这一过程中的实践主要分为两条路径，一条表现为大量吸收、借鉴西方语言中的词汇，句法和语法也受到外来语言的影响，叙事语言整体呈现出“欧化”色彩；另一条则是借鉴传统的语言形式，叙事语言整体呈现出“写意”色彩。

一、白话文的兴起

辛亥革命推翻了封建帝制，建立了中华民国，但政体的变革没有带来思想文化的彻底变革，旧有的封建实力依然强大，“君权”“三纲五常”等封建思想意识仍根深蒂固地存在于社会民众的头脑中。先进的知识分子意识到革新传统文化的重要性：要改变中国的落后，必须从文化思想层面展开彻底的革命，以改造国民性为目标，进行全方位、触及封建根基的革命，最终启蒙民众。文学革命作为新文化运动的重要组成部分，显示了这场革命对文学产生的深刻且久远的影响。

五四新文化运动的先驱者们把语言革命作为实现文化革命和思想革命的突破口。语言是思想传播的载体，是传达思想的得力工具，新思想的产生需要与之同步的新的语言形式的出现。先进的知识分子认为，旧有的语言阻碍了新思想、新文学的发展，限制着文学的表现方式和表现内容。文言难以显现西方现代理性的逻辑系统，与此同时，西学中一些先进的概念也难以在传统文言中找到阐释的方式。因此，变革旧的语言样式，创造出有益于时代发展、思想进步的新语言成为文学革命的首要目标。从置换文学的语言入手，用新语言代替旧语言，以新文学取代旧文学，以此来实现新思想的传播，实现文学和文化思想的彻底解放，进而实现个性启蒙的目标。正如茅盾所言："五四新文化运动实际上是新思想取代旧思想，新思维取代旧思维，新的术语概念范畴取代旧的概念范畴，从根本上是新语言体系取代旧语言体系。"[①]

1917年，胡適在《文学改良刍议》中指出"白话文学是中国文学的正宗"，提出"八事"的观点，并进行进一步的阐释。文章表达了新文学倡导者反对传统文学的观点，也预示了现代白话对旧文言置换的决定，带有鲜明的语言革命的立场。继胡適之后，陈独秀在《新青年》上发表《文学革命论》，提倡文学革命的"三大主义"，"三大主义"的提出是对古文形式承载的旧的文学思想的冲击，其中所包孕的语言革命的意识对语言的发展具有重大意义。

胡適、陈独秀等新文学的倡导者们的目标是一致的：改造传统衰败的旧文学，通过文学的变革进而达到改革社会的目的。同时他们也看到，要对文学进行变革，首要的是语言的变革。流传几千年的古文不能建设新文学、表现新世界及传达先进的思想。正如胡適所说："整部中国文学史都说明了〔中国〕中古以后老的语言工具已经不够用了。它不能充分表达当时人的思想和观念，所以人们必须要选择一个新的工具。"[②]这个新工具就是白话文，现代白话文更容易与启蒙的现代内容思想结合，更易阐释和传播深刻的思想内容，于是白话文担起了创造新文学的重担。现代白话文运动实现了中国文学书面语系统由文言文向现代白话文的转变，完成了新文学表达工具层面的置换。从此，现代白话文作为书面语言使用至今。

---

① 茅盾：《中国现代文学史的另一种编写方法——致节公同志》，《社会科学战线》，1980年版，第2页。

② 胡適：《胡適口述自传》（第七章），《胡適文集》（第1卷），北京大学出版社，1998年版，第312页。

二、乡村小说的语言实践

“五四”乡村小说产生于新文化运动的时代背景下。西方先进文化进入中国，对传统的中国文化造成冲击。与此同时，先进的知识分子在东西方文化思想二元对峙的激烈碰撞下开始反思旧中国落后的原因。他们意识到中国衰败的原因在于封闭的、僵化的传统文化，在于封建文化、封建制度对人们精神的钳制和戕害。因此，批判落后文化、启迪民智、改造国民性成为这一时期多数作家创作的共同追求。在启蒙的时代语境下，作家们很自然地把矛头首先指向了占中国人口比例最大、受教育水平低、精神上最为愚昧贫弱的乡村农民。农民作为中国乡村社会中最庞大的群体，他们身上表现着中国国民最典型的性格特点，其中也带有国民的劣根性。在历史上的思想革命运动中，农民往往被先驱者选作革命、改造的对象。以鲁迅为首的新文学作家，在启蒙的时代感召下，深入挖掘国民性，农民自然成为作家笔下的主要人物形象，乡村生活中的人与事成为作家进行批判、启蒙的对象。因此，乡村小说最能表现启蒙的时代精神，乡村小说在这特殊的启蒙时期产生并兴盛发展是“五四”文学的必然选择。正如学者乐黛云所说：“五四乡土文学在本质上是觉醒的现代作家，以西方文化为参照系统，对本土文化进行的历史的‘反观’与‘反思’。”[①]

鲁迅作为新文学的主力军，站在启蒙的立场上，运用现代白话文，对古老的乡村社会结构予以理性的观照，开启了现代乡村题材的小说创作。20世纪20年代中后期，一批青年作家如王鲁彦、台静农、彭家煌及许钦文、许杰、蹇先艾等深受鲁迅影响，把封建文化

① 乐黛云：《“乡土文学”研究的新收获》，《中国现代文学研究丛刊》1987年第2期。

思想禁锢下的农民的生存状态和精神状态作为主要描写内容，沿着鲁迅开创的路径创作了一批具有批判意义和启蒙价值的乡村小说，显示了白话文创作的重要实绩。

在运用现代白话文的创作中，“五四”乡村小说在叙事语言上呈现出两种倾向：一是中外语言碰撞下形成的“欧化语言”，另一种是借鉴传统语言形成的“写意语言”。

“欧化语言”之所以成为五四时期的乡村小说作家启蒙言说的路径之一，一方面是因为他们受到了当时外来文化的影响，另一方面是由乡村小说作家的启蒙主义立场所决定的。“五四”是一个开放的时代，各种外来的文学思潮在20世纪同时涌入中国，浪漫主义、自然主义、现实主义、意象派、心理分析、象征主义等文学流派通过作品翻译的途径引入中国，伴随的是新的文学表现方式如外来词汇、句式等的出现。但由于“五四”狂飙突进的时代环境，外来的文学文化很难在短时间内与中国本土文化完全相融合，外来文化的“中国化”进程受到极大限制。这一局限在乡村小说的写作上就表现为一些作家的小说语言显示出多种语言杂糅并存、“中西合璧”的欧化倾向。此外，“欧化语言”也是部分乡村小说作家的主动选择，是“五四”启蒙时代的必然要求。在“五四”作家看来，外来词汇具有一种社会意义层面的象征，承载着某种社会文化指向，是一种全新的、极具现代性的文化的代表。外来词汇在创作中的使用是中国思想文化“西化”的外在表现形式，同时也是作家“启蒙者”身份的隐喻。通过小说的语言将西方的现代经验和思想传播给读者，乡村小说作家得以实现自己启迪民智、破除愚昧的启蒙创作立场。

在五四时期的乡村小说中，常常可以看到外来词汇和欧化的句式。鲁迅的乡村小说《故乡》《阿Q正传》等叙事语言带有明显的欧化色彩。

《故乡》讲述了“我”重新返回故乡之后的所见所感。“我”与少年时期的玩伴闰土曾经是亲密无间、彼此平等的关系，但阔别已久，重新返回故乡的“我”见到闰土后，他的一声“老爷”使“我”与他之间产生深深的隔膜。曾经纯真的友谊已经一去不复返，取而代之的是闰土的封建等级观念和沉默麻木的灵魂。在《故乡》中，鲁迅用笔深入农民的精神世界，关注封建制度下人的生存状况和精神状态，揭示了封建制度给乡村社会带来的沉重压迫，站在启蒙大众的立场上，批判封建制度，唤醒国民“沉默的灵魂”。在叙事语言方面，文本中出现了陌生化的、启蒙性的“新词汇”和表现方式。在描写杨二嫂的神态时：“然而圆规很不平，显出鄙夷的神色，仿佛嗤笑法国人不知道拿破仑，美国人不知道华盛顿似的”。文本中出现“圆规”“鄙夷”“法国”“美国”“拿破仑”“华盛顿”等来自西方的人名、地名、概念、意象，是直接借用语言符号直接传递现代信息的表现。

《阿Q正传》是典型的批判国民性的乡村小说。主人公阿Q身上集中体现着封建制度残害下形成的国民性格特点：愚昧无知、自欺欺人、心胸狭隘、欺软怕硬。这些特点正是整个国民性格心理的真实映照，包含着鲁迅对于国民性批判的思考。在叙事语言上，带有明显的欧化色彩，显示出现代的追求。“欧化语言”主要表现在欧化句法的嵌入，在介绍阿Q的籍贯时：“但可惜这姓是不甚可靠的，因此籍贯也就有些决不定。他虽然多住未庄，然而也常常宿在别处，不能说是未庄人，即使说是‘未庄人也’，也仍然有乖史法的。”通过使用一系列的关联词“但”“虽然”“即使……也”等，句子间的语义关系明晰，层次分明，语篇因而连贯起来：“阿Q第三次抓出栅栏门的时候，便是举人老爷睡不着的那一夜的明天的上午了。”助词“的”的重复使用使得句子显示出繁复的特点，正是由于叠加的效果造成了文本语言在一定程度上的复杂性，显示出思想的复杂，也利于小说进行更为科学和精确的叙述，同时表明了乡村小说作家在创作上的现代追求。此外，插入语的使用体现出欧化的倾向。“但他对于‘男女之大防’却历来非常严；也很有排斥异端——如小尼姑及假洋鬼子之类——的正气。”两个破折号的插入可以解释说明“异端”，使词义所指的对象更加明确，增加了叙事语言的精密度，显示出欧化的倾向。

除鲁迅外，其他乡村小说作家在语言使用中也呈现出欧化的特点。如许钦文的《疯妇》，作品批判了封建伦理纲常对于女性的迫害，在叙事语言上使用“并且”“而且”“或许”等现代的词汇。又如《鼻涕阿二》，作品刻画了一个性格复杂的农村妇女形象，表现其几经挣扎而得不到人的地位的悲惨命运。文本中描写阿二的神态时写道：“当时鼻涕阿二正在一边站着出神地待着，听了他父亲这话，好像是忽然触着了电气地吃惊。”外来词汇“电气”以及作品中的其他叙事用词“真理”“似乎”等，都表明作家受当时时代思潮的影响以及作家本身的启蒙者身份。

以鲁迅为首的乡村小说作家们站在知识分子启蒙立场上进行创作，在乡村小说的文本中使用一些陌生化的词汇和欧化的句式，丰富了小说语言的表现力。在某种程度上，“欧化”等同于“现代化”，作家们试图用一种更鲜活、明白、缜密的语言进行思想上的启蒙，因而使得五四时期的乡村小说语言整体上呈现出陌生化的、精英式的、欧化的特征，作家也借此完成了启蒙者的身份认证。但“五四”乡村小说的“欧化语言”同样存在不足之处，由于作家始终处于启蒙者的精英立场，在选择乡村小说的叙事语言时并未考虑到读者的阅读水平和接受能力。由于被启蒙者多是乡村社会中的农民，接受能力与知识分子相比存在较大的差距，对于文本中大量出现的新事物名词、作家新的语言表现方式，读者并不能完全理解。因此，在启蒙的时代大背景下，乡村小说语言呈现的欧化特点既顺应了时代的发展，传播了先进的思想和文化，但也存在难以忽视的局限性。

在运用现代白话文进行创作的“五四”乡村小说中，除了“欧化语言”的创作倾向，还存在另一种向传统语言借鉴而形成的“写意语言”倾向。写意语言主要以意境、感觉的营造为核心内容，忽略写实的内容，注重意识和思绪的表达，以语言的空缺和空白为表现手段，显示了现代作家独特的美学追求。写意语言主要受到中国传统的笔记小品的影响，显示出与“欧化语言”完全不同的特点。写意语言的句式大多短小凝练，很少有复杂的句式和繁复的修辞，用词极简；含蓄淡泊，质朴无华，具有返璞归真的美感；大量运用留白手法，开拓读者的想象空间，讲究点到为止的艺术效果。总之，写意语言包含着蕴藉空灵的艺术魅力，是与“欧化语言”不同的另一种乡村小说叙事语言。

废名虽处于“五四”大变革的时代，但深受传统文化的浸染，运用现代白话文进行创作，其乡村小说的语言风格仍然保留了诗化的传统，创作语言明显地带有传统的诗性特点。其乡村题材的代表作品如《桥》《竹林的故事》《桃园》等营造了一个理想化的纯真诗意的世外桃源，讲述人性的真善美，以此和黑暗的真实现实形成强烈的对照，显示了废名独特的启蒙视角。

废名乡村小说的“写意语言”主要表现在对于中国古典诗词的化用。废名重视语言的锤炼和精雕细琢，他将中国古典诗歌的创作技巧和手法巧妙地融入乡村小说创作中，正如他形容自己的小说语言是“变化了中国古典文学的诗”[①]。《桥》中描写琴子微妙的内心活动时：“琴子心里纳罕茶铺门口一棵大柳树，树下池塘生春草。”[②]此处直接化用了谢灵运《登池上楼》中“池塘生春草，园柳变鸣禽”一句，将主人公的情思与古典诗词的意境相融合，传达出无限的诗意与韵味。还是在《桥》中，“于是已幻了一桃林，绿当然肥些，不恰恰是站在树底下——那么人是绿意？”一句，巧妙地化用了王安石的“春风又绿江南岸”和词人李清照的“知否知否，应是绿肥红瘦”。此外，废名的乡村小说不重故事情节，注重用诗意的语言造境。《菱荡》是典型的讲究意境的作品，小说用大量的笔墨营造诗意的意境，在意境的铺展中寄予作者的情思。《菱荡》中，人与自然和

① 废名：《桃园》，《废名小说选》，人民出版社，1957年版，第50页。

② 废名：《桥》，《废名集》（第二卷），北京大学出版社，2009年版，第325页。

谐共生，达到合二为一的状态，人物是纯粹的、未接受现代文明的自然人，展现出最本真的、原始的生命状态。作者用淡淡的笔触描写翠竹、绿荫、清溪、小桥、水塔的清新自然，营造了一个寂静、淡泊的诗意境界，一个世外桃源般的美丽乡村。《桥》中同样营造了乡村古朴优美的意境。作家笔下的“史家庄”是一个不沾染世俗烟火的圣地，这里绿树掩映，泉水绕林，如远离尘嚣的乌托邦。作品中没有完整的故事情节，人物形象也是模糊的，整体的环境营造都带有传统诗意的朦胧美。在描写小林去村庙时的情景中，无边的旷野无一人，只是一条横贯荒原的白道与一块远处黑色青峰上看似顶天立地的黑色巨石，巨石与天相接。山上有路，旷野上有太阳，呈现出一幅旷远辽阔的风景写意画。《竹林的故事》在开篇就介绍了乡村所处的地理环境，“出城一条河，过河西走，坝脚下有一簇竹林，竹林里露出一重茅屋，茅屋两边都是菜园”，几句简单的白描语言就呈现了宁静详和的乡村图景。废名所开启的“写意语言”的乡村小说创作方向在五四时期乡村小说创作中独树一帜，影响深远，其独特的美学风格对于后来的沈从文、汪曾祺具有引导意义。

“五四”乡村小说发展至20世纪30年代，主要分为两种创作倾向：一是以废名、沈从文为代表的乡村浪漫派，一是以左翼为阵营的乡村革命派。乡村浪漫派中，沈从文接续了废名写意化、诗化的语言倾向传统，重视文学的审美特性，形成了清丽别致、浪漫优美的创作风格。在乡村革命派创作中，作家大多来自左翼阵营。这些左翼作家反对“五四”白话文写作的欧化语言倾向，提倡乡村小说语言的本土性和大众化，如宋阳（即瞿秋白）呼吁用劳动人民自己的语言创造“劳动民众的文学的言语”[1]。瞿秋白十分重视文艺大众化的语言问题，他提出必须用劳动人民的语言来创作大众文艺。他认为，五四新文学产生的“新文言”是乡绅阶级的文人借以传播封建思想和买办思

① 宋阳（瞿秋白）：《大众文艺的问题》，《文学月报》1932年。

想的语言工具，必须予以摒弃；用“五四”白话文创作的早期革命文学也并不为广大民众所接纳，因而必须选择一种全新的大众语言进行创作。此外，瞿秋白从政治高度来分析文学的语言问题。他指出：“不注意普洛文艺和一切文章用什么话来写的问题，这事实上是投降资产阶级，是一种机会主义的表现，是拒绝对于大众的服务。”[①]在瞿秋白看来，五四时期的白话文仍然是新式知识分子的专制工具，是新式士大夫的精英话语的表白工具，未能起到沟通大众的作用。茅盾以笔名“止敬”在1932年发表的《问题中的大众文艺》一文中指出：“我以为土语的大众文艺比之宋阳先生所谓‘真正现代的中国话’的大众文艺，可能性更大。”[②]不过茅盾在之后的创作中并没有遵循“土语的大众文艺”，从“农村三部曲”中可以看出茅盾的语言选择仍是一种带有明显欧化倾向的创作。所以，批判“五四”初期白话文写作中的欧化倾向，提倡大众的文艺和劳动民众的语言，也只能看作是左翼作家们的一种激进的政治立场，并没有落实到创作实践中去。尽管在左翼作家的带领下，乡村小说的创作开始走向革命的道路，开始强调创作语言的大众化，但这一时期的知识分子仍然站在启蒙的立场，启“革命之蒙”。所以，在乡村革命派一脉中，大众化并未深入作家创作观念，大众化的结果并不乐观，知识分子的声音依旧在场。但不能忽视的是，在左联的影响下，大众化的提出以及作家写作中融入的世界观、人生观等政治因素，都预示了20世纪40年代的乡村小说发展的新路径。

总体来看，在“五四”乡村小说的创作中，无论是“欧化语言”还是“写意语言”，都在不同方向上开拓了现代白话文的表现领域。启蒙时代下的乡村小说创作实践显示了语言所能达到的精神领域、审美空间探索的广度和深度，进而也彰显了“五四”乡村小说

---

① 史铁儿（瞿秋白）：《普洛大众文艺的现实问题》，文振庭编：《文艺大众化问题讨论资料》，上海文艺出版社，1987年，第39页。

② 止敬（茅盾）：《问题中的大众文艺》，《文学月报》1932年。

之于百年乡村小说所具有的独特意义。

第二节 《讲话》与叙述语言的转向

1942年《讲话》的发表在文艺界乃至思想界具有重大意义。由于20世纪40年代文艺大众化运动发生在民族危亡的时代语境中，作家不可避免地与时代、民族命运之间发生联系。这一时期的文学创作强调文学艺术的政治宣传性，是在政治主流引导下的文艺实践。《讲话》所确立的创作标准，其影响从40年代持续到70年代。具体到乡村小说创作实践来看，《讲话》影响下的乡村小说叙事语言呈现出大众化、民族化、通俗化、政治化等特点。

一、大众文艺与叙述语言的重构

《讲话》在创作方法、创作对象和创作内容等方面对作家提出标准化要求，对“大众化”做出了明确的阐释，强调“文艺为工农兵服务、为政治服务”等主张，并对文学创作的语言运用做出了明确的规约。由于在此之前的新文学作家创作存在严重的“欧化语言”问题，毛泽东针对这一现象，在《讲话》中着重强调了变革写作语言的重要性，将语言的大众化问题作为文学大众化的根本性问题。他认为，当时存在大量的文艺工作者“对于人民群众的丰富的生动的语言，缺乏充分的认识。许多文艺工作者由于自己脱离群众、生活空虚，当然就不熟悉人民群众的语言。因此他们的作品不但显得语言无味，而且里面常常夹着一些生造出来的和人民的语言相对立的不三不四的词句”[①]。可以看出，毛泽东不仅批评了新文学作家们

① 毛泽东：《在延安文艺座谈会上的讲话》，《毛泽东选集》（第3卷），人民出版社，1991年版，第850—851页。

创作中存在的脱离群众的问题，而且指出这一问题背后原因是作家群体没有深入到人民群众中去，不了解人民群众的真实生活，不熟悉人民群众的语言，单纯地依赖想象闭门造车，从而导致了作品脱离群众，未能在广大人民群众中广泛传播。《讲话》发表后，伴随着文艺大众化运动的进行，作家纷纷进行创作转向，一大批作家开始自我反思，选择主动深入民众，走进人民群众的日常生活之中，学习人民群众的语言，创作人民大众所喜闻乐见的文学作品。

由于20世纪40年代的文艺大众化运动发生在民族救亡的时代语境中，因而更多强调的是文学的教化、宣传等功能，强调文学与民族命运之间的深刻联系，也因此，“文艺大众化”在现代国家的叙事体系中具有话语权威，在特殊的时代语境中，大众化语言顺理成章地成为现代国家欲望表达的方式。可以说，在40年代，“毛泽东文学大众化思想标志着文学大众化的明显转向，文学大众化由文艺界的自由论争转变为在主流政治指引下的文艺实践”[①]。《讲话》所提倡的“大众化语言”不仅改变了作家创作的表层话语，也使作家的创作理念与思想发生了深刻的变化。如叙述语言表现出大众化、民族化、通俗晓畅等特点，同时，作家在创作时不可避免地受到主流意识形态的支配，在创作时难免会带有战争坏境下的政治立场和意识形态属性。

《讲话》不仅为40年代的解放区文学发展指明了方向，更是为新中国成立后当代文学的发展提供了一种创作范式，影响制约着新中国成立后的文艺界。新中国的成立标志着一个政令统一、高度集权的国家政体的诞生，在文艺界，第一次中华全国文学艺术工作者代表大会的召开标志着中国文学的发展由现代文学进入了“当代文学”的历史进程。与新的政体相适应，文学的发展也要寻求规范性

① 张文诺：《文学大众化与解放区小说》，博士学位论文，兰州大学，2011年，第26页。

和一体性。文艺界确立将毛泽东的《讲话》作为新中国文学发展的唯一方向和唯一标准。“文革”时期的文学创作更是把革命意识形态置于最高地位，凸显政治意识形态对于文学创作的规约。从作家总体的创作来看，当代文学的叙事语言承袭的是解放区文学的传统，乡村小说也不例外。《讲话》所确立的标准经过不断的实践，最终在“文革”时期的文学创作中达到极致。

二、在文学与政治之间

在解放区文学时期，围绕《讲话》精神进行乡村小说创作的代表作家有赵树理、丁玲、周立波等。

赵树理及其乡村小说创作被确立为“赵树理方向”，因其践行了“大众化”的时代艺术思想，创作出了符合时代要求的文学范本，而形成了“赵树理现象”。郭沫若曾经评价《李有才板话》有着“新颖、健康、朴素的内容与手法”，有“新的天地，新的人物，新的感情，新的作风，新的文化”①。茅盾也认为赵树理的作品“标志了向大众化的前进的一步，这也是标志进向民族形式的一步”；“这是走向民族形式的一个里程碑，解放区以外的作者们足资借镜”②。赵树理从内容内涵到形式技巧，从人物塑造到语言风格，都显示了作家有意识地、全面地归附大众性和民族性，积极创造符合农民阅读心理和欣赏习惯的、农民所“喜闻乐见”的文艺作品。乡村小说叙事语言明显地摆脱了“欧化”倾向，预示了乡村小说真正开始走进农民的生活，走进农民文化内部，以此观照整个变动中的乡村社会。赵树理在开始进行文学写作时，首先考虑到自己所写的故事要让老百姓听得懂。他在“大众化”“通俗化”的艺术形式下，以农民为表

---

① 郭沫若：《〈板话〉及其他》，《文汇报》，1946年8月16日。

② 茅盾：《关于〈李有才板话〉》，见《茅盾论中国现代作家作品》，北京大学出版社，1980年版，第301页。

现对象，关注农民的现实生活，反映农民的精神面貌和生存状态。赵树理曾说："从我为农民写作以来……我就开始用农民的语言写作。我用词是有一定的标准的。我写一行字，就念给父母听，他们是农民，没有读过什么书。他们要是听不懂，我就修改。"①可以看出，赵树理特有的叙事语言一方面是由农民的身份决定的，一方面是作家有意识地对叙事语言进行选择的结果。作为一个农民出身的作家，本身又有着为农民写作的创作追求，赵树理把语言文字的大众化、通俗化当作艺术形式追求的重要目标。通过对大众语言的活用，对农民口语的提炼，赵树理创造出具体而生动的乡村题材小说，如《小二黑结婚》《登记》《李有才板话》等。

《小二黑结婚》讲述了农村新民主政权建立之初，一对青年男女冲破封建残余束缚，勇于追求民主自由恋爱的故事。赵树理用通俗的语言，通过讲故事的方式，揭示了农村走向新时代、新生活的曲折过程，塑造了小芹、小二黑等追求自由平等的社会新生力量的人物形象。同时，赵树理作为语言艺术的大师，在小说写作中成功地运用了为农民所喜闻乐见的大众化、通俗化的语言，主要表现在两个方面。首先是叙事语言的大众化。小说开篇写道："刘家峧有两个神仙：一个是前庄上的二孔明，一个是后庄上的三仙姑。"接着讲述了三仙姑的来历。随着故事叙事的展开，赵树理又写道："这是三十来年前的事。"在写到"金旺兄弟"一节时："提起金旺来，刘家峧没有人不恨他。"通过借鉴传统说书话本的叙述设置，使语言质朴活泼且具有很强的口语化色彩，独特的叙述语言造成了形式上的创新，使新文艺更加接近农民，为乡村社会所接受和传播。在描写人物外貌、塑造人物形象时，也体现了赵树理的乡村小说语言艺术。如，在描写三仙姑这一人物形象时，赵树理写道，"粉涂不平脸上的

---

①［美］杰克·贝尔登：《赵树理》，见《中国震撼世界》，邱应觉等译，北京出版社，1980年版，第116页。

皱纹，看起来好像驴粪蛋上下了霜”，用幽默的语言对三仙姑的妆容做了一番描述和比喻。在乡村社会中，“驴粪蛋”是乡村农民所熟悉的事物，取材于农村日常事物，并以此做比喻，读起来使人发笑，三仙姑这一老来俏的人物形象更加生动。其次，大众化、通俗化的语言表现在小说人物对话中。例如，小芹在知道三仙姑为自己私自定亲后说：“我不管！谁收了人家的东西谁跟人家去。”通过人物语言塑造了一个敢于反抗包办婚姻的农村新时代青年；三仙姑被交通员带去见区长时，见面磕头说道：“区长老爷，你可要为我做主”，二诸葛则说“千万请区长恩典恩典，命相不对，这是一辈子的事！”“老爷”“做主”“恩典恩典”等所表露出来的封建守旧思想具有讽刺意味。同时，人物语言通俗简洁，具有乡村气息，体现了大众化语言的要求。

《登记》中，小说一开始就运用说故事的方式：“有个农村叫张家庄。张家庄有个张木匠。张木匠有个好老婆，外号叫个‘小飞蛾’。小飞蛾生了个女儿叫‘艾艾’，算到一九五〇年阴历正月十五元宵节，虚岁二十，周岁十九。庄上有个青年叫‘小晚’，正和艾艾搞恋爱。故事就出在他们两个人身上。”开篇直截了当地为读者介绍了人物及事件，叙述语言简洁明快，读起来朗朗上口。

《李有才板话》中的故事发生在抗战时期的敌后根据地阎家山，讲述了当地村民在阎恒元一派的欺压下反抗压迫、维护自身权利、争取民主的过程。这部作品同样立足于社会时代的发展，追求题材与语言形式的大众化。具体表现在语言形式方面成功借鉴了“板话”这一民间曲艺形式，其特点是抑扬顿挫，故事性强，因而显示出通俗性。小说开篇引出了板话的创作者李有才并对其进行简单介绍，李有才所编的板话脍炙人口，简朴生动，为大众所喜闻乐见。例如，通过板话这一形式，在恶霸村长阎恒元还未出场时，对其进行调侃和讽刺：“村长阎恒元，一手遮住天，自从有村长，一当十几年。年年要投票，嘴说是改选，选来又选去，还是阎恒元。不如弄块板，刻个大名片，每逢该投票，大家按一按。人人省得写，年年不用换，用他百把年，管保用不烂。”[①]揭示了阎恒元在村中连任村长十几年，强占村政大权的事实，在阎恒元这一人物还未正式登场时，作家已经借助这一通俗明了的民间艺术形式进行了人物刻画，给读者留下了很深刻的印象。通过诙谐幽默、通俗易懂的语言讲述农村中存在的问题，便于在农民这一读者群体中传播。

通过对上述文本语言进行分析，可以看出，赵树理的乡村小说以其大众化、民族性的叙事语言特点开创了一种新的美学范式，同时也已经成为民族风格、民族气派的典范，预示着中国乡村小说创作进入了一个创作新纪元。

丁玲在20世纪40年代感应着时代的潮流，在大众化的过程中做出了很大的努力，创造了被人们称为伟大胜利的乡村小说《太阳照在桑干河上》。《太阳照在桑干河上》与其早期创作的《莎菲女士的日记》《梦珂》等作品中女性独白式的、私语式的语言风格存在明显差异，这表明丁玲早期的知识分子思想观念与创作理念发生了根本转变，她努力从“大众化形式”和叙事语言上向通俗化、农民化靠拢。在语言使用上，丁玲彻底放弃了早期的小资性的、矫揉造作式的语言，摒弃书面语言的束缚，尽力用生动活泼的农民口语来构建农民的语境，使作品更加接近大众化、通俗化。在《太阳照在桑干河上》里，人物间的对话采用口语，对乡村粗鄙的语言也不加修饰和矫正，更加强化了农民语境的真实感。小说中大量出现谚语和惯用语，谚语如：“天下无难事，只怕有心人”“好汉不吃眼前亏”“人心同一起，黄土变成金”“描云绣花不算能，纺线织布不受穷”。这些谚语的使用真实地描绘了当时农村所处的火热的斗争生活的情景。惯用语如“赔了侄女却赚了兵”“夹尾巴”“好人不得好报”“天

① 赵树理：《赵树理文集》（第1卷），中国工人出版社，1980年版，第18页。

晓得”“吃柿子拣软的”“拖后腿”等，这些惯用语通俗有趣，同时不失表现力和哲理意味，增强了叙事语言的通俗性，真实地反映了解放区农民生活生产的状态，显示了作家向工农兵学习的创作实绩，带有典型的时代特征。此外，《太阳照在桑干河上》中的语言带有明显的政治化倾向，例如在“四出侦”中，顾大姑娘有一段话：“共产党好是好，穷人才能沾光，只要你有一点财产就遭殃；八路军不打人，不骂人，借了东西要退还，这也的确是好，咱们家这大半年来，做点买卖也赚了，凭良心，比日本人在的时候，日子总是要强得多。”此处带有意识形态色彩的叙事语言显示了丁玲受到时代的感召，有意识地向主流政治靠近的创作倾向。

同一时期，与《太阳照在桑干河上》齐名，且同样获得斯大林文学金奖的作品是周立波的《暴风骤雨》。这部作品也是在“赵树理方向”的指引下进行创作的，不仅表现在曲折的故事情节、人物形象的塑造上，更表现在对语言的地方化色彩的追求上。《暴风骤雨》中，周立波对使用方言进行探索和尝试，大量借鉴东北的方言土语进行叙述，小说塑造了在土改运动中坚持群众路线的萧队长这一正面人物形象，为突出表现萧队长不断深入农民群众、向农民学习，坚持走群众路线的工作作风，小说写到萧队长学习东北方言的过程，逐渐学会使用“翻土拉块的”等带有地方色彩的方言；此外，文中通俗化的地方语言还表现在多处：韩世元在霸占老宋的土地之后说要“包大段”，这一方言词汇的意思是指租种一大块地，不叫别人种。此外，小说中出现的“西蔓谷”“草甸子”“儿马”“牤子”等等，都是带有浓郁的地方色彩的词汇。人物对话中也加入大量方言词汇，使人物的语言更加符合人物的身份特征，人物形象更加生动活泼、富于个性。从丁玲和周立波的创作来看，解放区的作家在某种程度上都受到“赵树理方向”的指引，在赵树理的影响下，乡村小说叙事语言的大众化、通俗化已经成为一种主流，大众化的乡村小说得以蓬勃发展。

不能否认的是，片面地追求大众化和通俗化，语言的浅露直白也会造成文学作品艺术上的缺失，导致艺术描写的衰竭，使乡村小说创作最终沦为政治化的产物。但作为一种历史存在，解放区乡村小说的叙事语言具有独特的价值和意义，是乡村小说史上不能忽略的重要组成部分。

“十七年文学”中的乡村小说主要以反映农业合作化为题材，延续了解放区小说所勾勒的历史发展线索，展示乡村生活在新的时代中所发生的新变和呈现的新面貌。柳青的《创业史》、周立波的《山乡巨变》、赵树理的《三里湾》等作品展现了新中国成立后农村发生的翻天覆地的变化，尤其是新中国的农业合作化运动这一历史性的巨变给农民心灵带来的冲击。这一时期乡村小说叙事语言从整体上呈现出政治化、通俗化的特征，在小说艺术上表现出审美品格的欠缺，原因主要是受时代大环境的影响。新中国的成立使全国上下沉浸在欢快的情绪之中，文学界也洋溢着高昂的情绪，作家受时代精神的感召唱起了社会主义的赞歌。乡村小说的创作呈现出区别于以往的风格特征，渗透着强烈的时代政治的激情与氛围，因而叙事语言不可避免地带有政治化的特点；同时，作家们采用通俗晓畅的群众口语，力求创作出让人民喜闻乐见的作品。

《创业史》作为“十七年”乡村题材创作的代表作品，知识分子的高雅语言已经全部转化为生活化的平实表达，文学语言与生活语言达到了完美的融合，如小说中写梁生宝与刘淑良的婚事的这一情节，是语言对话描写最精彩的一节。采用人物对话的形式推进故事情节，生动地刻画了刘淑良和金桂姐两位年轻女性机敏聪颖的特点，活灵活现地展现了万丈母娘和生宝妈两位农村婆婆热情厚道的性格特点，使得这一情节叙述生动且富有趣味。又如，小说中写到农民因借贷彻底失败，主动提出要求扩大梁生宝的互助组时，梁生宝为难地说：“我这互助组才整顿好嘛。我又是头一年当组长嘛。明年，叫我锻炼上一年，明年，大伙看我办事还差不多，再来。我年轻，没能耐，害怕闪得大伙过不好光景。”“有啥法子呢？眼看见那些困难户要挨饿，心里头刀绞哩！共产党员不管，谁管他们呢？”通过梁生宝质朴的语言，塑造了一个一心为公、朴实能干的社会主义新人形象。小说中有一段景物描写同样具有典型性：“春雨以后，太阳一晒，空气里散发着一种令人胸闷的气味。好像地球内部烧着火似的，平原上冒着热气。你抓起一把关中平原的黑胶土，粘糕一样，一捏一个很结实的窝窝头。温暖的初春的阳光啊！你从碧蓝的天空，无私地照着所有上身脱光的庄稼人打土坯。”此处描写春雨过后的关中大地，把这片平原上的黑胶土比作“粘糕一样，一捏一个很结实的窝窝头”，用农民所熟悉的事物作比，通俗的比喻可以贴近农民大众的生活，拉近小说与农民之间的距离，吸引读者进入故事中。通过对上述作品分析可以看出，不仅人物对话充满着日常化、口语化的色彩，叙事语言同样通俗精准，实现了人物对话与叙事语言的完美契合。

同时要注意到，柳青的《创业史》激情地反映了农村社会主义改造的全过程，在通过叙事语言表达作家本身情感时，流露出对于社会主义美好未来的赞美、热爱和憧憬，因而其叙事语言不可避免地带有政治赞歌的特点。

《山乡巨变》同样作为“十七年文学”“红色经典”系列小说，表现时代变革，人物处于阶级对立的敌对状态，情节主线表现阶级对立势力的斗智斗勇，同时追求史诗性的叙事模式，其叙事语言采用的是活泼生动、富有风趣的农民语言，这部小说实现了口头语言与小说语言、人物语言与叙述语言的统一，为农民创作出了通俗化、大众化的文艺作品。《山乡巨变》沿用了《暴风骤雨》中大量使用方言词汇的语言选择，周立波曾总结过这一时期的语言策略：“一是节约使用过于冷僻的字眼；二是必须使用估计读者不懂的字眼时，就加注解；三是反复运用，使得读者一回生，二回熟，见面几次，就理解了。”[①]这显

① 周立波：《关于〈山乡巨变〉答读者问》，《人民文学》1958年第7期。

示出作家在方言土语的运用中不断走向成熟。首先是一些方言特色词汇的运用，如邓秀梅与盛淑君二人刚相识时，盛淑君就请邓秀梅帮忙介绍自己进工厂工作。此时邓秀梅说："你真四海，才认得我，就要我帮忙。"这里的"四海"是一个典型的益阳方言词，表示"大方、不拘谨、毫不客气"之意。又如，邓秀梅前去拜访陈家，但陈先晋托故离开了，雪春抱怨她的爸爸"客人来了，弦也不谈，自己走了，一点礼信也不讲"。此处"谈弦"是"谈话"的含义，带有方言的典雅意味。此外，小说中在写到亭面糊在晚上开会中睡着了时，陈大春叫醒了他，亭面糊在意识不完全清晰的状态下问："天亮了？"陈大春答："早饭都相偏了，你还在睡，有人诒试他。""诒试"一词多次出现在小说中，在现代汉语中对应的是"欺骗"一词。小说中还出现特殊的四字词语，这些词语结构固定，音节整齐，是方言中独有的创造。《山乡巨变》中运用这些四字词组写景状物，刻画人物，形成了深刻具体、形象生动的艺术特点。例如，小说中用"蛮攀五经"形容单干户菊咬金的蛮横不讲道理，用"云天雾地"形容亭面糊意识不清晰、思维混乱的精神状态，用"遮巴舞势"来写谢庆元党客的粗鲁的言行及咋咋呼呼的行事风格；此外，用"死呆八板"来形容执拗不知变通的人，用"共脚穿裤"形容两个人关系亲密；在景物状写时同样创造了新的表达方式，例如，"墨漆大黑"用来形容昏暗的天色或空间，"黑雾天光"用来形容天刚亮的样子，"灰尘络索"是指某处布满灰尘，"寂寂封音"形容寂静无声，周围一点声音也没有。这些独创性的方言土语的运用，使叙事语言生动形象，显示了小说语言的通俗性和民族性的特点。

同时，不能忽视的是《山乡巨变》这一小说中的叙事语言所带有的一定的政治意识形态色彩，例如，在"插秧"一节中，"老作家"们在社委会上的对话显示出作家对于农民式语言的精准把握，但在"老作家"们谈笑风生时，干部刘雨生插了一句"重要的是党的领导，政治挂帅"，显得突兀空洞。由此可见，作家一方面在作品中渗透了意识形态的痕迹，同时也注重通俗化的语言的表达。

《三里湾》写过渡时期社会主义农业改造过程中的农村生活。小说中的叙事语言仍然采用简短的句式和通俗的表达，正如赵树理所认为的："劳动人民说话不爱说长句子，长句子说起来误事，句子要短些。"通俗易懂、简洁明了的短句同样可以生动地表现人物性格特点。例如，在小说开篇就简单介绍了三里湾的"旗杆院"，在第一节的"放假"时引出了王玉梅这一小说人物："她凭着她的记性，也碰不了板凳也碰不了桌子，顺顺当当走到窗跟前，放下课本，擦着火，点上灯，然后来疏散那些桌子和板凳。她的力气大，动作快，搬起桌子来让桌子的腿朝上，搬到了放的地方轻轻一丢手就又跑了。"此处朗朗上口、明白如话的叙述语言展现了一个灵巧能干、热情踏实的女性形象。此外，"惹不起遇一阵风"这一节中，"铁算盘"和满喜二人为专署何科长腾房子，此时十成与玲玲两个小孩子发生矛盾，十成的母亲"惹不起"高声喊道："十成！你这小该死的！吃了亏还不回来，逞你的什么本事哩？一点眼色也认不得！人家那闺女有妈！还有爹！你有什么？"简约的几句人物语言表现了"惹不起"泼辣的性格特点，切合作家为这一人物形象设置的外号。总的来看，《三里湾》中的语言文字生动真实，句式简短，实现了叙述语言通俗化与人物语言口语化的统一，体现了赵树理独特的语言风格。

20世纪40年代的解放区文学时期，文学已经承担着构建和表达革命意识形态的角色，到"文革"期间，文学与政治的关系更是走向极端化。阶级关系与政治意识成为主流社会历史观念，反映在文学创作中，即表现为阶级斗争的宏大叙事占据主导地位，对作家形成强大的规约。主流文学规范积极确立无产阶级文学的样板，浩然的《艳阳天》和《金光大道》被文化激进派作为创作模板，受到主流文学的盛誉。

《艳阳天》讲述社会主义革命和建设过程中农村尖锐复杂的阶级

斗争；《金光大道》在社会主义革命时代阶级斗争中塑造了时代英雄典型形象。在《艳阳天》中，浩然把乡村民众的利益冲突按照意识形态话语的想象转化为了阶级斗争冲突。由于利益分配问题陷入利益冲突的乡村农民，在浩然的“阶级斗争”想象中，被划分为两个对峙的阶级：一个是正方，主要人物有萧长春、马老四、喜爷爷、福奶奶等；一方为反方，主要人物有李世丹、马之悦、马大炮等。正反两大阵营围绕着土地分红、闹粮、城乡资本勾结、抢仓、退社等一系列事件展开了激烈的斗争。为了图解错误的政治理念，作家对农民生活进行了歪曲，将物质利益冲突转化为阶级冲突。在极端化的阶级斗争想象中，浩然的叙事语言带有空洞色彩和说教的气息。如主人公萧长春在面对女性孙桂芬的挑逗时，完全不为所动，用一段充满政治性的革命言辞来训诫规劝孙桂芬的行为：“大嫂，你过去三十年过得不体面，多半是不由自己的，是旧社会硬加给你的，你是个受害的人。如今是新社会，跟过去不一样了，怎么走，怎么行，全靠自己安排；你应当走光明大道，来一个新三十年，站起来，改头换面，当一个劳动妇女，不该再往脏水坑里边爬。”“你今天的思想，今天的行为，像一个新社会妇女的样子吗?你就这个样子进社会主义吗?”从萧长春的人物语言来看，充满着政治性的说教和意识形态的意味。《金光大道》中二元对立模式进一步扩大，扩大后的层级对立模式脱离农业合作化运动的真实情况，完全变成了对“文革”主流话语的“两条道路、两条路线”斗争的图解，迎合了当时的政治需要。主人公高大泉的语言中带有强烈的政治色彩，如面对秦文吉的感谢，高大泉回答：“不是我救了你，是党。是党，指示我救你。这几年，我们大伙儿一直是按照党的指示来救你的。”邓久宽在悔过之后，决定沿着高大泉的道路前进时，高大泉说：“我们要永远跟党走，走社会主义的大道。”这种带有强烈的政治口号式的人物语言在浩然的作品中，甚至整个“文革”文学创作中随处可见，显示了作家在思想上有意识地向主流的意识形态靠拢。

三、语言的另一种图景

“大众化、通俗化、政治性”是20世纪40年代至70年代乡村小说写作中语言形态的主要倾向，但并非所有的作家都是如此。同一时期，仍然有作家选择抒情性强的优美的叙事语言，如处于主流话语边缘地位的孙犁。在孙犁影响下形成的“荷花淀派”形成于20世纪40年代，50年代初期初具规模，50年代中后期活跃于文坛，在六七十年代严酷的政治文化语境中走向衰落。这一派的作家创作大多是清新明丽、朴素柔美的风格，其乡村小说写作洋溢着诗情画意与浪漫主义色彩。尽管当时主流话语大潮提倡的是叙事的社会政治化、大众化、通俗化，但孙犁作为一位具有诗人气质的作家，在创作时表现出来的是叙事语言的诗意化和典雅化，呈现出自然清新、和谐淡雅的审美风格。

白洋淀乡村小说系列表达了作者在战争环境下对于乡村生活“田园牧歌”的理想化追求，孙犁将个人理想化的浪漫想象与现实的革命意识联系在一起，赞扬了万物生灵以及真善美。《荷花淀》开篇用诗意的语言营造了人与自然和谐共生的美妙图景：“月亮升起来，院子里凉爽得很，干净得很”，“她像坐在一片洁白的雪地上，也像坐在一片洁白的云彩上。她有时望望淀里，淀里也是一片银白世界。水面笼起一层薄薄透明的雾，风吹过来，带着新鲜的荷叶荷花香”。简单的几句白描勾勒了一幅清新淡雅的风景画。此外，孙犁的乡村小说受时代影响，追求大众化和通俗化，尝试和探索小说语言的口语化，运用简约明快、通俗易懂的语言进行写作。但其小说语言内在的韵味仍是诗意的，在大众化和通俗化的深处，透露出语言的典雅化。这种诗意化的创作追求，在政治革命情绪日益高涨的主流创作环境中显示出独特性，孙犁的乡村小说作为主流之外的存在，也因此而获得了持久的艺术魅力。

语言的选择是一种策略，对小说的艺术性和思想性都有着极大的影响。《讲话》精神指导下的乡村小说叙事语言虽然存在政治化倾向明显、审美风格单一以及审美性不足等问题，但其大众化和通俗化的整体倾向，确实使得文本更加贴近农村生活，更加接近农民的现实生活。通过上述对解放区文艺、“十七年文学”以及“文革”文学三个时期的乡村小说叙事语言的梳理可以看出，20世纪40年代形成的《讲话》传统几乎规约了当代文学的主题基调，三个不同的时期不仅具有时间上的连续性，更是存在着内在文学精神的连续性。从精致文雅的知识分子的欧化倾向，到大众化、通俗化的转变，不仅反映了文学叙事语言层面的转变，更表明了作家创作思想和创作立场的转换。

第三节　叙述语言的多元化与乡村小说实践

新时期的文学处于大发展、大变革的时代语境中，多元、开放的时代环境必然带来文学创作的转向，乡村小说在这一时期进入了独立自主的全新阶段。西方新语言论对新时期乡村小说创作产生了重大影响。在西方思潮的影响下，新时期的作家从语言观念入手，将文学语言放置到文学创作的重要位置，实践了语言观念的转变，为中国文学的发展注入了新活力。

一、“语言转向论”与新时期文学

经历了十年浩劫，中国文学进入了一个开放、包容的新时期。这一时期的文学创作环境相对更加自由，作家的创新意识明显提高，强烈要求发展文学语言，提高语言的表现力。受西方现代语言学影响，中国文学在新时期实现了语言观念的转变，实现了由语言工具论向语言本体论的转向。

20世纪，西方思想界开始关注语言，将语言提高到本体地位，

"语言转向论"逐渐形成。从哲学上讲，"语言转向论"主要是"强调语言对人的认知方式、理解方式的规范作用，认为语言是人与世界之间唯一的媒介，人就生活在语言中，语言是人的'在世'方式"[①]。从文学上看，"语言转向论"否定了传统的工具论，认为文学的唯一对象是语言，文学语言具有不及物性，表现出对作家创作语言的极大关注。由"语言转向论"而生发的相关理论和观念在20世纪80年代开始进入中国，对中国文学传统的语言工具论产生巨大的冲击[②]。首先，新语言论认为语言是人类存在的寓所，是"认知的先验结构和范式"[③]。正如海德格尔所认为的，人生活并存在于语言之中，人存在何处，语言就在何处被显示，语言是存在之所，是人的原始、本真的栖息地。对于人类来说，语言和存在具有一体性，语言参与了存在世界的构成，在语言之外没有任何独立的存在，人的世界是一个由语言组成的世界。语言不仅是指有声音的语言和书面的语言，更是泛指一切有声音和意义的符号，以及人类对于世界的认知与理解方式。索绪尔所认为：语言可以对无序的经验世界进行整理，从而赋予经验以意义。由此可以看出，语言不仅仅是人类交流和沟通的工具。其次，新语言论强调语言在人类表达中的支配地位。法国诗人兰波认为："不是诗人在说语言，而是语言在说诗人。"[④]此外，新语言论认为语言是不透明的，带有不及物性。

新语言论的传入对新时期乡村小说的发展产生了积极的影响，主要表现在以下几个方面。

第一，纠正了传统的语言工具论的片面观点，启发新时期作家

---

① 张卫中：《20世纪中国文学语言变迁史》，中国社会科学出版社，2013年版，第150页。

② 张卫中：《20世纪"语言转向论"与新时期创作》，《文艺评论》2002年第1期。

③ 张卫中：《20世纪中国文学语言变迁史》，中国社会科学出版社，2013年版，第151页。

④ 周宪：《20世纪西方美学》，南京大学出版社，1997年版，第7页。

探索语言表达的多样性。以语言作为本体的作家突出语言的作用，将文学创作看作语言的艺术，例如，对语句表达的陌生化、词汇的排列组合、语气的抑扬顿挫等艺术形式的关注。在西方现代语言论的影响下，很多中国作家表现出“语言的自觉”意识，即尊重语言、关注语言，将语言提高至重要的位置，语言也因此成为文学的重要内容及研究的重要对象。汪曾祺认为：“他的文字不仅是表现思想的工具，似乎也是一种目的。”“语言不只是技巧，不只是形式。小说的语言不是纯粹外部的东西。语言和内容是同时存在的，不可剥离的。”[①]何立伟同样认为，汉文学要讲究文字的美，正如国画要讲究墨趣。新时期的作家在不同程度上表示出对语言的重新发掘，并在实践中做出了尝试。

第二，启发了新时期作家母语意识的觉醒。在20世纪“语言转向论”的影响下，西方思想家在母语的意义中对语言进行研究，关注跨语种语言的差异，引发了对于母语的讨论。语言学家威廉·洪堡特认为：“语言以其根部的各种很细的纤维与人民精神连接在一起，人民的精神特点和语言的结构深深地相互渗透，以致只要有一方存在，就可以由此引导出另一方，可以说，语言是人民精神的外部表现，人民的语言就是人民的精神，很难想象还有什么比这两者更为一致的了。”[②]美国语言学家萨丕尔认为，不同的母语会造成不同民族文学的差异性：“每一种语言都有它鲜明的特点，所以，一种文学的内在形式限制——和可能性从来不会和另一种完全一样。用一种语言的形式和材质形成的文学，总带着模子的色彩和线条。”[③]受西方文化的影响，新时期的作家们在中西文学对比中，开始注意到汉

① 中国社会科学出版社文学编辑室编：《小说文体研究》，中国社会科学出版社，1988年版，第1页。

② 涂纪亮：《现代欧洲大陆语言哲学》，中国社会科学出版社，1994年版，第7页。

③［美］爱德华·萨丕尔：《语言论》，商务印书馆，1985年版。

语的问题。中国作家使用汉语写作，而语言差异造成的障碍是作家无法绕过的，由此逐渐实现了“母语的自觉”。母语的觉醒使作家更加清楚地认识到汉语的独特价值，开发汉语的巨大潜力，促进了新时期作家叙事语言的多样化发展。正如作家王蒙所说：“把中国文学和世界文学相比……就是语言上的隔膜太大，但中国文学的优势也恰恰在语言上，几千年形成的汉字，汉文字历史有绝妙的东西。”[①]

第三，新语言论为先锋文学的形式探索提供了方向。语言创新是文学创新的重要推动力。索绪尔的语言学理论切断了语言与现实之间的必然联系，认为语言的能指和所指关系是一种由社会约定俗成的关系，并非天然存在的，突出强调了语言的符号意义。此外，词语的意义具有不确定性，文学的语言不必为现实世界所束缚，其本身就能构成一个独立的世界，也因此，我们可以认为语言是一个独立的系统。形式主义、结构主义以及英美新批评等都主张语言本体论，认为语言作为文学的主要内容，语言本身就是文学创作的主要目的，创作是一种叙事的表演。受这些观念的影响，语言的陌生化也成为许多作家的普遍追求，先锋文学也正是在这些理论的基础之上进一步展开创作实践的。作家余华首先表达了对传统文学的反叛，对日常语言进行颠覆，在《艺术反叛》一文中，余华说道：“日常语言是消解了个性的大众化语言，一个句式可以唤起所有不同人的相同理解。那是一种确定了的语言，这种语言向我们提供了一个无数次被重复放入的世界，它强行规定了事物的轮廓的形态。因此当一个作家感到世界像一把椅子那样明白易懂时，他提倡语言应该大众化也就理直气壮了。”可以看出，余华对日常语言表现出批判的态度，认为日常语言压抑了作家的文学表达，禁锢了文学的多样性和可能性，只有打破传统叙事的束缚，寻求一种全新的表达方式，

---

①《王蒙王干对话录》，漓江出版社，1992年版，第106页。

才能激发文学的活力与创新。作家苏童也认为："形式感的苍白曾经使中国文学呈现出呆傻僵硬的面目，这几乎是一个无知的悲剧，实际上，一名好作家一部好作品的诞生在很大程度上有赖于形式感的成立。现在形式感已经在一代作家头脑中觉醒，马原和莫言是两个比较突出的例证。"①先锋文学作家为推动新时期文学语言的变革做出了重大贡献。从新时期作家的创作来看，一大批作家在语言转向论的影响下实现了语言观念的变革，作家在创作时有意识地进行语言试验，将语言作为独立的审美对象，强调了语言在文学创作中的巨大作用，进一步开拓了汉语表达的美学新向度，给中国文学的发展注入了新的生命力。

二、传统化、先锋化与民间化的语言杂糅

丁帆认为："乡土小说创作是呈多元的、无序的格局，在不同作家和作品那里，这种无序和多元的格局带来的是一种艺术的自由空间。"②新时期是一个开放、包容、发展的时代，新的时代环境使得文学创作呈现出多元共生的繁荣局面。新时期乡村小说叙事语言表现出复杂的态势，但总的来说，这一时期乡村小说叙事语言主要呈现出三个不同的发展方向：一是"复古"的叙事语言，主张向中国古典文学语言汲取经验，重建汉语的诗性传统，实现汉语诗性的新高度，代表作家有汪曾祺、阿城、贾平凹等；二是"先锋"的叙事语言，借鉴西方现代派和后现代派的语言方式，突破常规的表达方式，强调陌生化和新奇感，代表作家有莫言、余华等；第三是"民间"的叙事语言，运用日常口语、方言等民间语言，显示出民间的生机与活力，丰富了乡村小说叙事语言的审美空间。

---

① 苏童：《想到什么说什么》，《纸上的美女——苏童随笔选》，人民日报出版社，1998年版。

② 丁帆：《乡土小说的多元与无序格局》，《文学评论》1994年第3期。

“复古”的叙事语言。新时期以来，乡村小说叙事中语言建设中最突出的成就表现在语言的诗性重建上，即“致力于继承和发掘汉语的诗性传统，致力于在现代白话文的基础上重建汉语的诗性传统”[1]。通过对古典文学尤其是文言的借鉴，汲取古典文学语言的优长，借此纠正在此之前的“文革”文学语言表现单调和枯燥的审美，进而整体提高乡村小说叙事语言的品位与表现力。在借鉴传统古典文学语言方面具有代表性的作家有汪曾祺、阿城和贾平凹等。

汪曾祺在创作中有意识地借鉴古典文学的叙事语言，在新时期乡村小说语言的诗化方面做出了探索。这一创作路径可以溯源至五四时期的废名和20世纪30年代京派文学代表沈从文，追求文学的审美性、注重语言形式的审美功能构成了这一脉文学的内在精神。汪曾祺在新时期的代表作《受戒》以久违的美学情趣和生动的美学体验唤醒了读者对于乡村社会的审美感受。其叙事语言的一大特点是淡雅隽永、清新简约。他曾表述过自己的语言追求：“一个小说作家在写每一句话时，都要像第一次学会说这句话。中国的画家说‘画到生时是熟时’，作画必须由生入熟，再由熟入生。语言写到‘生’时，才会有味。语言要流畅，但不能‘熟’。援笔即来，就会是大活路。”[2]由此看出，汪曾祺从古代绘画中体悟出文学创作的奥秘，形成独特的语言策略，追求“有味”的语言，创造出一种初看平淡无奇，细读却韵味无穷的叙事语言。有读者曾概括汪曾祺小说的阅读体验为“初读似水，再读似酒”。这正是汪曾祺学习古人写作经验而实践的结果，即不追求语言的雕琢藻饰，但注重锤炼字句，讲究文气，能够在平淡的语言中显出细腻、奇崛之气。汪曾祺

① 张卫中：《20世纪中国文学语言变迁史》，中国社会科学出版社，2013年版，第148页。

② 中国社会科学出版社文学编辑室编：《小说文体研究》，中国社会科学出版社，1988年版，第5页。

在叙事语言上的另一个特点是借鉴传统文言中的写意手法，崇尚白描，多营造一种清新隽永的气氛，细节部分留白给读者以想象的空间。

贾平凹在乡村小说创作中明显地受到古代散文格调的影响，同时带有明清笔记体小说的笔致，他的“商州系列”小说显示出古典散文的神态。在商州系列中，贾平凹坚持在白话文中加入文言文，创造出一种半文半白、古朴凝重的语言，将深厚的古文功底与商州地区的秦楚文化结合起来，用词色彩柔和，句式严整，使小说语言总体上凸显出典雅清丽的美学特点。他在《桃冲》中写道：“洞大可容数百人，视之莹光如瑶室，石壁间乳脂结长数尺，如狮而踞，如牛而卧，又有小如翎眼、薄如蝉翼的东西散布，像是飞霜在林木上。再往下，竟有了水池，水中石头皆软，拣出则坚，击之，皆成钟声。如此绝妙，逗人兴趣。”[①]整体给读者呈现出一种静态的美，语言带有陶渊明《桃花源记》的韵味。此外，贾平凹在乡村小说创作中学习古代文人“随物赋形”的手法，抓住描写对象的主要特点，在生动传神的描写中凸显物相之妙。在古典文学的浸染下，贾平凹重意境的营造，将古典精神与典雅语言有机结合，因而叙事语言也带有古典美学的灵动，形成了符合中国古典文学审美趣味的“静雅”之美。

阿城在创作中同样表现出借鉴古典文学养分的倾向。《棋王》初发表就得到了作家王蒙的肯定：“美不胜收——口语化而不流俗，古典美而不迂腐，民族化而不过‘土’。”在《棋王》中，阿城用接近古汉语的语言进行写作，人物语言也是用文言。小说中捡破烂的老头在传授王一生棋道时说：“阴阳之气相游相交，初不可太盛，太盛则折，太弱则泻。”其简洁雅致的小说结尾同样显示出阿城的古典文学素养：“不做俗人，哪懂这般乐趣？家破人亡，平了头每日荷锄，

① 贾平凹：《贾平凹文集》，陕西人民出版社，2008年版，第40页。

却自有真人生在里面，识到了，即是幸，即是福。衣食是本，自有人类，就是每日在忙这个。”[1]阿城从容不迫、干净利落的叙事语言表现出文言叙事的精髓。

“先锋”的叙事语言。西方现代语言哲学在新时期传入中国后，引起了文坛的广泛关注。当时中国文学在经历了“文革”文学的批判与清算后，迫切地要求寻找文学发展的突破口，西方现代派、后现代派在叙事语言上为新时期中国作家提供了一种创作可能和学习资源。莫言是受西方现代派和后现代派影响的典型代表。莫言曾说：“小说最重要的我想实际上有两点：一个就是要有好的语言，然后还要有好的故事，一个好的作家，他肯定有好的语言，他有一种强烈的非常自觉的文体意识，文体语言非常重要。”[2]莫言注重小说语言的表达功能，在实践中进行语言的创新，形成了独特的美学风格。其乡村小说叙事语言的创新贡献首先表现在对日常语言规范的反叛，追求陌生化的语言表达效果。作家王安忆认为，陌生化“就是对常规和常识的偏离，造成语言理解和感受上的陌生感。在指称上，要使那些现实生活中为人们习以为常的东西化为一种具有新的意义、新的生命力的语言感觉；在语言结构上，要使那些日常语言中为人们司空见惯的语法规范化为一种具有新的形态、新的审美价值的语言艺术”[3]。语言的陌生化可以使语言摆脱传统观念的束缚，最大限度地发挥语言形式的自由空间，在《红高粱》中，陌生化的语言表达方式随处可见。如“高粱的茎叶在雾中滋滋乱叫，雾中缓慢地流淌着在这块低洼平原上穿行的墨水河明亮的喧哗”。此处，“高粱的茎叶”和“滋滋乱叫”、“雾中”和“流淌”不符合日常搭配的规则，按照传统的语法，这些属于语法错误问题。但在《红高粱》中，莫言正是想要通过这种错乱的搭配组合来表现特有的情感

① 阿城：《阿城精选集》，北京燕山出版社，2006年版，第49页。
② 莫言：《小说的气味》，春风文艺出版社，2003年版，第168页。
③ 王安忆：《漂泊的语言》，作家出版社，1996年版，第34页。

体验，打破常规的语言束缚，进而给读者带来新奇的阅读体验。又如，当写到奶奶手持剪刀，怀着绝望的心情走向高粱大道时，“东北天空抖了一个血红的闪电，一道残缺的杏黄色的阳光，从浓云中，嘶叫着射向道路”。这里的电闪雷鸣带上了人类特有的情绪与情感体验，经过陌生化的语言组合，巧妙地表达出作家难以言说的复杂情感。

莫言在叙事语言上的创新也表现在打破现在与过去的界限，将不同时空的事物组合在一起。如：“父亲就这样奔向了耸立在故乡通红的高粱地里属于他的那块无字的青石墓碑。”此处，作者通过错乱的时空感的营造，表现出深重的历史感。

受西方现代派、后现代派的影响，新时期作家在乡村小说创作中尝试奇、丑、怪的语言风格，因而形成了审丑的语言风格。在《红高粱》中，莫言多次描写丑陋、残酷的死亡场景。“父亲想起罗汉大爷去年死在胶平公路上，尸体被割得零零碎碎，扔得东一块西一块。躯干上的皮被剥了，肉跳，肉蹦，像只蜕皮后的大青蛙。”“方家兄弟肚子上中了一弹，一根青绿的肠子，嗞溜溜地钻出来。”“王文义不及挪步，就被几十颗子弹把腹部打成了一个月亮般透明的窟窿。那些沾带着肠子的子弹从余司令头上淅淅沥沥地飞过去。”这种直接的、残酷的、变态的死亡描写体现出作家独特的创作观念，即死亡和丑陋是生活的重要组成部分，无法回避。

“民间”的叙事语言。伴随着全球化时代的到来，提倡“汉语写作”“母语写作”成为文学现代化面临的必然选择和重要挑战，这要求作家写作必须利用真正的本土的语言，深入乡村生活，表达乡村人的心灵世界，因而民间口语和方言成为新时期乡村小说作家借鉴的重要资源。作家以乡村中的日常生活语言为起点，在乡村特有的语言习惯中发现汉语的独特美学价值。也正是这种从民间汲取养分的叙事语言才使得乡村小说表现出别具一格的语言特色，即一种生动的、活泼的、世俗的、灵动的，又常常带有野蛮粗俗的乡间俚语的叙事语言，所以新时期的乡村小说叙事语言在这一探索方向上呈现出民间性的特点。这种叙事语言的“民间性”主要是指乡村生活中世代传承的、具有稳定性的、日常的生活化语言，主要包括口语、方言等。寻根文学中的乡村小说是运用民间语言营造民间气氛、塑造民间世界的典型代表。

寻根文学中的乡村小说叙事语言多是从民间语言中汲取灵感。例如，韩少功重视方言的作用，试图通过方言揭示一个日常生活中真正的民间世界，在《爸爸爸》中出现了许多方言词汇，如背时鸟、花咒、赶肉、卧夜等，这些方言词的加入增强了文本的地域性语感，体现出地域文化色彩。王安忆的《小鲍庄》中出现了大量淮北方言，如：当鲍彦山在邀请鲍五爷去家中吃饭时，语言中出现“烧锅”一词，对应到普通话中是“做饭”；当小翠子与文化子产生矛盾时，二人对话中出现“呕”一词，这里是指“生气”；此类具有地方性的生活用语在文本中随处可见，如“打架磨牙”“走家”等。方言的运用符合人物的身份，同时给文本增添了地方色彩。贾平凹的《秦腔》是运用民间口语和方言的典型代表，文本中出现了大量的商洛方言土语，以及大量的民间俗语和谚语，如老碗、怯火、言传、吃烟、后晌等方言词汇，使作品的叙事更加生动传神。商洛方言中的“吃”具有丰富的内涵，《秦腔》中多次出现这一词语：“中街的两边都是门面房，没有门楼，却都有个长长的门道，我就坐在丁霸曹家的门道里吃茶”，“应声是到雷庆家吃宴席去”，“说完坐在中堂吃他的水烟了”。在商洛方言不同的语境中，“吃”具有不同的含义，表明在长期的生活中，乡村人由于生活习惯而约定俗成形成的一种口语化的，同时带有地方色彩的语言表达方式。莫言同样善于从民间汲取灵感，其叙述语言沾染了民间意味，具有民间特有的活力。正如莫言所说：“我的语言便是继承了民间和民间艺术家的口头传说，是一脉相承。第一，这种语言是夸张的滔滔不绝的。第二，这种语言是生动的有乡村气息的。第三，是中华民族的传奇文学的源头，或者说是一种文学表达方式。”[①]《红高粱》中追忆先辈们的英勇事迹，叙事语言带有强烈的民间兵匪气。

从民间文化中发掘方言和口语，乡村小说实现了叙事语言的变革与创新，语言表达形式的变革更是反映了作家思想上的转变，为乡村小说的创作提供了新的路径。

纵观新时期的乡村小说创作，可以说，乡村小说在此时进入了20世纪的第二个创作高潮，叙事语言也必然随之进入发展、变革的全新时代。新时期作家受西方现代语言观的影响，在创作实践中最终实现了语言观念的整体转变。乡村小说叙事语言中的“复古”的语言、“先锋”的语言以及“民间”的语言丰富了语言表达可能性，乡村小说创作在新时期进入了繁荣时代。

---

① 莫言：《莫言对话新录》，文化艺术出版社，2010年版，第478页。

第五章　乡村小说中的“民俗”之变

第一节　民俗的时代底色

民俗，顾名思义，即民间风俗。其宏阔的体量使其具有了丰富的内涵与纷纭的定义。钟敬文先生认为，“民俗，即民间风俗，指一个国家或民族中广大民众所创造、享用和传承的生活文化”①，与此同时，“民俗起源于人类社会群体生活的需要，在特定的民族、时代和地域中不断形成、扩布和演变，为民众的日常生活服务”②。事实上，观览中国文史典籍，“民俗”这一概念曾经反复出现：《礼记·缁衣》曾记载，“故君民者，章好以示民俗”；《史记·孙叔敖列传》中也曾记录有，“楚民俗，好庳车”；《汉书·董仲舒传》中曾经有“变民风，化民俗”的记载。而班固在《汉书·地理志》中对于“民俗”的概念限定则更具有普泛性和概括性：“凡民函五常之性，而其刚柔缓急，音声不同，系水土之风气，故谓之风；好恶取舍，动静

① 钟敬文：《民俗学概论》，高等教育出版社，1998年版，第3页。
② 钟敬文：《民俗学概论》，高等教育出版社，1998年版，第3页。

亡常，随君上之情欲，故谓之俗。”[①]因此，民俗在长期的发展中兼具了“集体性、传承性和扩布性、稳定性和变异性”[②]等诸多特征。而民俗在长期的发展与延续中必然会渗透到作家的生活习惯与文化基因之中，在这一过程中民俗则会成为文学的书写对象，从而寄寓广大作家的家国情怀与个人志趣。所以“民俗学和文学实属相通的领域”[③]。可以说，民俗学和文学在长期的发展与演进过程中处于一种互文伴生的关系。

故而，对民间风俗的摹绘一直贯穿于中国古典文人的书写与阐发之中。屈原在《离骚》中通过对楚地民俗的描绘表达了对濒于危机的国家的一往情深；杜甫在诗歌中通过书写乡村习俗，反映了安史之乱中人民渴求平稳安康生活的心声；朱熹在《社日》中对社日习俗认真状写，陆游在《游山西村》中的“箫鼓追随春社近，衣冠简朴古风存”，通过刻画乡村民俗中的活动，表达了对于当地淳朴民风的感叹。一言以蔽之，无论是文人们家国情怀的抒发抑或是个人志趣的寄寓，其对于民俗阐释的维度始终局限于单一的个体场域，故而，在他们的思维中民俗只是一种“移风俗、美教化、厚人伦”的工具与载体。这导致了他们对民俗的刻画无法与时代脉搏切换到“同呼吸、共命运”的同一频率。“诗言志，说到底，他们所要书写的还是他们自己。”[④]

中国乡村小说与民俗的相遇与交汇则是时代的必然。五四新文化运动以降，中国传统文化走向了历史的转折点，启蒙转化为时代的主题，传统的乡村社会终于成为现代文学作家目光聚焦的核心。

---

① 班固：《汉书》，中州古籍出版社，1991年版，第273页。

② 钟敬文：《民俗学概论》，上海文艺出版社，2009年版，第11—14页。

③ [美] 阿切尔·泰勒：《民俗与文学研究者》，见 [美] 邓迪斯等：《世界民俗学》，陈建宪、彭海斌译，上海文艺出版社，1990年版，第52页。

④ 韩春燕：《文字里的村庄——当代中国小说的村庄叙事》，上海人民出版社，2011年版，第1页。

"因此，一切具有人文主义启蒙思想的价值判断在乡村文化领域内得到最形象的体现。应该说，是'五四'新文学运动反封建的意识"[①]，民俗被文学所发现并真正成为民族与时代的镜子是发轫于中国新文学的创始期，确切而言，始自中国"乡村文学"的诞生。新文学以降，自鲁迅先生肇始，中国乡村小说在其递嬗与流变的过程中，无论是在历时性的母题演变和代际更迭中，抑或是在共时性的启蒙救亡支脉与田园隐逸分支的双声共鸣中，对于民俗的书写皆是鲁迅、茅盾、废名、沈从文、孙犁等乡村小说巨擘们呈示不同时代风貌、建构个人审美理想所孜孜以求同时又能够常书常新的一片葳蕤丰饶的沃土。"文变染乎世情，兴废系乎时序"，较之于传统文人对于民俗的单向度的形而下的生发，乡村小说之于民俗的开掘已经上升到"提炼情节、塑造形象、刻画性格和营造环境"以及"对文本叙事模式、叙事形态、叙述话语、叙述视角、原型意象"[②]等形而上的"内部研究"的层面。而当我们将五四运动以来中国文学史与中国的历史进行参照比对后则可以得到一个不容置疑的结论，一部20世纪中国文学史正是一部中华民族启蒙救亡图强的历史，而中国乡村小说因"乡村中国"题材的特殊性在其不同阶段的作品中则更加明显地流溢出时代的主题。恰如丁帆教授在《中国乡土小说史》中将乡村小说的审美特征界定为"三画四彩"[③]，风俗画之于乡村小说的意义可谓不言自明。所以当我们在钩沉中国乡村小说不同时期的时代特征时，同时就会梳理出一幅中国乡村小说中民俗的变迁史。但是，如果我们仔细梳理当前学界对于中国乡村小说与民俗关系的研究成果，可以看到或专注于对某一单一作家作品中民俗现象的研究，或聚焦于某一时期作家作品中民俗现象的解读，抑或深究

① 丁帆：《中国乡土小说史》，北京大学出版社，2007年版，第6页。

② 张永：《民俗学与中国乡土小说》，上海三联书店，2010年版，第23、24页。

③ 丁帆：《中国乡土小说史》，北京大学出版社，2007年版，第21页。

于某一派别作家作品中的民俗现象的归纳，但是始终缺少历时性地对于不同阶段乡村小说作品中民俗现象流变的探究。所以对中国乡村小说中民俗现象的流变进行历时性的梳理总结有助于多角度透视中国乡村小说的历史面貌，同时认识其丰富性和多样性。

一、启蒙与民俗的对接

文学是时代的产物，五四新文化运动催生了中国现代文学。在五四新文化运动的风云激荡下，启蒙成了时代的主题。正如鲁迅所言："所以我的取材，多采自病态社会的不幸的人们中，意思是在揭出病苦，引起疗救的注意。"[①]作为农耕文明的代表，中国的乡村社会始终处于上古似的沉寂之中，传统乡村社会中或明显或隐蔽的民俗在长期的陈陈相因中已经成为传统文化的代表性符号。正因如此，传统民俗尤其是传统陋俗无疑成为广大来自乡村，却接受了西方现代启蒙思想的作家们书写的对象，他们的目的简单而直接，即是通过现代的启蒙之光烛照昏暗的传统乡村社会，从而达到唤醒"老中国儿女"的目的。因此，在乡村文学的肇始阶段，思想启蒙与文化批判就成为民俗介入文学的终极旨归，而在作家的创作中，二者相互渗透，从而展现出民俗在乡村小说肇始阶段的风貌。

鲁迅无疑是将乡村小说与民俗结合的第一人，而他的思想启蒙与文化批判的民俗观念在乡村小说的创作中得到了全面展现。当我们回顾鲁迅的乡村小说创作时可以发现，其"作品往往侧重于表现农民的思想关系，表现他们在封建主义压迫、奴役下的精神病态，以控诉、批判封建思想文化对农民人性的戕害"[②]。他是意图"深入

---

① 鲁迅：《我怎么做起小说来》，《鲁迅全集》（第4卷），人民文学出版社，2005年版，第526页。

② 朱晓进：《政治文化与二十世纪三十年代文学》，人民出版社，2006年版，第54页。

民众的大层中，于他们的风俗习惯，加以研究，解剖”[1]，从而展现“病态社会的不幸的人们”，“揭出病苦，引起疗救的注意”[2]。事实上，鲁迅之于乡村小说的民俗书写绝不仅仅拘囿于对江浙民俗的百科全书式的呈现，亦非仅仅停留在对于传统封建陋俗的批判，更应该看到的是在他的作品中，“中国‘乡村’与‘城市’中的国民心理均属于一种民族的‘乡村精神’，都在被批判之列”[3]。如果说，鲁迅开创了中国乡村小说书写的难以超越的母题，他的乡村小说书写模式成为中国乡村小说作家和流派的模仿范式，那么鲁迅的民俗书写同样也为乡村小说的书写树立了准绳。鲁迅在他的乡村小说世界中建构起了以未庄、鲁镇为代表的精神原乡，在这个精神原乡中，民俗被鲁迅作为乡村画卷的底色嵌入乡村众生的生活中。而在鲁迅的引领下，乡村写实小说作家群的作家们也将目光聚焦到乡村社会，关注下层社会的不幸。

“五四”乡村小说中民俗的启蒙首先集中在对女性的关注上。鲁迅对于女性解放问题始终关注，在《娜拉走后怎样》等文章中曾反复探讨过女性的社会地位等问题，因此，与女性相关的民俗实际上展现了鲁迅的“那种哀怜同情农民的大慈悲的儒者之心”[4]。《祝福》中，祥林嫂的一生无疑是悲剧性的，而这一切皆是传统风俗的后果。在自己的婚姻中，祥林嫂显然被剥夺了婚姻的自主权，这不仅导致了她日后被迫再婚，也成为她日后落入“捐门槛”“下地狱”等一系列陋俗的渊薮的导火索。与此同时，鲁镇的礼俗中对于改嫁显然也存在着严格的限制与莫名的歧视，从而导致了祥林嫂的悲剧。

---

① 鲁迅：《习惯与改革》，《鲁迅全集》（第4卷），人民文学出版社，2005年版，第229页。

② 鲁迅：《我怎么做起小说来》，《鲁迅全集》（第4卷），人民文学出版社，2005年版，第526页。

③ 丁帆：《中国乡土小说史》，北京大学出版社，2007年版，第29页。

④ 丁帆：《中国乡土小说史》，北京大学出版社，2007年版，第30页。

显然鲁迅对于婚姻中女性所遭遇的隐形压迫持有明确反对与坚决批判的立场。而乡村写实小说作家们也继承了鲁迅所开创的这一书写母题。冥婚是一种传统的婚俗，杨振生的《贞女》以及王鲁彦的《菊英的出嫁》都通过冥婚过程中昏暗的场景以及恐怖的气氛展现了这一陋俗的愚昧。如果说冥婚的陋俗尚且停留在对逝者的一种无知追忆中，那么典妻这一陋俗则更加彰显了传统婚姻陋俗对于女性的戕害。在许杰的《赌徒吉顺》中，吉顺是一名年轻的泥水匠，但是赌博成瘾以致欠下赌债，吉顺典妻前的心理是复杂而不坚定的，心里的犹豫和自我的怀疑表明他仍然良知未泯，但是典妻陋俗的存在却让他的侥幸心理得到了纵容，最终他的妻子成为八十元的等价物。典妻陋俗对于女性的戕害已是触目惊心，而卖妻陋俗更加令人震惊。在台静农的《蚯蚓们》中，虹霓县的荒灾让百姓陷入了生存的绝境中。农民李国富已经一无所有，而他的妻子也和自己无法生存下去。在自己亲戚的帮助下，李国富只能将妻子"卖给"赵一贵。此时，女性已经不是一个独立完整的个体，而是成了封建父权、夫权和族权的牺牲品。在台静农的另一篇作品《烛焰》中，冲喜这一陋俗则使得翠姑成了时代的牺牲品。由于未婚夫病重，为了给未婚夫冲喜从而让他康复，翠姑被仓促嫁到了夫家，但是丈夫却已经不治身亡。仅仅因为冲喜的传统婚姻陋俗，翠姑就要牺牲一生的幸福作为陪葬品。事实上，通过女性的遭遇揭示传统乡村社会的愚昧、闭塞、蒙昧，在乡村写实作家的笔下已经形成了文学风气，故而包括冥婚、童养媳、冲喜、典妻、卖妻、转房婚、纳妾、守节等耸人听闻的陋俗在作品中得到了全方位的开掘与描摹。显而易见，广大女性的遭遇只是时代冰山中的一角，在婚俗的暗夜中，启蒙的必要性则成为不变的主题。

通过对女性的遭遇进行开掘以达到启蒙的目的，这不仅仅体现在乡村写实流派作家的作品中，在乡村浪漫派的作家作品中仍然可见踪迹。作为乡村浪漫流派的代表作家，废名的作品始终呈现出浪漫的乡村牧歌的基调，似乎与五四时代的主体有所疏离，在《竹林的故事》《桃园》《枣》《菱荡》《桥》等作品中，废名所建构的显然是一个远离尘嚣的桃源圣境，这与时代的现实以及新文学的主潮似乎“背道而驰”，然而时代对于文学的影响显然已经渗透到每一位作家的创作中，废名也不例外。当我们深入分析其作品的内蕴时，就会钩沉出时代的踪迹。在《浣衣母》中，李妈与周围邻里相处融洽，众人皆与其为善，但是当李妈收留了一名外乡的中年汉子后，李妈却变成了众人眼中的“城外的老虎”。究其原因，正是传统婚俗对于女性贞洁观念的畸形苛求，导致了一名普通女性追求幸福的基本权利成了奢望。实际上，李妈和鲁迅笔下祥林嫂的经历并没有本质的区别。废名在作品中对于传统婚俗礼教的批判皆潜隐在对李妈不幸经历的哀叹中，其目的已经不言自明。

婚俗无疑是五四时代乡村小说作家最为普遍的启蒙媒介，在对婚俗的描摹状写中，乡村社会亟须开启民智的现实问题成为时代的焦点。相对而言，乡村小说对于民众精神之蒙昧的开化则更加急迫，因为只有精神层面的拯救才能够实现启蒙的时代效用。

在传统的乡村社会中，血缘与地缘的交织构成了宗族的基础，为了维护宗族的利益又衍生出更多的陋俗。而乡民在宗族观念的长期影响下，个体的存在完全服从于宗族的利益，进而导致了自主精神的丧失。鲁迅在面对民众现代精神缺失的同时，亦察觉到宗族与传统礼教的缠绕与纠葛，正是这造成了乡村社会中封建族权对农民精神的戕害。以械斗为例，在传统的宗族观念中，宗族的利益高于个体与家庭，因此当宗族的利益遭到威胁后，个体必须无条件捍卫宗族利益。看似合理的观念，却滋生出违背法律与生命意识的械斗陋俗。在许杰的《惨雾》中，环溪村和玉湖庄为了湖中间一块肥沃的沙渚，开始了一场惨绝人寰的械斗。在双方村民的观念中，械斗并非解决问题的唯一途径，但作为宗族的一分子，参与到械斗中却是证明他们血缘与家族使命的必由之路，因此械斗早已在扭曲的宗族观念的异化下成为一种无目的的目的。作者对械斗过程中双方村民思想和行为的叙述更深刻地展现出这一陋俗的野蛮。

而在王鲁彦的《岔路》中，作者在批判械斗这一陋俗的同时，又将这一陋俗与传统信仰中的陈规陋俗相结合。当袁、吴两村遭遇鼠疫后，双方所想并非治病救人，而是希望通过抬出关公塑像出巡以消除鼠疫，这一切无疑批判了传统信仰的落后。而当关公塑像出巡后，首先到哪个村的争执又让双方难以达成一致。就在两个村的岔路口，双方发生了激烈的械斗，信仰的陋俗引发械斗的惨剧，而双方所争执的原因却始终是无目的的"宗族为先"的观念。作家通过对械斗陋俗的深入开掘与摹写，透视出宗族将血缘捆绑的非理性义务强加于个体的时代野蛮性与落后性，同时作为个体的村民却从未思考械斗这一行为的意义，更遑论拒绝乃至反抗这一陋俗，这无疑与鲁迅先生"哀其不幸，怒其不争"的批判理念产生了隔空呼应，这种自我反思与反抗精神的消失则成为作家们痛心疾首的时代难题。正因如此，乡村小说在批判传统观念之于个体的伤害之余，显然也分辨出个体集聚后所造成的无意识的"集体的罪恶"。

在蹇先艾的《水葬》中，骆毛因为盗窃被抓，处罚他的并非法律的规约，而是传统宗族习俗中的私刑——沉潭水葬。如果说械斗是一种陋俗，那么沉潭水葬则只能称之为蛮俗，而建立在宗族权威之上的蛮俗没有引起乡邻的反思，即将丧命的骆毛亦没有得到乡邻的怜悯与同情，却招致了众人的麻木围观，这一切与《阿Q正传》中看客们围观阿Q被砍头的现象如出一辙。在王鲁彦的《柚子》中，作者更是以廉价的柚子譬喻血淋淋的人头，将砍头时围观者类似节日般山呼海啸的景况作为对国民劣根性中看客精神的最大反讽，在看客们麻木的精神作用下，观看杀头的场景也可以如岁时节令的民俗巡游一般"妙趣横生"。横亘在民众和现代人之间的绝不仅仅是现代的民主与科学精神，更应该是对人的生命的敬畏。正因如此，在众多的民俗中，乡村小说作家所追求的终极旨归正是周作人所首倡并被五四新文学所高擎的让文学成为“人学”的时代理念。

五四时代乡村小说的民俗书写始终与新文化运动的主题保持一致，通过对蛮风陋俗的深入发掘，进而展现老中国儿女的时代样貌，在批判中找寻民族的出路，以启蒙作为批判的目的。与此同时，对传统民俗的多维度开掘也实现了启蒙的多样性，从而实现了文学与时代的同步性。

二、民俗书写的革命指向

在启蒙这一时代主题引领下，民俗书写在中国乡村小说第一个十年的发展中起到了不可替代的作用。然而1927年伴随着四一二反革命政变以及随后众多政治事件的发生，中国现代文学逐渐与政治产生了难以分割的关系，此时文学的革命逐渐走向了革命的文学。如果说，乡村小说最初十年的前行始终麇聚在启蒙的时代大纛之下，那么进入第二个十年后，以左翼文学为核心，伴随着“社会剖析派”“东北作家群”以及四川乡村作家群等地域各异、经历纷繁的乡村小说作家的汇聚，“中国现代乡村小说向‘左’发展的一路，因不同的历史机缘，竟也出人意料地生长出多样的历史形态与审美形式”[①]。基于此，中国乡村小说的发展就从启蒙的时代大河之下，分散出多条奔腾汹涌的支流。这一阶段，乡村小说启蒙的余绪仍在弥散，阶级斗争的火热又加剧了乡村小说的革命性发展，同时中日之间的民族矛盾也被众多作家所关注。故而，乡村小说中民俗的书写也随着时代主旨的渐变，较之于五四时代乡村小说民俗书写的“一”声独奏，第二个十年的民俗书写实现了“多”声部交响。在左翼乡村小说中，民俗的书写与五四时代的乡村小说相比产生了重大的变化，尽管乡村小说所展现的民俗形式仍然类似，但是其主体与形式所展现的内质却

---

① 丁帆：《中国乡土小说史》，北京大学出版社，2007年版，第111页。

发生了颠覆性的置换。如果进行高度的概括，那就是乡村小说中，民俗从“虚”到“实”的变迁。

首先，最明显的变化是各种民俗中农民所呈现出的精神面貌的提升。在乡村写实作家的笔下，作为启蒙的载体、批判的对象，众多的农民形象都晕染着时代的特色，兼具愚昧、自私、落后等劣质。而在左翼乡村小说中，民俗的介入则为农民的反抗提供了新的途径，进而展现出农民的时代风貌的改观。以女性形象为例：女性相关的习俗仍然是这一阶段乡村小说聚焦的热点。作为左翼文学的代表作家，叶紫的作品就具备着民俗与文学结合的共性。在叶紫的《星》中，梅春是一个具备了传统美德的女性，在出嫁前她的父亲仍然要求她“在家从父，出嫁要从夫”。这无疑是传统父权与夫权加之于女性的桎梏，也是造成众多女性婚姻悲剧的原因。在五四时代的乡村小说中，在描写广大女性因传统婚俗而遭遇生活困苦与精神苦难时，众多的作家所采取的态度是通过揭示其苦难从而展现唤起女性自我意识的必要性，即是将启蒙的必要性建立在冥婚、童养媳、冲喜、典妻等一系列婚俗所带来的苦难之上。而在《星》中，一俟接触到革命的理念，梅春随即产生了“为什么呢？我要这样永远受着他的折磨呢？”的这一发自乡村女性内心的振聋发聩的时代之问。显然，梅春反抗由父母之命所包办的婚姻，反抗虐待自己的丈夫正是左翼文学以民俗介入时代的目的之一。因此，她冲破了传统婚俗的羁绊，大胆和一位进入乡村的革命者结合。而当革命者被捕牺牲后，她更是冲破家庭的樊笼，走向了革命的道路，一位反抗旧式婚俗的女性革命者形象进而建构起来。在《星》中，关于剪发的问题也可以与“五四”乡村小说产生对比。当村中的女性被要求剪发时，女性的态度都是拒绝，因为传统观念中女性剪掉长发会被地狱中的阎王拒收。这一细节与《祝福》中祥林嫂被恐吓要下地狱的描述非常类似，而祥林嫂因为这一陋俗的恐吓，直至沦为乞丐后仍然在寻找地狱是否存在的答案。而在梅春等人的引领下，村中女性却大胆地剪掉了长发，甚至加入了女性的革命组织，同时村中的寡妇可以再嫁，女孩不再缠足，童养媳可以嫁人。相较而言，“五四”乡村小说中女性是传统陋俗的受害者，在传统陋俗的戕害下只能是被动的承受者。而在左翼乡村小说中，面对不合理的传统民俗，反抗的农民乃至农民蜕化的革命者已经成为文学书写的主体。

其次，在乡村小说中通过民俗书写解析出中国农村经济危机的深层次原因。如果说通过民俗书写中农民形象的颠覆展现了政治介入文学的影响，那么通过对民俗与农业书写的结合则进一步透视中国农村问题爆发的症结，剖析农村社会传统农业经济破产的原因，则更加深刻地揭示出农村革命星火燎原的时代必然性。严家炎在《中国现代小说流派史》中论及以茅盾、吴组缃、沙汀、艾芜等乡村小说作家为代表的“社会剖析派”时曾指出，“应该说，社会剖析派在中国产生，是有其社会必然性的”，同时，“社会剖析派乃是‘五四’现实主义向前发展、趋于革命化的产物，是一部分作家用社会科学消化自己所熟悉的现实生活的产物”[①]。如果推而广之，则左翼乡村小说中以民俗的书写透视当时的农业问题的写法也与上述论述有着高度的契合。

茅盾在《春蚕》中通过养蚕的民俗对传统农业经济的破产进行了阐释。在《春蚕》中，茅盾用巨细靡遗的笔法全方位、多维度地记录了养蚕全过程中的风俗习惯，包括供奉、祭祀蚕神、占卜收成、望蚕汛、浪山头，以及养蚕过程中的众多禁忌。作者对于乡村养蚕习俗的开掘摹写绝不是单纯为了书写“异域情调”，相反，却是对当时中国乡村所面临的最大危机的剖析。养蚕过程中必不可少的民俗，实际上既是对广大农民发家致富心态的一种另类表达，同时也展现出农民为了收获所付出的艰辛劳动。但是蚕花的丰收并没有

① 严家炎：《中国现代小说流派史》，人民文学出版社，1989年版，第179页。

带来农民们所期待的财富，相反却“丰收成灾”，农民们的破产也成了必然。实质上，众多渗透着农民丰收期待的民俗正是中国传统农业经济的代名词，而代表着西方现代经济侵入的小火轮在开篇的介入无疑是对中国传统农业经济的彻底破坏，因此农村的衰落与农民的破产也就成了时代的必然。作品的最深层次寓意无疑是对中国农村走向革命的必然性的阐释。

在叶紫的《丰收》中，民俗的书写始终围绕着云普叔最朴实的希望即丰收和吃饱饭展开。为了租到何八爷的田，云普叔在卖掉了家里的房子后竟然带着全家住进了供奉祖宗牌位的祠堂，这在20世纪20年代的乡村小说的民俗书写中是难得一见的。尽管阿Q等单身汉也曾因无家可归住进土谷祠，但是相较之下，云普叔全家的行为显然消解了传统民俗中对于祠堂的神圣化书写。另一个民俗场景则是云普叔等老一辈农民的祈雨，这无疑透露出一种悖论，这一民俗既是对农民愚昧思想的展现，同时也与最终丰收成灾的结果形成对比。当米价下降，村民的收成难以抵消何八爷和李三爹的地租后，云普叔希望传统的打租饭习俗能减少租金，但最终，地租和各种苛捐杂税将云普叔一年的收成掠夺殆尽。而在作品中，叶紫将民俗的书写视为寄托了农民希望的“因”，尽管如萤火般微弱，但是始终不熄。最终谷价暴跌，地租不减，苛捐泛滥而导致广大农民所有的心血结出的只能是“苦果”后，云普叔也终于对立秋的反抗行为表示了支持。

虽然在第二个十年，文学与政治的结合是时代的主潮，但是，从五四时代开启的启蒙传统并未消失，而是如同一条暗河始终潜隐于文学的大潮中，因而对于国民性的批判仍在继续。作为东北作家群的代表，萧红的作品在书写乱世的凄风苦雨中追忆着故乡的同时，也在其作品中于民俗的愚昧进行了观照。萧红曾经提出“现在或是过去，作家写作的出发点就是对着人类的愚昧！”[①] 萧红也正是通

① 丁帆：《中国乡土小说史》，北京大学出版社，2007年版，第143页。

过其作品中东北地域民俗的书写，从而展示出国民的愚昧与麻木。在《呼兰河传》中，漏粉的一家人尽管住在随时会坍塌的危房中，但是一家人不但不害怕，反而因为房顶上能够长出蘑菇向邻居夸耀。而老胡家的小团圆媳妇进了婆家后，因为其吃饭与行为方式不符合传统要求，所以婆家所有人都要给她下马威。结果，在婆家人的暴打下，其神智错乱。婆家又以巫代医，通过跳大神驱鬼，同时将她送进滚烫的热水中洗澡。当小团圆媳妇被折磨致死后，看客们绝无反思之意，相反还编造出众多关于小团圆媳妇化为白兔的神话以求自我安慰。在王统照的《山雨》中，奚大有生病后，同样也是以巫代医，求人画了一张符咒，并将符咒焚为灰后加水冲服。而在茅盾的《春蚕》中，因为菊花家的蚕的“出火”很差，所以村民都认为菊花是不祥之兆，因此都对她避而远之，老通宝视其为白虎星。而菊花则为了报复，专门跑到老通宝家的蚕房中，意图破坏老通宝的养蚕成果。

尽管五四时代的启蒙主题在乡村小说中的火焰仍然温热，但是伴随着四一二反革命政变的爆发以及众多革命实践的开展，乡村小说责无旁贷地转向了阶级斗争的新航道。民俗作为传统文化的一种延续，在长期的发展中具有稳定的特性，所以尽管乡村小说书写的时代主题发生了颠覆，但是民俗作为一种展现文化的主体意志的载体，其形式仍实现了延续。与前一阶段相比较，这一阶段乡村小说中民俗书写的形式仍近似前一阶段，但是其所氤氲的内涵实现了彻底的转换。

中国乡村小说始终与国家和民族的时代走向紧密结合。在经历了五四时代的启蒙阶段，左翼文学时代与政治的结合阶段后，进入第三个十年，中国乡村小说则进入了更加多元的发展阶段。1937年，随着抗日战争的全面爆发，总体上中国被划分为国统区、解放区以及沦陷区三个部分。而伴随着中国共产党所领导的解放区范围的扩大，以及中国共产党所领导的抗日解放事业的推进，直至1942年延安文艺座谈会召开，为解放区文学树立了文艺大众化的主旨，乡村小说的发展在《讲话》精神指引下发展。而随着新中国的建立，解放区文学的标准得到了延续，在此基础上，“十七年”时期的农村题材小说创作也走向一元化的发展趋势。而在这两个阶段中，民俗书写呈现出全新的面貌，已经从传统的狭义的风俗书写迈向相对广义的民俗书写，正因如此，民俗与政治的互动具备了更加灵活的结合方式，也直接构成了一脉相承的“解放区—十七年”文学的主体架构。

解放区文学及与其一脉相承的“十七年文学”拥有相通的精神指引，同时它们之间的内在传承也反映了一个渐趋成熟的过程，因此这两个时期的乡村小说（农村题材小说）的民俗学书写也呈现出了高度的同质性。相较于五四时期民俗书写色调的昏暗，左翼时期乡村小说民俗书写色调的阴沉，一俟进入“解放区的天”，乡村小说民俗书写的调色板便瞬间明朗。如果说解放区文学是对于中国农村的再一次发现，那么这一时期的民俗书写则是对于中国农村的一次理想化展现，随着充满活力的民俗形式与民俗主体的渐次呈示，乡村小说也将解放区农村的面貌、解放区新人的形象呈现给读者。为了实现民俗书写的明朗化，解放区乡村小说对“五四”文学时期和左翼文学阶段乡村小说的民俗书写进行了一系列改造，从而实现了民俗书写为政治服务的时代目标。

第一，对前两个阶段的作品中作为书写对象的陋俗进行改写，叙事目的的变化带来题材的整体转变，从而化悲剧为喜剧。在马烽的《村仇》中，赵庄和田庄是世代交好的两个村子，两村在世代交往中都保持着密切的关系，赵庄的赵拴拴和田庄的田铁柱本是连襟。赵拴拴在本村的地主赵文魁家做长工，而田铁柱则在田村地主田得胜家做长工。田、赵两村共同修建了一条水渠，田得胜和赵文魁都想占用更多的水，从而可以使自己的田地获得更多的收成。为此，田得胜和赵文魁互不相让，教唆两村的年轻人用武力来夺取水渠的使用权。结果，田铁柱在两村的械斗中将自己的外甥也就是赵拴拴的儿子打死。而在赵文魁的诱骗下，田铁柱入狱为本族人顶罪，田铁柱也成为赵拴拴的仇人，田、赵两姓的仇恨也演变成了两村的“村仇”。至此，我们可以发现作品中的民俗书写仍然沿用了《惨雾》与《岔路》的械斗题材，但是在旧题材的基础上，嫁接了阶级斗争的新枝。作者在分析两村械斗发生的原因时，采用了全新的视角，由于两村的土地皆归属于地主赵文魁与田得胜，而双方械斗的导火索也源自二人的蛊惑，因此械斗的民俗引出了阶级之间的对立，同时借助斗争地主的契机化解了“村仇”。至此，民俗和政治的结合与左翼文学时期的民俗书写相比显然具有了更加深刻的寓意与内涵。在李季的《老阴阳怒打“虫郎爷’》中，老阴阳迷信虫郎爷，认为蝗虫灾害可以通过祭祀的方式消除。因此，当王区长等人带领群众打蝗虫时，他却仍旧故我，继续跪拜。最终，他的庄稼被蝗虫啃噬殆尽，而打蝗虫的农田则保住了庄稼。老阴阳最终在众人的帮助下认识到了迷信的危害，将祭祀的牌位全部扔掉。作品中迷信的祭祀风俗仍然源自五四时期的乡村题材小说，但是此时迷信民俗的作用则是与科学对立，形成被批判的标靶，从而为农民的科学意识觉醒提供参照。

第二，民俗活动中中国乡村与中国农民形象的变化。前两个阶段中，传统陋俗作为裹挟传统农民的陋习，造成了传统乡村的破败与落后，灰暗的鲁镇与祥林嫂的悲剧可见一斑。相对而言，解放区文学中的民俗展开在面貌一新的解放区，同时广大农民均提高了思想觉悟，敢于主动同传统陋俗进行斗争，从而进一步彰显了解放区农村社会环境的清朗与广大农民觉悟的提高。《吕梁英雄传》中，首先张有义和巧巧两人的恋爱是自由恋爱，打破了父母之命、媒妁之言。而择偶观的改变更加彰显了解放区婚姻政策对于民俗书写的影响。巧巧在选择结婚对象时，要求对方热爱生产劳动，同时最好是军人。而这一标准与当时解放区所进行的大生产运动以及对于革命军人形象的宣传有着不可分割的关系。在二人的婚礼中，仪式仍然保留，但是内容被置换了。传统的彩礼被子弹袋、手榴弹袋所取代，并且绣着“英勇抗日、保卫家乡”的红字。传统的对联形式仍然保留，内容则是当时解放区所提倡的“男耕女织称模范，杀敌保国是英雄”。女方在讲话中将自己的婚姻归功于共产党毛主席的领导以及生产与抗日行动。《小二黑结婚》中，小二黑与小琴对传统婚俗中父母之命这一陋俗的反抗更加明显。二诸葛一切行动都要论阴阳看八卦，而三仙姑则装扮为神仙替村民烧香问病。两人所代表的行为无疑是传统民俗中所包含的难以克服的阴暗面与消极因素。二诸葛为小二黑娶了童养媳，三仙姑为了换取彩礼想要将小琴嫁给阎锡山手下的退伍旅长做填房，都反映出传统婚俗的落后与野蛮。但是，小二黑与小琴经过坚决的抗争获得了婚姻的自主权，与此同时二诸葛与三仙姑经过教育改造后思想的转变更加凸显出旧俗改造的成果。

诚如杨义所言，“由于受时代的推动和时代的局限，包括受战时根据地艰难环境的制约”，“根据地和解放区的小说，不能说是一种高度成熟和精美的文学，但是它是与政治结合最紧的，极其适合当时农村读者趣味的，因而对中国社会进程曾经产生过非常强大的推动力和影响力的文学”[①]，而解放区乡村小说中民俗书写的最大特点与贡献也正是通过与政治的结合从而在传统民俗的根基上生发出抗日救国的时代呼号，唤醒民众的阶级意识与时代使命，同时也为新中国建立后的文学发展提供了可资参考的模式。

第二节　国家叙述中的民俗想象

一、乡村与农村的置换

1949年新中国的建立开始了中国历史的新纪元，同时也对乡村

① 杨义：《中国现代小说史》（第三卷），人民文学出版社，1991年版，第211页。

小说的书写产生了重大的影响。最明显的变化就是从乡村小说向农村题材小说的转换。事实上，风起青蘋，早有端倪。在土改开始后，众多的作家走到时代的最前沿，从文学的视角将土改这一影响了中国近代发展进程的运动纳入文学书写的轨道，《暴风骤雨》和《太阳照在桑干河上》不仅仅成为文学书写的时代典范，《暴风骤雨》甚至“也为新社会里的生活模式提供形象的草图”[①]。此言非虚，伴随着农业合作化以及人民公社化等运动的全面展开，农村的生产关系和社会关系全面变化，政治之于乡村小说的影响已经促使风景画、风俗画和风情画逐渐隐退，正因如此，乡村小说正逐渐蜕变为农村题材小说。这一阶段以农村题材、革命历史题材以及工业题材三个方面划分小说类型，而这三者的终极旨归则是论证新生政权的优越性与合法性，农村题材小说的民俗书写也走向了整齐划一的轨道，从而实现一切为政治服务，为新生政权的建设服务。

“十七年文学”时期与解放区文学时期相比，农村题材小说在继承乡村空间亮色氛围的基础上，还肩负着论证农业合作化先进性的使命。正因如此，在传统风景画、风俗画、风情画被大幅度压缩的基础上，农村题材小说中的民俗书写出现了新的变化。最明显之处，正是新生政权建立后，需要在对社会的多层维度书写中反映新的时代下中国乡村生产的活力与广大农民思想意识的进步，进而全方位开掘出新的“时间开始了”后的时代风貌。民俗的书写也在这一统一主旨的规约下展开。

首先，民俗的书写展现了广大农民的时代风貌。这一时期农村题材小说的农民形象尽管仍然有中间乃至落后人物存在，但是从总体看来，新人的塑造成为时代的主流。而民俗的书写成为论证农村新人先进思想、积极行动以及对新生政权拥护的试金石。在孙犁的

---

① 陈建华：《“革命”的现代性——中国革命话语考论》，上海古籍出版社，2000年版，第276页。

《正月》中，时代新人的形象塑造成为民俗书写的任务。作为时代的新人，多儿在选择结婚对象这一问题上获得了自主权，同时母亲和姐姐也坚决支持她的行为，这显然与解放区文学时期众多阻挠婚姻自由的父母形成了鲜明对比。在结婚嫁妆的选择上，她坚决反对绸缎、花瓶等华而不实的物件，选择以一部新式织布机作为今后的劳动工具。在择偶条件上，多儿与德发的结合显然有更深刻的寓意，因为德发是新农会的副主席，同时也是劳动能手，另外介绍人是区长，这无疑使两者的婚姻具备了权威性。同时，结婚的程序中，传统的花轿被扬弃，转而以贫农团的车辆代替，并增加了村剧团的乐队、高级班的秧歌。因此，从择偶的开端，到嫁妆的选择，以及介绍人、证婚人的权威性，再到结婚中鼓乐种类的选择，无疑构成了一个闭合的循环，即农村新人的结合正是建立在新式民俗的基础之上。

其次，“十七年文学”时期农村题材小说的民俗书写与农业的发展始终具有紧密的联系。事实上，民俗书写的这一特点与新中国成立后的国情有着直接的关系。新中国成立后，对于中国传统农业的改造与工业化的建设同时展开，正因如此，农村题材小说对于农业与农民的书写进入了一个集中的勃发期。而农业合作化等一系列运动中所呈现的“政治民俗”显然就成为时代的焦点。周立波的《山那面人家》讲述了新中国成立后农村婚礼中的民俗。相较于众多作品对于新俗的单向度发掘，作者通过人物的对话表现了旧社会包办婚姻的缺点以及哭嫁习俗的奇特，从而展现新社会新风俗的优越性。在婚礼开始后，新人首先要向毛主席画像和国旗行礼，与传统风俗相比，婚姻中占据权威地位的宗族权威与父母的地位被国家政权所取代。而新娘则通过以带有两千分工分的劳动手册作为嫁妆，表明了自己参加劳动生产的决心。一场婚礼仪式的民俗细节，充分展现了当时对于劳动生产的重视。康濯的《春种秋收》中，在媒人介绍之初，周昌林和刘玉翠原本并不认可对方。但是由于两人经常劳动的土地毗邻，所以双方就在劳动的过程中互生好感，换言之，正是共同劳动过程中所产生的价值观念的趋同弥合了双方文化上的差距，同时两人在劳动的过程中相互产生好感并克服了自身的缺点。而在两个人结婚之后，用来装饰新房的饰物则是两人在劳动生产过程中获得的奖状。

相较于解放区文学时期乡村小说中的民俗书写，“十七年文学”时期农村题材小说的民俗书写已经与国家政权的建设以及农村新人的树立、农村与农业生产的大力推进产生了时代的共鸣。在此方向的引领下，乡村小说的民俗书写已经形成了稳固的模式。

二、民俗叙述的多元化走向

新时期以降，随着“文革”的结束，文学亦回归正轨。乡村小说在这一阶段也开始了全面的复苏。新时期乡村小说的发展历程，几乎是新时期文学的发展缩影。包括伤痕文学、反思文学、知青文学以及寻根文学发生的每一阶段都有乡村小说代表作呈现。由于这一阶段作家创作量加大，同时不同创作思潮竞相涌现，因此，这一阶段的小说创作逐渐从主题的一元化走向多元化，乡村小说的创作亦然。这一阶段乡村小说中的民俗书写逐渐复归，已经从“十七年文学”阶段的逐渐隐退，回归到乡村小说审美与叙事的中心，进而也呈现了新的特质。通览新时期乡村小说的创作，我们可以发现一个最明显的特征，那就是与“十七年”以及“文革”时期的文学相比，这一阶段的乡村小说创作都在竭力挣脱政治话语对文学的束缚，从而回归到文学本体的艺术轨道，这一特质几乎贯穿了新时期乡村小说创作的始终，也成为乡村小说创作中民俗书写有别于前一阶段的最明显特征。但是，由于新时期文学肇始于伤痕文学，而伤痕文学是前一阶段“拨乱反正”的结果，因此，新时期乡村小说也是从与政治的关系开始书写的。但无论是对于历史与政治的反思与批判，还是以民间文化立场对民间风俗人情的摹写，抑或是以启蒙的态度对于农民精神维度的审视，皆与民俗书写密不可分。正因如此，新时期文学的复苏也正是乡村小说民俗书写的一次复苏。

首先，乡村小说中民俗书写与政治层面的反思进行了有机结合。事实上，尽管新时期开始后文学都在尽力远离政治话语的规约，但是显而易见，无论是伤痕小说，还是知青小说，都在与时代的主体话语同步前进，这就使它们与政治的关系不可避免地越来越密切。因此，二者所立足的基点正是对于前一阶段政治与历史的批判，艺术价值显然受到影响。但是这些作品中对于乡风民俗的书写显然和政治反思进行了有机的结合，从而开启了民俗书写的回归浪潮。在古华的《芙蓉镇》中，作者通过胡玉音以及秦书田等一众人物命运在极左年代的浮沉，揭示出特殊时代对个体的伤害。但在反思特殊时代的悲剧的过程中，作品却能够“寓政治风云于风俗民情图画，借人物命运演乡镇生活变迁”，从而谱写了“一曲严峻的乡村牧歌”[①]。相较于前一阶段，乡村小说中为了实现文学服务于政治的目的而牺牲风俗画与风景画，《芙蓉镇》显然实现了民俗书写与政治反思的统一。在小说中，无论是芙蓉仙子的传说，抑或是五岭山的乡风民俗，以及胡玉音米豆腐摊的来历，都浸染着湘、粤、桂三地交界处的民俗风情。与此同时，作者实现了民俗风情的书写与时代政治风云起伏的统一，故而“小镇的政治、经济生活也随着浮沉，小小的圩场就成了时代风雨的晴雨表”[②]。

其次，乡村小说中民俗的书写与民间文化的复苏产生了密切的联系。如果说以伤痕文学、知青文学为代表的一系列作品在民俗的书写中仍然与政治有着难以分割的关系，那么，以汪曾祺、刘绍棠等为代表的寻根文学作家创作的乡村题材小说则呈现出文学回归到

---

① 古华：《芙蓉镇·后记》，人民文学出版社，1980年版。

② 丁帆：《中国乡土小说史》，北京大学出版社，2007年版，第246页。

民间立场后，乡村小说传统中风俗画与风景画对以废名和沈从文为代表的乡村浪漫派传统的回归。在《受戒》中，情节与故事已不是作者所追求的重点，时代的风云与政治的激荡也难觅踪迹，取而代之的正是俯拾皆是的民间风俗画面。如通过小明子改名为明海的经过牵引出荸荠庵的人间烟火，以及善因寺内的庄严肃穆、民间集市的欢闹与喧嚣等多幅显示民间风俗的图画。通过小英子连带出其姐姐结婚所需要的嫁妆，并借此书写了民间婚俗的多样性。甚至于乡间的一个“打兔子兼偷鸡”的“正经人”的铜蜻蜓都蕴藏着丰厚的民间生活趣味。这一系列的风俗画卷呈现出传统文化在长期的政治话语规约下重新生长的强劲生命力。如果说汪曾祺的作品呈现的民俗是对乡村浪漫流派的一次共鸣与复归，那么，刘绍棠的《蒲柳人家》的民俗书写则是对民间叙事的进一步回归。《蒲柳人家》同样与政治话语相疏离，但民俗书写的风格却相异。汪曾祺作品中民俗书写所晕染的江南水乡，一俟转入刘绍棠的京口古运河沿岸，就变得更加鲜活灵动。为了保护何满子平安成长，一丈青大娘为其缝制百家衣，而洗三与满月宴则更彰显了地域的特色。可以说，汪曾祺与刘绍棠对于民俗的书写充分展现了新时期乡村小说立足民间立场与文化基础上之于民俗书写的特色。

再次，这一阶段乡村小说之于民俗的书写展现出乡村中国在摆脱了前一阶段的束缚与羁绊后的全新样貌，以及广大农民的时代精神。在这一类作品中，民俗的书写成了衬托中国乡村面貌的注脚。以何士光的《乡场上》为例，这个故事本身并不复杂，但是却能够借助传统习俗中“贫—富”关系的改变展现出中国乡村在时代变革后的新貌。冯幺爸原本是乡间一个可有可无的人物，他的存在始终受到各方的轻视。因此食品购销站会计的妻子罗二娘需要他做伪证时，没有人相信他敢于反抗。然而伴随着农村政策的渐变，拥有了责任田的冯幺爸在曹支书以及罗二娘的面前却敢于一改往日的怯懦性格，说出事实的真相。可以看到，乡场上双方发生冲突后请第三人做证或者调解本是乡间习以为常的风俗，但是通过这一风俗中的当事人冯幺爸之口，揭示出的是改革初期农村土地政策以及经济政策的改变促进了中国农民生活水平的提升，进而影响到广大农民的精神面貌。而在张一弓的《黑娃照相》中，黑娃也是一个在农村政策改革后，依靠劳动致富的典型。中岳庙会正是传统民俗的代名词，而庙会上的照相摊则是现代文明的象征。当遇到这一时髦的事物后，黑娃能够做第一个尝试者，他使用金钱时的自信与其尚有补丁的衣服形成了鲜明的对比。事实上，作者借黑娃在庙会中的表现，传达出广大农民对国家政策的拥护以及对劳动致富的自信与渴求。

新时期至20世纪90年代中期，是中国广大乡村社会从羁绊迈入正轨的阶段，而这一阶段的社会文化土壤助力了中国乡村小说书写的再一次腾飞，民俗的书写也成为一个时代的印记。当时间走向20世纪90年代，时代的急遽变化将会让中国乡村小说面临转型的时代困局。

三、民俗的“去乡村化”

20世纪90年代以来，伴随着全球化浪潮中后工业时代的到来，中国的乡村也无法规避这一时代的浪潮。而在这一进程中，伴随着中国工业化进程“暴风骤雨”式的急遽推进，“乡村中国”正经历着一场前所未有的“山乡巨变”。“20世纪90年代以来的中国乡村，不论是风景、风俗还是风情，在日渐加剧的城市化、工业化和市场化进程中，正在改变自身之可见与不可见的形相，亦即‘去乡土化’”[①]，而中国乡村小说最具有代表性的民俗书写在“去乡村化”的时代主题的引领下，对传统乡村文化的留恋与现实所面临的困境形成的张力，成为20世纪90年代以来中国乡村小说中民俗书写生发

① 丁帆等：《中国乡土小说的世纪转型研究》，人民文学出版社，2013年版，第85页。

的一片丰饶的沃土。而乡村小说中的民俗书写又呈现出新的特质。

首先，20世纪90年代以来乡村小说中民俗书写又一次聚焦到对蛮风陋俗的批判上。在《论“二十世纪中国文学”》中，钱理群等人提出了20世纪中国文学始终在“自觉地担负起‘启蒙’的任务”[①]，当时间经历近百年的转换，这一阶段的乡村小说对民俗的关注与五四时期乡村写实小说流派的关注点产生了一致。前者的聚焦是源起于以陋俗为批判的标靶，从而揭示国民的劣根性。而90年代以后，因为经济的高速发展，国民精神中的相关问题又一次以陋俗的形式呈现。在王祥夫的《婚宴》中，乡村厨师和儿子在为一场乡村婚礼准备酒席的过程中被菜品的丰盛以及彩礼的丰厚所震惊，当他们期待着一睹新郎和新娘的风采时，冥婚的仪式带给父子俩的冲击却各有不同。父亲因为自己无力承担当下乡村婚俗中逐年上涨的彩礼而内疚，儿子则在长期为他人制备婚宴的过程中产生了无法破解的困惑：为何冥婚的仪式可以如此铺张，而自己却至今单身呢？因农村贫富差距造成的乡村娶亲难问题在罗望子的《伴娘》中演变为“换亲”这一陋俗的复活，而贾平凹的《极花》中婚姻问题则只能采用“婚姻买卖”这一陋俗来解决，甚至要诉诸拐卖妇女的法律层面的探讨。所以，21世纪以来乡村小说对于蛮风陋俗的关注绝大部分集中在展现城市化与现代经济冲击下乡村的凋敝。在马金莲的《项链》中，作家以具有悠久历史的“彩礼”这一习俗在现代婚姻中所导致的问题作为切入点，展现出移风易俗的必要性。小说中，麦香居住的马家洼的风俗是姑娘们在出嫁前必须向男方索要彩礼，因为在村民们的观念中“人家把女儿辛辛苦苦养大成人，娇娇嫩嫩的大闺女，就要嫁入你家从此成为你们的一口人，出门前不置办点真金白银的真货，能说得过去吗？”[②]基于此，我们可以知晓，在当地人的观

① 黄子平、陈平原、钱理群：《论“二十世纪中国文学”》，《文学评论》1985年第5期。

② 马金莲：《项链》，《回族文学》2013年第5期。

念中，“彩礼”这一风俗的本质并非单纯的对传统文化的继承，而是在掺杂了现代经济因素中“交换”的原则后所异化而成的一种陋俗。事实上，彩礼风俗并非乡村的原生产物，因为“早些年吧，时兴买银首饰，金子只有城里那些有钱人才用得起。这几年城市里的风刮到了乡下，农村人也竞相地穿金戴银起来”[①]。为了凑齐高额的彩礼，男方的父亲，马万山“把十九只羊卖了，一万多斤洋芋卖了，四千斤麦子卖了，三头牛卖了，加上存在箱底的积蓄，算是凑够了这些钱”[②]。然而在竞相攀比的彩礼陋俗的误导下，麦香的父母在由城返乡的大女儿麦花的要求下临时向男方家要求提高彩礼金额用以购买金项链。为了凑齐购买金项链的费用，他只能强忍悲伤将自己家中仅剩的并视为亲人的一头老牛卖掉。尽管作者并没有对麦花怂恿父母增加彩礼以及麦香一味听从父母提高彩礼的行为做出批判，但是在马万山宁可赔钱也要避免老牛被卖进屠宰场的行为中，实则已经暗示了其之于高额彩礼这一传统陋俗的否定态度。

如果说这一阶段乡村小说中民俗书写对于蛮风陋俗的揭示与批判是对中国乡村小说启蒙传统的承继与发展，那么广大作家对于行将消逝的传统民俗的追忆则表现在现代经济冲击下，传统乡村文化的溃散。作为孝道文化的重要组成部分，传统的丧葬礼俗之于传统伦理道德的重要性不言而喻。但是随着现代化进程的冲击，传统的丧葬礼俗也在逐渐消逝。在肖江虹的《当大事》中，松柏的父亲因病去世，松柏却因担心丢掉工作拒绝回乡奔丧，母亲的眼泪与邻里乡亲的谴责都无法改变松柏为了赚钱而置亲情于不顾的行为。松柏拒绝回乡守孝与其说是出于对金钱与城市的留恋，毋宁说是对传统乡村伦理道德中孝道的彻底抛弃，而这种抛弃无疑在昭示着乡村文明的叛逆者完成了精神的“弑父”，传统的孝道伦理在金钱的诱惑下

① 马金莲：《项链》，《回族文学》2013年第5期。

② 马金莲：《项链》，《回族文学》2013年第5期。

竟然被“地之子”们自我弃绝。在做法事时，因为道士班子的年轻人集体进城打工，剩余的四个老迈的道士只能将葬礼过程中举灵幡、破地狱、过天桥等费体力的环节缩减为只念三卷经文草草了事。年轻力壮的杀猪匠进城后，只能让乡村代课老师顶替，手无缚鸡之力的代课老师则力不从心，结果杀猪变成了代课老师“追”猪并将自己累瘫的一出闹剧。最终因为没有青壮年，所以无法将棺材运上墓地，只能将松柏爹葬在自家院旁。葬礼原本是乡间至大至重的大事，却因为儿子的不归与青壮年劳动力的缺失而演变成了一出荒诞不经的闹剧，在大与小、轻与重之间，丧葬礼俗的缺失正是乡村伦理道德沦陷的前奏。

在悟空的《初心》中，绍捌是一名布依族的青年，由于修建水库导致了他所生活的布依族村寨的土地被淹没，因此绍捌离开家乡来到城市定居，并以传统的布依族民俗文化开展旅游事业。在这一过程中，尽管绍捌凭借着旅游事业获得了成功，但是思乡心切的他却始终难以忘记家乡的生产和生活方式，并因此和自己的汉族妻子产生了诸多矛盾。在作者的叙述中，我们可以明晰，布依族的乡风民俗实际上是当地文化的重要构成部分，因此二者是难以剥离的，以绍捌为代表的“地之子”们所怀恋的家乡实际上在以传统民俗为代表的乡村文化逐渐式微的过程中，就已经注定成为一个时代的追忆与符码。

作为中国乡村小说审美标准的“三画”（风俗画、风景画、风情画）[①]之一，民俗书写与中国乡村小说的百年发展历程始终相伴。作为时代风貌的见证，民俗的书写也为不同阶段乡村小说的变化提供了具有时代性的特质。而其所具备的传承性与变异性特征则预示着中国乡村小说中的民俗书写也将会随着中国乡村社会的进一步发展，为中国乡村小说的发展提供更多的选择。

---

① 丁帆：《中国乡土小说史》，北京大学出版社，2007年版，第21页。

第六章　乡村小说中的“器物”之变

器物，是一个相对广义的概念，无论是玉器、陶器、青铜器，抑或是漆器、瓷器、家具、建筑物，都可以被归纳在这一概念中。《现代汉语大词典》对于“器物”的解释显然更加具有概括性，将器物归纳为“各种用具的统称”[①]。作为农业生产与现实生活中重要的组成部分，各类器物在中国传统农业社会中具备了不可或缺的实用功能，这种基本功能是对以耕作和种植业为基础的传统农业社会的基本需求的满足。正因如此，中国传统文学对于各种器物的书写更多的是从实用价值的维度进行阐释与生发，在关注众多器物的生产与实用价值之余，传统文学书写中器物的文化隐喻意义显然也是不容忽视的。中国传统文化始终将器物与“道”的内蕴相关联，《说文解字》中曾记载：“器，皿也。象器之口，犬所以守之。”[②]《文心雕龙》等文艺批评著作也将器物的文化衍生意义纳入文学批评中，从而形成了“器物之喻”。是故，朱大可从文化的视域对于器物所做出

① 《现代汉语大词典》编委会：《现代汉语大词典》，汉语大词典出版社，2000年版，第1235页。

② ［汉］许慎：《说文解字》，［宋］徐铉等校，上海古籍出版社，2007年，第101页。

的定义显然更加具有普遍性：“器物是经过人类加工的一种物质形态，并在加工、使用、流传和解释过程中获得文化价值”[①]。

基于此，我们对于器物的认知显然应该从多个维度进行阐释并开掘器物所包蕴的文化价值。诚如钱穆先生有言：“……它们虽说是人生日用的工艺品，其实在它们的后面，都包蕴着甚深的诗情画意，甚深的道德教训与文化精神”[②]。是故，我们可以透过门类纷繁的器物及其实用价值背后所蕴含的文化隐喻揭示其与文学之间的双向互动关系。学者闫月珍就曾对中国早期文学中的器物书写所蕴含的仪式作用有过精辟的论述：“器物对社会文化记忆的承载，是在其仪式意义的连续性中实现的。首先，中国早期文学的乐舞仪式借助于器物搬演，实现了人与神、人与人之和，开辟、支撑和巩固了礼乐文化记忆；其次，轴心时代社会思想领域的制名活动取法于器物制作技艺，形成了政治、伦理和文学等方面的规范性话语，确立了中国早期文化的基本命题；最后，汉代以来的字书收集器物作为其系统性归类的一个分支，以达到对天、地、人、事和物此一整体文化秩序的建构。上述三种历史形态呈现、叙述和归纳了器物之社会文化功能。古代人类社会生活遗留下来的器物遗存并非静止的存在，在其‘物态’之中潜伏着一定的社会意识形态和历史叙事范式。”[③]综上，我们可以发现，中国传统文学中的器物书写显然兼顾了器物的实用价值与文化隐喻和衍生功能。

及至中国现代文学诞生，对于器物的书写则更加侧重它们的文化引申意义。作为中国现代文学的主流，中国乡村小说自诞生之日起，就对器物的书写有着天然的亲近感和自觉性的互动，这一现象的产生显然事出有因。首先，以鲁迅为代表的中国现代乡村小说的

---

① 朱大可：《上海世博的器物叙事——器物文化遗产的遗忘、拯救与复兴》，《河南社会科学》2010年5期。

② 钱穆：《中国文化史导论》，商务印书馆，1994年版，第198页。

③ 闫月珍：《作为仪式的器物——以中国早期文学为中心》，《中国社会科学》2017年第7期。

创作主体显然和乡土社会有着千丝万缕的关联性，同时书写的对象亦是以农业、农村、农民为代表的最具乡土中国底色的传统农业社会的纷繁样貌，这两重基础在无形中决定了中国乡村小说的叙事主体和被书写对象必然与乡村社会中的各种器物有着不可分割的关联性。其次，中国乡村小说的百年发展历程显然和百年来中国乡土社会的现代化进程有着互文伴生的关系，故而，乡村小说中的器物书写也必然伴随现代化进程的发展而不断“更新换代”，在不断发展与嬗变的器物书写背后，其所保留的传统文学中器物书写的文化隐喻功能并未断层，在传统文学的基础上，中国乡村小说中的器物书写隐喻则更加注重器物与现实社会的关系。正因如此，中国现代文学中所描摹状写的器物，其所容纳的不仅仅是器物本身所蕴含的文化审美功能和生产实用功能，亦如王安忆所言“器物是小说很重要的一部分”[①]。就历时性而言，自发轫阶段起，中国乡村小说在贯穿百年的递嬗过程中，其对于器物的书写隐喻着现代化进程中中国乡村所遭遇的诸多时代症候。无论是农业生产器具，还是家庭生活器具，乃至宗教民俗器具或礼仪器具，在百年的乡村小说传承历史中都留下了各自的时代痕迹。就共时性而言，同一时期的乡村小说中的器物书写呈示出社会生产与生活的同质性。要言之，中国乡村小说对于器物的书写如同双面镜，它既对百年来中国乡村日常生活实现了显影定格，也成为作家寄寓审美价值观念的载体。是故，对于百年来中国乡村小说中器物书写嬗变的梳理和发掘显然兼具多重价值。

第一节　启蒙与革命的接力

中国乡村小说肇始于“五四”文学时代，转航于左翼文学时

①《王安忆接受早报专访 谈新长篇小说〈天香〉》，华夏经纬网，2011年2月24日。

期。在将近二十年的时间里，中国乡村小说实现了从“文学的革命”到“革命的文学”的时代主题的转向。当文学与时代相交织，文学的创作者与被书写对象必然会被纳入时代的洪流与轨道中，基于此，五四时代的启蒙主题、左翼文学时期的革命呼号必然在中国现代文学第一个十年（1917—1927）和第二个十年（1928—1937）的乡村书写中被呈示与建构。虽然遍布于日常生活中的各种器物是静态的存在，但是当我们纵览这两个阶段的乡村小说作品后可以发现，乡村小说作家对于静态器物的叙述并没有将视线滞留在它们的日常生产与生活功能之上，而是将复现传统农村风貌、透视农民精神、剖析阶级矛盾等多重诉求与理念有意识地渗透到不同作品的器物书写中。正因如此，“五四”乡村小说中的器物书写在植根“启蒙”这一时代主题的基础上呈现出犀利的国民性批判的趋向。紧随而至的左翼乡土小说的器物书写在批判国民性的基础上，进一步发掘出中国乡村社会走向阶级革命这一过程的时代必然性，由此，第二个十年的乡村小说中的器物书写相较于“五四”乡村小说的器物书写具备了更加开阔的社会历史深度。

一、器物——启蒙的助力

“鲁迅是五四新文化的先驱者，同时也是中国现代乡土小说的开创者。”[①]以鲁迅为代表的“五四”乡村小说作家群体显然具有其拓荒意义，这不仅是因为以鲁迅为代表的乡村小说创作群体对于中国乡村小说的创作实绩，同时也是因为这一群体对于其“不可超越之母题”[②]的建构以及对于百年中国乡村小说创作的长远影响。在“五四”乡村小说作家们筚路蓝缕的开拓下，他们的作品始终以发掘国

---

① 丁帆：《中国乡土小说史》，北京大学出版社，2007年版，第29页。
② 丁帆：《中国乡土小说史》，北京大学出版社，2007年版，第30页。

民劣根性、批判蒙昧与落后的国民精神，从而改变老中国儿女们的怠惰和愚昧为目标。因此，包括蹇先艾、王鲁彦、台静农、许钦文、许杰以及彭家煌等在内的青年作家始终在鲁迅所开创的时代母题之下深耕，故而，“启蒙”就成为五四时期乡村小说作家群体文学创作的终极旨归与追求。

由于器物是静止的，始终处于人的主观意志控制之中，同时由于器物的使用具有时效性，所以五四时期乡村小说在书写器物时往往会选取具有时代特色的代表性物品，并在器物与同时代农民们的生活经验与实践契合点中找寻到文学所能够介入的切口，唯有如此，才能够展现老中国儿女们蒙昧的精神面貌。换言之，以鲁迅为代表的“五四”乡村小说作家群体始终将器物的书写与叙事的发展以及人物性格的塑造和典型环境的建构进行有机结合，从而使其批判与启蒙的目的始终能够与叙事的推进保持高度的一致，从而达到批判与疗救的效果。

“五四”乡村小说中的器物书写肇始于鲁迅。鲁迅对器物的书写显然有着多维的预设与营构，在鲁迅的作品中，其对于以传统礼俗为代表的封建礼教有着鲜明的批判与揭露，而封建礼教的形式与过程的建构显然离不开一众器物的参与。由此，鲁迅对于器物的书写与其创作的主题思想产生了直接的关联性。以《祝福》为例，作为中国乡村小说的典范之作，《祝福》对于相关器物的书写始终暗藏着对封建礼教的批判与揭露。事实上，“它通过祥林嫂的一生遭际来完成对社会的抨击”[①]，从而“间接地对封建文化的四大绳索提出了更深的思考”[②]，而这一效果的实现显然和作品中的器物书写有着多维的关联性。

《祝福》作为一个已被众多研究者反复研读的文本，其内容已无须赘言。及至当下，其仍然具备被反复阐释的基础，正是鲁迅先生

---

① 丁帆：《中国乡土小说史》，北京大学出版社，2007年版，第32页。
② 丁帆：《中国乡土小说史》，北京大学出版社，2007年版，第32页。

在这一文本中所隐藏的众多具有关联性的细节。纵览文本，我们不妨从祥林嫂的结局入手，当“我”回到阔别已久的故乡后，却偶遇了多年未见的祥林嫂，此时的她“五年前的花白的头发，即今已经全白，全不像四十上下的人；脸上瘦削不堪，黄中带黑，而且消尽了先前悲哀的神色，仿佛是木刻似的；只有那眼珠间或一轮，还可以表示她是一个活物。她一手提着竹篮，内中一个破碗，空的；一手拄着一只比她更长的竹竿，下端开了裂；她分明已经纯乎是一个乞丐了”[①]。事实上，此时距离“我”第一次见到祥林嫂仅仅过去了五年，而五年之间究竟是何种因素导致了她从一个正常人沦为“乞丐”？至此，我们就需要回到文本中，通览文本，我们可以发现，祥林嫂悲剧显然源于其被封建礼教织就的“茧”所束缚，因为，祥林嫂的不幸肇始于封建婚姻制度，同时也终结于封建礼教对于女性的戕害。在作品中，鲁迅以一众器物揭示了造成祥林嫂悲惨命运的根本原因。

首先，我们可以把“钱”这一器物作为切入点。在《祝福》中，钱的意象曾多次出现。在祥林嫂初到鲁四老爷家中做工时，商定了每月工钱五百文。而当祥林嫂被婆婆绑走后，其一千七百五十文的工钱也被其婆婆带走；当祥林嫂被婆婆强迫改嫁后，婆婆又获得了八十千的彩礼，并以此为小儿子娶亲；在祥林嫂听闻了柳妈“下地狱”的恐吓后，祥林嫂哀求庙祝并最终以十二千的价格捐得了一条门槛。作为串联整部作品线索的器物——“货币”，其具有多重隐喻功能。作为一个独立的主体，祥林嫂第一次所获得的一千七百五十文工钱显然是其本人的劳动所得，但是传统礼教中“既嫁从夫”的陋俗剥夺了女性的人格独立性，故而被其婆婆侵占了工钱。紧随其后，祥林嫂在丧失人格尊严的基础上，进一步丢失了其作为个体的人身自由，甚至成为可以被等价交换的“物品”，八十千的价格不仅仅是对女性婚姻自主权的剥夺，同时也间接造成了祥林嫂第

① 鲁迅：《祝福》，《鲁迅全集》（第2卷），人民文学出版社，2005年版，第6页。

二次丧夫以及丧子的人生悲剧。但祥林嫂以十二千的价格所捐得的门槛非但没有让她获得解脱，反而最终买来其仍要“下地狱”的梦魇。鲁迅先生用“钱”这一器物淋漓尽致地揭示了封建礼教对于女性的戕害与荼毒。

其次，“福礼”这一器物也值得我们关注。作为鲁镇的年终大典，鲁四老爷家每一次的祝福仪式上都会出现大量且丰盛的祭品，鲁四老爷们通过“杀鸡，宰鹅，买猪肉”[①]作为“福礼”，以期冀“迎接福神，拜求来年一年中的好运气”[②]。而同在鲁镇并与这些“福礼”近在咫尺的祥林嫂此时则一手拄着竹竿，另一手提着篮子和破碗，最终冻饿而毙于风雪之中。代表着封建礼俗并以“福”和“礼”的名义所具象化的祭品，在祥林嫂的空篮子和破碗的对比之下，其虚伪性已经不言而喻；而号称“善女人”的柳妈因为“吃素，不杀生”，所以在准备福礼时只是擦洗器皿，但是她却窥探祥林嫂的隐私并以此作为笑料散布，甚至还要以“下地狱”的迷信说法来恐吓祥林嫂，其基于“福礼”而意图彰显的所谓“善”则不啻作恶。鲁迅先生透过“福礼”这一器物所透视的封建礼教的野蛮与黑暗则直指这一制度的本质：“有贵贱，有大小，有上下。自己被人凌虐，但也可以凌虐别人；自己被人吃，但也可以吃别人。一级一级的制驭着，不能动弹，也不想动弹了。”“于是大小无数的人肉的筵宴，即从有文明以来一直排到现在，人们就在这会场中吃人，被吃，以凶人的愚妄的欢呼，将悲惨的弱者的呼号遮掩，更不消说女人和小儿。”[③]

无独有偶，在《阿Q正传》中，当饱受歧视的阿Q与村民们分享进城经历时，“穿的是新夹袄，看去腰间还挂着一个大搭连，沉钿钿

---

① 鲁迅：《祝福》，《鲁迅全集》（第2卷），人民文学出版社，2005年版，第5页。

② 鲁迅：《祝福》，《鲁迅全集》（第2卷），人民文学出版社，2005年版，第5页。

③ 鲁迅：《灯下漫笔》，《鲁迅全集》（第1卷），人民文学出版社，2005年版，第227、229页。

的将裤带坠成了很弯很弯的弧线”[①]。他所谈及的是：“他们将长凳称为条凳，而且煎鱼用葱丝”[②]。而他的新夹袄与所带回来的财物实则是最终葬送其生命的赃物，但是他却不以为然，始终以此作为自己实现身份转变的象征。而对于城市中长凳与条凳的称谓之别的强调，煎鱼需要用葱丝而非葱段的差异的复述，无非是阿Q想要据此证明自己已经和进城前受人欺辱的身份相告别，同时自己的见识也远超王胡等人。实际上，鲁迅先生对于阿Q此类行为的着墨正是对国民劣根性的一次全景式复现。

鲁迅在《祝福》《阿Q正传》《孔乙己》《药》《风波》《故乡》等作品中对于各种器物的书写始终都贯彻着揭露封建礼教黑暗面以及批判国民劣根性的创作初衷。在鲁迅的引领下，许钦文、王鲁彦、王统照、王西彦、台静农、蹇先艾、黎锦明、徐玉诺、王任叔、许杰、彭家煌等一众作家麇聚在“启蒙”的时代大纛之下，构成了乡土写实小说流派。这些作家在鲁迅所开创的乡村小说母题之下进行创作，他们在作品中通过对特定器物的书写，深刻揭示了在封建制度压迫之下老中国儿女们的众生相，这些作品“一方面用人道主义的情感去抚摸农民的累累伤痕，去舔干农人伤口的积血；另一方面又以无情的笔尖去挑开蒙在农人心灵创口上的纱布，用批判嘲讽的目光来审视国民的劣根性”[③]。

在王鲁彦的《菊英的出嫁》中，作者在作品的前半部分并未提及菊英在幼年已经去世，所以，无论是其母亲为了节省钱财而不舍得吃好一点的饭菜，抑或是不舍得做一身新衣服，无不显示了其作为母亲对于女儿的关心，因为母亲的最终目的是通过节省的钱财为

---

① 鲁迅：《阿Q正传》，《鲁迅全集》（第1卷），人民文学出版社，2005年版，第533页。

② 鲁迅：《阿Q正传》，《鲁迅全集》（第1卷），人民文学出版社，2005年版，第534页。

③ 丁帆：《中国乡土小说史》，北京大学出版社，2007年版，第44页。

菊英置办丰足的嫁妆。但是当作者笔锋陡转，说明菊英已经去世，并且罗列出菊英的父母为其冥婚所准备的丰厚彩礼后，画面从乡村田园的温馨淳朴瞬间切换到秋坟鬼唱的恐怖氛围中，给读者以不寒而栗的阅读体验。作者通过菊英父母对自身的俭省与冥婚中丰厚彩礼的对比展现了封建迷信思想对中国农民精神的戕害与荼毒，其对于国民性的批判可谓不言自明。

如果说王鲁彦用冥婚的嫁妆刻画出父母之爱在封建迷信思想误导下的爱子行为的偏差与扭曲，那么许杰的《惨雾》则折射出底层农民深受封建宗族思想的荼毒进而把求生的农具变为杀人凶器，作者由此产生愤怒与无奈。作品中，环溪村与玉湖庄的村民本是一河之隔的友好乡邻，但是由于河水的长期冲积，形成了一块肥沃的河中沙渚，两村为了争夺土地的播种权而反目成仇。当谈判和换地等非暴力手段难以调和双方对于肥沃沙渚的耕种诉求时，以“血缘”关系为纽带的宗族间的暴力械斗就成为传统乡民们解决争议的不二选择。事实上，正如费孝通在《乡土中国》中所言：“在数量上占着最高地位的神，无疑是‘土地’。”[①]中国传统文化中对于土地有着神圣而普遍的尊崇，正因如此，对尚处于前现代文明场域中且脱离了法律束缚的老中国儿女而言，当双方村民都认为自己所归属的宗族对这一片土地具备合法的所有权后，两个地缘性村落必然会瞬间组织起血缘性团体，相互对抗乃至发展为群体殴斗。在作品中，作者的批判视角则从两个方向展开，作为宗族血缘的监督和集聚地，村中原本传递着敬天法祖理念的庄严肃穆的宗祠瞬间翻覆为聚集同姓族人进行械斗的生死场，而最具有讽刺意味的是，宗祠中放置的锄头、镰刀、耕犁等象征着农民勤劳、良善的农具转瞬之间变成了两个村落农民手中杀人作恶的凶器。在以悲悯的情怀描摹农田变为战场并最终成为坟场后，在目睹农具幻化为杀人利器后，作者对于广

---

① 费孝通：《乡土中国》，人民出版社，2015年版，第2页。

大农民漠视生命以及盲目跟从行为的悲愤之情溢于言表。在批判的维度之上，“五四”一代乡村小说作家们从器物的角度实现了对国民劣根性的彻底扬弃与否定。

在以鲁迅为代表的乡土写实流派作家们致力于以文学作为启蒙工具的过程中，以废名为代表的乡土浪漫流派作家的创作也不容忽视。尽管这些作品以田园牧歌的形式摹写的乡村图景与作家所处时代的现实乡村境况并不完全相符，但这种创作形式与审美姿态并非遁世或逃避的行为，诚如周作人所言：“冯君的小说我并不觉得是逃避现实的。他所描写的不是什么大悲剧大喜剧，只是平凡人的平凡生活，——这却正是现实。”[①]换言之，他的作品实际上是“一种非写实、非浪漫、似写实、似浪漫的田园诗”[②]。在《竹林的故事》《桃园》《浣衣母》等众多作品中，尽管其文字以温和与恬淡为标识而少见现实乡村的生存困境和窘迫，但显而易见，其对于封建礼教的批判也始终存在。在《浣衣母》中，带着女儿寡居郊外的李妈显然兼具了传统女性的诸多美德。作为一名母亲，她不仅对自己的儿女充满关爱，同时对于邻居家的孩童也能做到关心爱护，这一切都是通过她的随身器物——“荷包”来展现的。平时她的荷包中总是装着糖果，随时分发给邻居的孩童，故而她始终被邻里信任与尊重。但是，当她触犯了“守节”这一封建禁忌后，瞬间就从孩子们的李妈变成了恐怖的“大老虎”，纵使“荷包”中有再多的糖果也难以挽回邻居们的信任。一个“荷包”无疑见证了封建礼教之于女性的伤害与束缚。

二、器物——革命的引擎

20世纪20年代之后，随着四一二反革命政变的爆发，国内社会

---

① 周作人：《竹林的故事序》，《语丝》第1卷第48期，1925年10月12日。

② 杨义：《中国现代小说史》（上），《杨义文存》（第2卷），人民出版社，1998年版，第462页。

阶级矛盾日益激化。伴随着左翼作家联盟的成立，“现代乡土小说母题的转换”[①]得以实现。在这一过程中，乡村小说的创作主题从“启蒙”转入了“革命”的轨道，而作为书写对象的众多器物也从第一个十年的乡村小说中启蒙的助力演化为革命的武器。若以“五四”乡村小说作家在启蒙的时代语境下对于农民的国民劣根性的批判作为参照，那么紧随而至的左翼乡村小说的器物书写则转向了对于乡村破产与革命兴起原因的深层次找寻与开掘。如果说“五四”乡村小说作家是通过在器物的原始属性与广大农民在封建思想的荼毒之下对于乡村器物的非常规使用间制造强烈的反差，达到了批判乃至反讽的效果，那么在左翼乡村小说作家深入开掘乡村破产与革命兴起的深层原因的过程中，器物再次进入乡村小说的视域后，探求器物对于中国乡村经济与农民的生存之间的关系及其影响则是左翼乡村小说的时代使命。相较于“五四”乡村小说中器物书写的启蒙隐喻，左翼乡村小说中器物书写的作用已经直接过渡为阐释乡村革命爆发的原因，并且串联起广大农民从被动地接受压迫转变为自发地探索自救道路的行动。简要言之，“五四”乡村小说的器物书写聚焦的是乡村农民群体的精神层面所存在的诸多问题，而左翼乡村小说的器物书写则移焦到了其与广大农民们最迫切的生存问题之间的关系。

在这一阶段的乡村小说作品中，“丰收成灾”题材作品的影响极为深远。茅盾的《春蚕》、叶紫的《丰收》、叶圣陶的《多收了三五斗》等诸多作品有着深刻的时代印记。诚如茅盾在评论《丰收》时所言：“‘丰灾’是近来文坛上屡见的题材，但是我们要在这里郑重推荐《丰收》，因为此篇的描写点最为广阔；在二万数千言中，它展开了农事的全场面，老农落后意识和青年农民的前进意识，‘谷贱伤农’以及地主的剥削，苛捐杂税的压迫。这是一篇精心结构的佳作。”[②]在茅

① 丁帆：《中国乡土小说史》，北京大学出版社，2007年版，第59页。

② 茅盾：《几种纯文艺的刊物》，胡从经编：《叶紫文集》（上），湖南人民出版社，1983年版，第5页。

盾的《春蚕》中，老通宝等传统农民所使用的养蚕技术以及养蚕工具是有着长久的历史沿革的器物，但是这并不妨碍传统农民对丰收的渴望以及对于蚕茧产量的期待值。最终，蚕茧的丰收似乎满足了老通宝们对于产量的预想，但是，蚕茧的价格却呈现出崩溃的局面，当蚕茧的收入难以收回成本，以老通宝为代表的中国传统农民以及他们所从事的传统农业已经难以生存和维系下去。而作者显然是要探索以传统农具为代表的传统农业走向破产的深层次原因。事实上，答案仍然隐藏在一个器物之中。在小说的开篇，老通宝在河边看到了洋人的小火轮，尽管他不明就里，但是他始终认为农民的钱都被这些洋人骗走了。具体观之，以小火轮为代表的外来器物实际上象征了近代以现代技术为武器的外国资本对中国东南沿海地区农村经济的入侵。当小火轮进入乡村的内河，传统的小木船遭受到小火轮掀起的波浪的冲击，预示着传统的农村与农业经济走向崩溃的必然结局。与此同时，在“丰灾”题材小说中，也大量出现了代表外来经济入侵的器物，无论是洋油、洋火还是洋肥皂，抑或是抽水机和化肥，这些外来器物的倾销对中国传统农业经济的冲击显然是灾难性的。在面对这一冲击时，传统农民所经营的传统农业最终必然走向破产，这一切实际上是从文学的角度剖析了20世纪30年代土地革命爆发的原因。从社会学这一更加宏阔的时代背景透视这场江南水乡的器物之变，以茅盾为代表的广大作家在发现中国乡村破产的原因之余，已经剀切地指出了中国农民的时代出路必然是以革命的手段进行反抗，这无疑实现了文学介入现实的目的，甚至具备了先觉于时代的敏锐性。

如果说《春蚕》中老通宝们仍停留在“外来器物是如何剥夺了自己的财富”这一困惑的自发阶段，那么被鲁迅先生称为“是太平世界的奇闻，而现在却是极平常的事情”[①]的《丰收》中的器物书写

---

① 鲁迅：《叶紫作〈丰收〉序》，《鲁迅全集》（第6卷），人民文学出版社，2005年版，第228页。

则聚焦到了农民群体的生存困境，进而实现了广大农民对于相关问题的思考从自发到自觉的时代转变。在叶紫的《丰收》中，云普叔焦虑于如何才能保护住自己的器物生产出的粮食。作品中，“去年，云普叔一家有八口人吃茶饭，今年就只剩了六个：除了云普婶外，大儿子立秋二十岁，这是云普叔的左右手！二儿子少普十四岁，也已经开始在田里和云普叔帮忙。女儿英英十岁，她能跟着妈妈打斗笠。最小的一个便是四喜儿，还在吃奶。云普爷爷和一个六岁的虎儿，是去年八月吃观音粉吃死的”[①]。基于此，我们可以发现，云普叔家中大部分人都可以从事体力劳动，在这一过程中，劳动的工具始终占有重要地位。为了生计，云普叔一家租种了何八爷的七亩田，但是却因为天灾人祸，最终只能以乞讨的方式求得一线生机。事实上，无论是云普叔带领家人编斗笠换取米以图温饱，还是为了在播种的前一天吃饱饭紧盯玉五叔可能买过肉的买菜篮子，并且以此为根据判定玉五叔本来有米却没有借米，抑或是从何八爷家中借豆子的扁担，一切器物书写的终极目的都是要找寻一个能够实现全家人温饱的方法。而为了能够获得播种的种子，云普叔一家只好把女儿英英卖掉换取了十九块银圆。至此，我们可以回顾前一阶段乡村小说中曾出现的类似情节：在“五四”乡村小说中，无论是鲁迅《祝福》中的祥林嫂被自己的婆婆作为换取彩礼的交易“物品”，还是台静农《蚯蚓们》中的李小卖妻，抑或是许杰《赌徒吉顺》中的吉顺“典妻”，实际上，在传统的父权与夫权的双重挤压下，当女性的主体独立性丧失后，她们已经被物化为可以用货币这一器物进行等价交换的物品。由此，“五四”乡村小说作家们实际上是希望以此唤醒女性的反抗意识与独立精神。但在叶紫等左翼乡村小说作家的作品中，造成以英英为代表的旧时代女性的一切悲剧命运的根源，

---

① 叶紫：《丰收》，胡从经编：《叶紫文集》（上卷），湖南人民出版社，1983年版，第50页。

实际是以何八爷为代表的剥削阶级的压迫，故而，要想获得女性的解放显然不能寄希望于女性自发的觉醒，而是要依靠以立秋为代表的农民阶级彻底推翻剥削阶级的压迫才能达到目的，而作品中所出现的各种器物在见证广大农民们悲苦命运的同时，无疑也成为即将到来的星火燎原的革命运动的引擎与助力器。至此，我们可以看到，在左翼乡村小说作家的作品中，相关器物的书写无论是作为传统农民阶级破产的暗示，抑或是对农民阶级想要获得解放的途径的隐喻，实际上都呼应着“五四”乡村小说所希望实现的目的的不同方式，尽管两个阶段乡村小说中器物书写的深层次指向存有差异，但是其对于农民命运的关注却是一以贯之的，甚至存在着高度一致性。

第二节　大众化与农业合作化的传承

“五四”乡村小说与左翼乡村小说在器物的书写中始终与时代的脉搏同频共振，由此我们可以发现二者具有一个相类似的现象，即这两个阶段的乡村小说作家始终是以自发的态度在与时代对话，作品的差异性始终高于共性，这既是对前两个阶段中国乡村社会现状的反映，也是一众作家以文学介入现实的呈现。1937年，七七事变爆发，中日之间的民族矛盾成为不可回避的现实，当战争的梦魇成为时代的共名，现实必然倒逼文学从自发的多元走向自觉的统一，进而迈向一个高度统一，乃至每一个意象都会被分门别类镂刻上时代印痕，中国乡村小说中的器物书写亦不能例外。这一阶段，在解放区乡村小说对中国乡村进行文学“重建”的基础上，“十七年文学”时期的农村题材小说在高度统一的时代语境的规约之下对中国乡村的文学想象也实现了统一。这两个阶段的乡村小说创作在有序传承的基础之上也在不断增添新的质素，继而实现了乡村小说向农村题材小说的转轨。正是在重置与归一这两个时代共名的牵引下，中国乡村小说的器物书写相较于五四时期乡村小说以及左翼乡村小说的器物书写实现了新变。

一、器物——文艺大众化的见证

在论及解放区文学的同时，我们显然无法忽略同时期中国行政区划割裂所产生的中国文学版图多样化的时代特征。伴随着抗日战争的全面爆发，国内的地理版图被分割为国统区、沦陷区、解放区三大部分，而乡村小说的文学版图也随之分裂为三个部分，“国统区的乡村小说继续着批判现实主义的发展方向；解放区的乡土小说开始向社会主义现实主义转型；沦陷区的乡土小说更加重视对风俗人情的描写”[①]。而作为新中国成立后“十七年文学”阶段农村题材小说的先导，1942年以后解放区乡村小说的创作方向显然是在毛泽东《讲话》指导之下开展的文学实践。在《讲话》中，毛泽东指明了文艺工作者的“立场问题，态度问题，工作对象问题，工作问题和学习问题”[②]，在此基础上，确立了文艺为工农兵服务的方向，同时明确了“文艺工作者的思想情感和工农兵大众的思想感情打成一片”[③]的“大众化”方针。与此同时，文艺批评的标准得以确立，即政治标准第一，艺术标准第二。在《讲话》精神的指引之下，广大作家深入到抗日战争的前沿阵地，劳动生产的第一线，与广大农民打成一片，学习农民的语言，以平等的姿态审视乡村的人与物。正是在这一基础之上，赵树理创作出《小二黑结婚》《李有才板话》《李家庄的变迁》，柯蓝创作出《洋铁桶的故事》，孔厥、袁静创作出《新儿女英雄传》，马烽、西戎创作出《吕梁英雄传》，丁玲创作出《太

① 丁帆等：《中国大陆与台湾乡土小说比较史论》，南京大学出版社，2013年版，第86页。

② 毛泽东：《在延安文艺座谈会上的讲话》，《毛泽东选集》（第三卷），人民出版社，1991年版，第848页。

③ 毛泽东：《在延安文艺座谈会上的讲话》，《毛泽东选集》（第三卷），人民出版社，1991年版，第851页。

阳照在桑干河上》，周立波创作出《暴风骤雨》等乡村题材小说。解放区乡村小说的创作也产生了全新的特质，与五四时期的乡村小说以及左翼乡村小说作品相比较，“解放区的乡土小说与20世纪20年代以鲁迅为首的对苦难乡村的阴冷展示，与以沈从文为首的对田园乡村的咏叹，无论是题材的选取与处理，还是叙述者的文化身份，都存在质的差别”[①]。而最根本的不同可以从两个方向进行深入剖析。

首先，解放区乡村小说在践行《讲话》精神与要求的过程中，为了实现“立场问题，态度问题，工作对象问题，工作问题和学习问题”的彻底转变，广大作家将叙述的视角从前两个阶段的俯视转变为平视，这就要求广大作家必须保证前两个阶段乡村小说中所塑造的“地之子”们获得思想的解放与身份的置换，也就是说，“五四”乡村小说中曾经蒙昧而需要启蒙的群体与左翼乡村小说中处于被剥削地位的农民群体，必然要通过思想的解放从而获得革命的主动性，并实现消除阶级的不平等目标。而与主人公们身份属性相匹配的相关器物则成了作家们改造农民的见证。作为解放区作家的代表，“赵树理及其创作得到了现代精英作家和政治权威的双重接纳和推许，并在解放区文艺界全面贯彻毛泽东的《讲话》精神，开展思想大整风运动之中，被确立为‘赵树理方向’”[②]。在他的作品中，始终存在一些“中间人物”，而作家对这些“中间人物”的态度和处理方式则最能体现出《讲话》精神的影响。作为践行《讲话》精神的经典之作，赵树理在《小二黑结婚》中塑造三仙姑与二诸葛这两个人物形象，别出心裁地选择呈现了三仙姑用于请神的香案以及与其自身年龄不协调的首饰和绣花鞋，以及二诸葛用于占卜的八卦道具这几样器物。第一，请神的香案是三仙姑宣扬迷信思想以及自我“神化”的工具，正是凭借“仙姑”这一荒诞不经的身份，她才能够

---

① 丁帆：《中国乡土小说史》，北京大学出版社，2007年版，第163页。

② 丁帆：《中国乡土小说史》，北京大学出版社，2007年版，第165页。

对丈夫于福颐指气使，同时借仙姑之名包办女儿小芹的婚姻，而首饰和绣花鞋等“老来俏”的装饰品则是对其生活作风问题的暗示。第二，占卜用的八卦道具是二诸葛遇事问询吉凶的灵丹妙药，然而这一切都指向了其被封建迷信思想所困扰并且胆小懦弱的性格。通过对两人专属器物的书写，“深受封建思想荼毒、有着历史因袭重负的老一代农民”[①]形象被建构起来。如果说以鲁迅为代表的“五四”乡村小说作家们是以相关器物见证被启蒙者的悲苦遭遇，那么，以赵树理为代表的解放区乡村小说作家们则以富有喜剧气息的器物书写来表现农民群体的命运变迁。因为紧随其后，我们可以看到，三仙姑在被区长教育后彻底卸掉了自己的首饰并脱下了绣花鞋，让自己回归到了一个长辈的样貌，并拆掉了香案。二诸葛则在区长的教育和家人的反对中彻底改变了自己对阴阳八卦的依赖。

其次，解放区乡村小说对于器物的书写关注到了最紧迫的时代任务，这就包括了广大农民所面临的阶级压迫以及抗日救亡的时代任务。以《小二黑结婚》《李有才板话》《吕梁英雄传》为例，解放区文学实际上反映了多对矛盾群体的关系。第一是人民内部矛盾，即对以三仙姑、二诸葛为代表的落后分子的改造。在香案和八卦道具被清除后，二者从思想层面上接受了改造，同时也获得了子女们的接纳。这显然与前两个阶段乡村小说中祥林嫂们的悲剧命运有了霄壤云泥之别。第二是农民阶级和剥削阶级之间的矛盾。作家们在器物的书写中隐喻着农民希望民选政权同时能够减租的迫切要求。在《李有才板话》中，地主阎恒元意图破坏农民们的这两大诉求，这样就成为广大农民群众斗争的起始点。在这一过程中，李有才的竹板和唱词就成了揭露地主恶行、唤起广大农民斗争意识的助推器。而在《小二黑结婚》中，金旺和兴旺两人的捆人绳索则预示了乡村政权争夺的激烈性。金旺的爹是刘家峧的前任社首，以捆人打

---

① 丁帆：《中国乡土小说史》，北京大学出版社，2007年版，第167页。

人作为其权威的保障。而金旺和兴旺两人仍然以绳索捆缚小二黑等农民，其手中的绳索不仅仅是对农民的压迫，更是一种权力的象征，在二人的违法事实被查明后，捆人的绳索最终将他们送入监狱，实际上这无疑是以一条绳索见证了解放区民主政权的建设历程。第三是中日之间的民族矛盾。在《吕梁英雄传》中，器物书写的作用更加直接而明确，即一切为战胜敌人、获得民族解放服务。张有义和巧巧的婚姻虽然只是整部作品八十回的一章，但是其作用却不容忽视。在这一章中，二者的婚姻与抗日事业紧密相关，无论是两人新婚对联中呈现出的“杀敌保国”的决心，还是婚礼中向毛主席画像鞠躬行礼的仪式，无疑透露出解放区军民们团结一心、共同抗敌的民族意识，换言之，团结抗日、争取解放已经融入解放区广大农民们的日常生活之中。

二、器物——“理想乡村”的建构基石

1949年，伴随着新中国的成立，中国乡村小说的发展进入了一个新的历史纪元。1951年9月，《关于农业生产互助合作的决议（草案）》颁布，1953年2月，农业合作化正式实施。这一政策的实施极大调动了广大农民建设社会主义的积极性。基于此，建设农村与发展农业的重要性不言而喻。在这一过程中，在解放区文学时期，以《讲话》精神为指导的解放区乡村小说的创作标准和范式得到了全方位的承接，而“20世纪50年代，在中国农村大规模实行的合作化与人民公社运动，基本上都是在土地改革的基础上进行的。随着政治、经济形势的发展，乡土小说的叙事重点，也顺理成章地由土地改革运动，转移到农村合作化运动中来”[①]。在“十七年文学”阶段，伴随着乡村小说向农村题材小说转型的过程，广大作家们也在

① 丁帆：《中国乡土小说史》，北京大学出版社，2007年版，第226页。

“自觉地承担起为这场翻天覆地的农民革命撰写史诗的任务，继续讲述这一历史，表现农村生活在新的历史条件下所发生的新变化和呈现出来的新面貌”[①]。因此，“‘十七年’的农村题材小说，从一个侧面成为我们认识那个时期农村面貌的重要参照”[②]。

如果说解放区文学时期乡村小说对器物的书写具有多重表现模式，那么“十七年文学”时期农村题材小说的历史使命已经被明确为论证以农业合作化为代表的相关政策的历史意义与价值，而农村题材小说对于器物的书写则进入了为乡村建设增砖加瓦的一元化轨道。事实上，对于农业生产器具的书写，在鲁迅等“五四”乡村小说作家的作品中也十分常见，但是“鲁迅确实熟悉、了解农民，但他所熟悉和了解的主要是农民的情感世界、心灵秘密，而不是形而下的具体的农民生活。正因如此，鲁迅很难具体生动地写出农民形而下的柴、米、油、盐、酱、醋、茶式的地道的农民原生态生活，只能倾力揭示形而上的农民的精神面貌，着重暴露其心灵世界”[③]。与前三个阶段的乡村小说中的器物书写相比较，以赵树理的《三里湾》、周立波的《山乡巨变》、柳青的《创业史》为代表的农村题材小说对于和农业生产相关联的器物的书写在一众作品中具有密集且多样化的呈现，究其原因，正是前三个阶段的中国社会整体环境的分裂与动荡，导致了农业的发展与乡村的建设难以纳入国家层面的一元化轨道之中，因此，当阶级矛盾和民族矛盾得以解决后，中国乡村的建设和农业的发展就具备了条件，广大作家对于乡村的书写也与之实现了同频共振。广大作家对与农业生产相关联的器物的书写，兼具两个直接目的：首先，与农业生产相关的器物反映了合作化运动中广大农民在进行农村建设过程中的积极性

① 丁帆：《中国乡土小说史》，北京大学出版社，2007年版，第226页。

② 丁帆：《中国乡土小说史》，北京大学出版社，2007年版，第226页。

③ 朱庆华、陈俊：《鲁迅、赵树理农村题材小说之反向互补特性》，《西北大学学报》（哲学社会科学版）2009年第1期。

与主动性。其次，农业器物的书写对于乡村新人形象的塑造有着衬托作用，同时两者又互相依托，相辅相成。最终，前两个目标的实现则充分论证了农业合作化运动的时代必然性和优越性。而以赵树理（《三里湾》）、柳青（《创业史》）、周立波（《山乡巨变》）为代表的作家们在深入这场运动的过程中，显然关注到了广大农民在农业生产这一形而下劳动生产过程中的各种器物。

种子是农业生产中最重要的组成部分之一，因为唯有播种了高产种子，才有可能获得产量的提高。广大作家为了突出农业合作化相较于传统的以家庭为单位的农业生产模式的优越性，往往会以能否获得优良新品种的种子作为对比的切入点。作为“十七年文学”时期的经典之作，“《创业史》从互助组开始它的叙述，它不仅讲述了一个农业合作化运动的早期故事，还揭示了合作化的未来，即将土地转向公有的集体化趋势，并由此构成作品矛盾的聚焦点”①。而为了让村民们加入互助组乃至成立合作社，首先就需要让村民们直观地感受到互助组或者合作社在农业生产中所起到的作用，因此，柳青在《创业史》中对于梁生宝和稻种之间的关联性有着直接的聚焦。例如，种植高产稻种虽然可以获得更高的产量，但是价格却高于普通稻种，因此，只有通过合作社的方式才能够购买到高产稻种。与此同时，高产稻种的第一次种植处于试种阶段，无法保证其产量的稳定性，唯有参与到合作社中才能承担试种过程中可能出现的风险。当梁生宝为合作社买来了高产稻种后，育秧的工具也是一个急需解决的难题。由于缺乏工具，梁生宝深入秦岭深山中伐竹来制作育秧的工具。为了能够全身心投入到互助组的农业生产中，梁生宝对于个人亲情的疏忽和对爱情的放弃也在情理之中，在这一过程中梁生宝作为“十七年文学”时期第一个具有典型意义的“社会主义新人”形象被逐渐塑造起来，同时也论证了合作化运动的合理性与时代必然性。

---

① 丁帆：《中国乡土小说史》，北京大学出版社，2007年版，第229页。

在“十七年文学”时期的农村题材小说中，“良种”的播种与丰产在突出“社会主义新人”形象的同时，也需要克服重重困难，以此彰显农业合作化发展中所面临的诸多问题。在西戎的《丰产记》中，金泉乡旭光农业社在党支部书记徐建业的带领下，种植金皇后玉米获得了丰产，因此县里要将金皇后玉米向全县推广。然而，在旭光社商讨是否种植金皇后玉米的过程中，广大村民的意见始终难以统一。村干部段成才为了动员村民们种植高产玉米，在开会过程中向村民们阐明了换种的必要性：“金皇后是高产作物，高产作物，就是能多打粮食，比如说咱们本地玉米，每亩顶多打二百斤，要是种金皇后，干脆少说，一亩也打五六百斤，种得好了有的还能打到一千斤。”[①]尽管如此，但是种植能手管老大仍然不同意段成才的观点。结果在第一年的种植中，因为霜冻的影响，合作社的玉米产量并没有增长，反而下降，这导致了广大村民对继续种植高产玉米持怀疑态度。最后，在总结经验改良种植方法的基础上，旭光社第二年仍坚持种植金皇后玉米，并最终获得产量的提升。

良种的推广与应用凸显出农业合作化的集体优势，同时“社会主义新人”也在这一过程中褪去青涩走向成熟。而以赵树理的《三里湾》为代表的一部分作品则聚焦于农民个体与相关器物的关联性。作品中，王玉生通过改变石碾两端的尺寸极大提升了生产效率，通过改进曲尺配置实现了一物多用。王玉梅则可以熟练使用镰刀、扁担以及扫帚等多种器具，充分显示了她的勤劳。在孙犁的《正月》中，多儿和德发作为农村新人自由恋爱并最终结婚。在婚礼中，多儿的陪嫁器物则具有深意。尽管多儿的姐姐们希望自己的妹妹可以像地主家的女儿一样在出嫁时有足够多的嫁妆，但多儿关注的是嫁妆如何能够促进农业生产。因为在她看来，自己和德发是通过劳动结识的，同时作为农村的新人，唯有通过劳动才能为社会主

① 西戎：《丰产记》，作家出版社，1963年版，第135页。

义建设添砖加瓦，因此，多儿专门向母亲请求为她买一架新式的纺车作为嫁妆。最终，多儿凭借着这架新式纺车，不但为自己织出了陪嫁的布匹，与此同时还实现了自力更生。一架新式纺车彰显了农村新人破旧立新的婚姻观念。另外，李準《耕云记》中萧淑英能够准确地预报天气，以及马烽的《韩梅梅》中所涉及的科学养猪，实际上都是在相关农业生产器物的帮助下实现的。

诚如柳青所言："我要把梁生宝描写为党的忠实儿子。我以为这是当代英雄最基本、最有普遍性的性格特征。"[①]事实上，"十七年文学"时期的农村题材小说对于以梁生宝为代表的乡村建设者形象的塑造以及对于农业合作化运动先进性的书写显然都与农业生产有着直接的关联性。这种关联性在广大作家对农业生产器物的书写中得到了相对全面的展现。纵览"十七年文学"时期的农村题材小说中的器物书写，在服务农业合作化这一时代政策的同时，也对农村新人形象的塑造起到了不可或缺的作用，可以说，在众多农业生产器物书写的背后，广大作家也以文学的方式显影定格了一个时代的农村、农民和农业生产的时代样貌。

第三节　复归与困局的博弈

新时期以降，伴随着新的政策而来的是整个社会思潮的回归正轨，在这一过程中，邓小平同志在《解放思想，实事求是，团结一致向前看》中明确指出："解放思想是当前的一个重大政治问题。"[②]在这一时代氛围下，文学的春天再一次到来。伤痕文学、反思文学、改革文学也将目光再一次聚焦到中国乡村，这既是对于乡村小说叙事传统的一次复归，同时也是对新形势下中国乡村最新变化的

---

① 柳青：《提出几个问题来讨论》，《延河》1963年8月号。

② 邓小平：《解放思想，实事求是，团结一致向前看》，《邓小平文选》（第二卷），人民出版社，1994年版，第141页。

及时反映。这一阶段，乡村小说对器物的书写显然有着前后接续的两种变化。其一是以《芙蓉镇》《许茂和他的女儿们》为代表的新时期文学初期的乡村小说，广大作家借助器物的书写反思了特殊年代对于广大农民和中国乡村的精神伤害。其二是以《浮躁》《燕赵悲歌》《春妞儿和她的小嘎斯》《黑娃照相》《流泪的红蜡烛》《平凡的世界》为代表的改革开放进一步发展阶段的作品，这一系列乡村小说把关注点移焦到改革给乡村带来的时代新变，这种变化则在农用器物以及家用电器等器物的书写中得到了全面展示。及至20世纪90年代以后，伴随着社会主义市场经济体制的逐步确立，中国乡村在城市化、工业化的轮番冲击下，面临着“从乡土中国到城乡中国”[①]的急遽转型，这种转型在乡村小说的书写中形成了“去乡村化”[②]的审美特征，而这一特征在乡村小说的器物书写中表现为农业生产器物以及代表着乡风民俗的礼仪性器物的逐渐消逝。

一、常与变——新时期乡土小说中的器物书写

毋庸讳言，新时期中国乡村小说的肇始仍然与政治有着千丝万缕的联系。作为新时期文学的先声，以伤痕文学和反思文学为代表的新时期文学作品中，乡村题材作品所占据的地位显然是值得我们关注的。通过这些作品，我们可以发现，这一阶段的乡村题材小说，“与同时期的文学具有相同的特征，那就是对制度、对社会、对几乎一切旧有存在的控诉”[③]，这也导致了“乡土伤痕小说”存在着难以规避的历史局限性。而在这一阶段的乡村小说中，伴随着乡村

① 刘守英、王一鸽：《从乡土中国到城乡中国——中国转型的乡村变迁视角》，《管理世界》2018年第10期。

② 丁帆等：《中国乡土小说的世纪转型研究》，人民文学出版，2013年版，第84页。

③ 丁帆：《中国乡土小说史》，北京大学出版社，2007年版，第242页。

小说审美特征的“三画”的逐步回归（尤其以风俗画的复归最为明显），对与日常生产、生活密切相关的诸多器物的书写，显然也给广大读者带来了耳目一新的感觉。事实上，对于相关器物的书写也和这一类作品的历史使命有着直接的关联，那就是对特殊时代的反思。

以古华的《芙蓉镇》为例，作为“乡土伤痕小说”的代表作，同时也是经典之作，其“恢复革命现实主义，即恢复了‘文革’前十七年的创作方法”①，与此同时还在“新的时期新的形势下，把现实主义推进了、深化了”②。在《芙蓉镇》中，我们可以发现，作者对于器物的书写与“十七年文学”时期的农村题材小说中的器物书写相比，以一种相对自然的笔法突出其日常生活属性，而不是将各种器具本身赋予各种文化属性，乃至于出现对某些器物的文化寓意标签化的问题。因此作品才能够“寓政治风云于民俗风情图画，借人物命运演乡镇生活变迁，力求写出生活色彩和生活情调来”③。在《芙蓉镇》中，作者竭力刻画了一座位于粤、湘、桂三省交界地带的小城，胡玉音的形象也兼具了多重美好的人性质素，作品中胡玉音经营的米豆腐摊位见证了她的时代遭遇。最初，胡玉音售卖的是糠菜粑粑和蕨粉粑粑以及薯粉粑粑，这一过程中她运送食物的器具是竹篮，这显然表明了其勤劳的品质和劳动量的巨大。紧随其后，当生意扩大后，胡玉音将竹篮换成了桌子，从而建起了售卖米豆腐的摊位，这也是其生活逐渐富裕的根源。然而，进入特殊年代后，售卖米豆腐创造的财富反而成了其艰难遭遇的诱因，而这一切显然都是在竹篮和饭桌这两样器物的见证下发生的。

如果说以《芙蓉镇》为代表的新时期初期乡村小说的器物书写所重视的是在回溯过往的过程中完成反思的时代任务，那么以改革文学为代

---

① 雷达：《一卷当代农村的社会风俗画——略论〈芙蓉镇〉》，《当代》1981年第3期。

② 雷达：《一卷当代农村的社会风俗画——略论〈芙蓉镇〉》，《当代》1981年第3期。

③ 古华：《芙蓉镇》，人民文学出版社，1981年版，第234页。

表的乡村小说中的器物书写则直击改革开放过程中中国乡村所面临的核心问题。1978年，党的十一届三中全会召开，家庭联产承包责任制（大包干）的推行在给予广大农民生产自主权的同时，也进一步提升了广大农民的生产积极性。紧随其后，1984年党的十二届三中全会召开，此次会议通过了《中共中央关于经济体制改革的决定》，这标志着中国乡村改革政策的全面推行。在这一过程中，如何促进农村经济的发展以及提高广大农民的收入成为时代的主题。包括何士光的《乡场上》、张一弓的《春妞儿和她的小嘎斯》《黑娃照相》《流泪的红蜡烛》、贾平凹的《小月前本》《鸡窝洼的人家》《浮躁》、蒋子龙的《燕赵悲歌》、路遥的《平凡的世界》就是这一时代语境下所生发的作品。这一部分乡村小说作品的器物书写聚焦在器物如何帮助广大农民致富，或者致富后广大农民如何通过相关器物获得物质层面的满足与精神层面的提升。

在这些作品中，广大作家将经济发展在中国乡村的最直接表现具化为代表着工业文明的交通工具在乡村的出现。在张一弓的《春妞儿和她的小嘎斯》中，作者通过一辆“扰乱了村庄的安宁”[①]的小嘎斯这一交通运输工具在乡村的出现以及经历，暗示了乡村改革过程中所遭遇的多重阻力，同时也展现了乡村改革给广大农民所带来的物质层面的收益。第一，是否购车的争论展现了改革开放初期广大农民对于政策的观望态度。杨春妞是一名乡村的女青年，贫困是其家庭和个人所面临的最大历史遗留难题。为了改变每天赶着蚂蚱驴到矿区卖菜的命运，当她破天荒地向自己的父母提出购买一辆汽车从事货物运输这一工作时，却遭到了母亲的反对。在母亲看来：“哪有庄户人家买汽车的?”[②]在母亲的观念中，汽车所代表的显然是与现代化的城市文明相匹配的交通工具，而作为落后的农村是不具备购买汽车的条件的，而这种滞后观念所折射的问题无疑是改革开

① 张一弓：《张一弓代表作》，河南人民出版社，1989年版，第188页。
② 张一弓：《张一弓代表作》，河南人民出版社，1989年版，第201页。

放过程中阻碍农村发展与农民致富的原因之一。但在春妞儿的坚持下，父亲打破了传统观念，通过银行贷款帮助她购置了汽车。第二，春妞儿购车后和煤矿工人之间关于谁服务谁的对话，反映了改革开放初期个体经济与集体经济的关系问题。在通过了驾驶执照的考试后，春妞儿一家通过银行贷款的方式购置了汽车。而想要还清贷款并实现致富的梦想，显然就要有足够的货物供其运输以获得收入。但是在国营煤矿运煤的过程中，我们却显然可以看到煤矿的装卸工对于以春妞儿为代表的个体户的轻视。因为在他们的惯性思维中，他们是在“辛辛苦苦为你这‘个体妞’服务”[1]，春妞儿需要感谢他们。而为了能够获得运输更多货物的机会，春妞儿还要“专吃‘国营司机’的剩饭”[2]，同时因为常规线路都被国营煤矿的司机所占据，春妞儿运输的路线还要冒险通过曾发生过两起翻车事故的葫芦崖十八盘。与此同时，因为春妞儿顶撞了银行营业所吴主任派来的媒人，吴主任竟然意图用“骗取农机贷款”的罪名扣下春妞儿的汽车和行车证，这一切无疑都暗示了广大农民在改革开放的过程中所遭遇的诸多现实问题。第三，通过春妞儿择偶标准的改变，展示了改革开放后乡村女性社会地位的提高。春妞儿与二小子原本有着“娃娃媒”，但是随着二小子接替父亲成为国营煤矿的正式工人，二小子解除了他和春妞儿的婚约，转而和一名商店女营业员走到了一起，此时的春妞儿因为农民的社会身份属性导致了择偶对象的错失。而当春妞儿成为司机后，伴随着收入的提高和婚姻观念的改变，其对二小子的态度从自卑转化为自信。事实上，中国乡村小说的百年发展史也是广大女性获得主体地位的发展史。相较于“五四”乡村小说和左翼乡村小说中女性的弱势地位，在一辆嘎斯汽车的帮助下，以杨春妞为代表的新时期乡村女性的社会地位的提高是不言自明的。换言之，广大作家显然也是

---

① 张一弓：《张一弓代表作》，河南人民出版社，1989年版，第198页。

② 张一弓：《张一弓代表作》，河南人民出版社，1989年版，第190页。

在间接地强调改革开放之于中国乡村经济的改善与发展，以及对广大女性社会地位提高的巨大作用。综上，小说正是通过汽车这一交通运输工具见证了改革开放给中国乡村所带来的时代巨变。

杨春妞通过一辆嘎斯运输车的帮助打破了改革开放初期城乡二元体制下男司机对于自己的歧视，而作者也借此塑造出一位性格鲜明的新时代乡村女青年形象。相较而言，张一弓在《黑娃照相》中所塑造的黑娃形象也同样依赖当时在乡村出现的照相机，并借助黑娃照相这一“新鲜事”反映出改革开放前后农民家庭经济收入的鲜明对比，从而展现出改革开放这一政策给中国乡村社会带来生机与活力。作品中，黑娃是一个乡村青年，包产到户前，由于政策的限制，黑娃一家的生活十分艰难，只能靠两只母鸡的蛋换取灯油和盐。改革开放后，黑娃敢为村里人之先，饲养了长毛兔，并通过卖兔毛获得了八元四角钱的“巨款”。因此，黑娃的父母希望他到中岳嵩山庙会上品尝水煎包子或者买一件新衣服。在庙会上，作者以黑娃的视角将包产到户后广大农民在庙会中从事个体经济的繁荣风貌历历如绘地呈现在作品中，包括时新百货、小件农具、哈哈镜、铁匠工具、木匠工具、饮食“专业户”的锅灶等物品。最终，黑娃并没有满足于水煎包和新衣服所带来的味觉和视觉的享受，而是又一次敢为人先地在庙会上拍到了人生的第一张照片。黑娃这一乡村青年所接触的新鲜“器物”，实则寄寓着作者对于改革开放政策坚定不移的支持以及对于中国乡村社会未来发展前景的乐观态度。

二、凝滞——20世纪90年代以来乡村小说中的器物书写

1992年，随着邓小平同志南方谈话的发表，社会主义市场经济体制的逐步确立，以“后发外生型”[①]为特征的现代化发展模式保证

① 孙立平：《后发外生型现代化模式剖析》，《中国社会科学》1991年第2期。

了改革开放初期中国经济总量的逐年攀升与增长，而广大农村所面临的冲击也是前所未有的，中国乡村所面临的“去乡村化”[①]趋势在21世纪以来呈现出更加明显的趋势。城市化的急遽扩张在不断挤占传统的农业生产用地，传统村庄的数量也在逐年缩减。与此同时，伴随着进城务农民工数量的逐年增长，乡村的空心化问题日趋严峻。

有数据表明，1978年中国的城市化率约为17.8%；2012年中国城镇人口首次突破了50%；2020年末常住人口城镇化率超过60%[②]。由此可以发现，在以城市化和工业化建设为基础的现代化进程中，传统乡村和农民也在面临着前所未有的危机。孟德拉斯曾指出：“在缓慢变化的社会，人们更为关切的是维护传统，而不是弹性和适应，当这种社会和处在这种社会中的人们必须跟上迅速变化的工业社会的节奏时，他们就茫然不知所措了。一切机构、一切社会机制和心理机制都必须要改变，人格结构必须要重组。”[③]而自20世纪90年代初期至21世纪，在以工业文明为内核的城市化的追赶下，以传统农业文明为内核的乡村社会生态始终面临着转型的时代要求。在上述背景下，这一阶段的中国乡村小说在书写这一前所未有的时代变局的过程中，又一次将目光回归到传统的器物中。20世纪90年代之前，中国乡村小说的器物书写显然与政治有着紧密的关联性，因为文学的乡村始终笼罩在时代政策的规约之下。及至20世纪90年代之后，中国乡村小说生发的基础，即中国乡村在现代化浪潮中逐渐开始从完整的规划走向琐碎的日常，正因如此，广大作家可以以小见大，通过对涉及乡村日常生活的器物的描摹状写，来展现传统乡村

---

① 丁帆等：《中国乡土小说的世纪转型研究》，人民文学出版社，2013年版，第84页。

②《中华人民共和国2020年国民经济与社会发展统计公报》：http://www.stats.gov.cn/tjsj/zxfb./202102/t20210227_1814154.html

③［法］H. 孟德拉斯：《农民的终结》，李培林译，社会科学文献出版社，2005年版，第49页。

的解体与消逝。包括关仁山的《九月还乡》《大雪无乡》、贾平凹的《秦腔》《高兴》、孙惠芬的《最后的乡村》《歇马山庄》《上塘书》《吉宽的马车》《秉德女人》、迟子建的《群山之巅》、赵本夫的《无土时代》、肖江虹的《百鸟朝凤》《蛊镇》《傩面》《悬棺》等作品，都是通过对相关器物的书写展现中国乡村正在从乡土中国走向城乡中国的现实，并对传统乡村的消失展示出无限的哀婉与感喟。

20世纪90年代以来乡村小说始终在关注传统乡村的解体与消逝，因此，以乐器为代表的相关器物的时代境遇彰显出乡村的虚空化现象。作为“70后”作家肖江虹的代表作，《百鸟朝凤》以唢呐这一传统民俗器物作为载体，揭示了传统乡村文化的消逝。唢呐技艺是由吹奏的技巧和演奏的曲目及演奏规格共同构成，三者皆独具传统民族特色。唢呐演奏技艺的学习需要经历长期枯燥无味的重复，这一过程正是对学艺者心性的磨砺，正如肖江虹所言：“坚持，是匠人的本钱，只有把唢呐吹到骨子里，才能传承下去。”[①]而当技艺纯熟后，能否为了唢呐技艺的传承而甘守清苦的物质生活，则最终要依靠乐师的高尚品德。所以唢呐技巧的学习过程也正是传统匠人精神以及高尚品德的培养过程。唢呐的演奏曲目则蕴含更深刻的意义：在传统的演奏曲目中，以《百鸟朝凤》为尊，能够演奏《百鸟朝凤》的必然是技艺与德行皆为上品的乐师，而能够享受《百鸟朝凤》独奏的逝者必然是经过乡间苛刻的道德标准所检验的德高望重的长辈，故而演奏的曲目也成为激励生者的荣耀以及评价逝者的标准。演奏的规格则分为两台（两个人）、四台（四个人）和八台（八个人），不言而喻，演奏者数目越多，则逝者生前的地位也就越高，反之亦然。当演奏的曲目和演奏的规格相互统一，能够享受《百鸟朝凤》独奏并配以八台规格演奏人数的逝者，其生前必然德高望重。所以，唢呐技艺世代传

① 舒炜，肖江虹：《乡间早没人能吹百鸟朝凤了——对话作家肖江虹》，《廉政瞭望》（上半月）2016年第6期。

承的终极旨归正是对于传统儒家文化中“立德”标准的衍化与扩展。

在《百鸟朝凤》中，尽管叙事的基调是悲剧性的，但是肖江虹却通过对“立德”的追求使民俗技艺的消亡具备了崇高美。在拜师学艺时，焦师傅之所以收游天鸣为徒是因为游天鸣对于自己父亲的仁孝之心，而当进入师门后，尽管师弟蓝玉的天赋远高于游天鸣，但是焦师傅却因为游天鸣淳朴踏实的高尚德行而选择了他作为下一任班主，并向他传授了《百鸟朝凤》的曲目；而当金庄查氏的族长查老爷子去世后，尽管其子向焦师傅许以重金希望他能为其父亲演奏《百鸟朝凤》，但是焦师傅却直接拒绝，因为作为村里的族长，查老爷子生前为了同姓族人的利益而排挤村里的外姓族人，导致村里的外姓族人只能远走，因此其道德的瑕疵绝非金钱能够弥补。同为村支书，当火庄的老支书去世后，焦师傅却主动要为老支书演奏《百鸟朝凤》，因为老支书曾上过朝鲜战场，参加过剿匪战斗，还曾在村里修路时被压断过肋骨。如果要找到规格高低的根本原因，那么“百鸟朝凤，上祖诸般授技之最，只传次代掌事，乃大哀之乐，非德高者弗能受也”。这段《百鸟朝凤》曲谱上的话已经给出了最有力的回答。作为大哀之乐，《百鸟朝凤》的独奏是乡村葬礼中的最高规格，这也是为何当游天鸣告诉病入膏肓的父亲要为他吹奏《百鸟朝凤》时，父亲却忙说使不得，因为在他看来“我不配”。这也间接说明了唢呐在民俗技艺传承之外所肩负的是对于乡村社会个人品德的一种普泛性规约作用，使生者在平时的言行举止中时刻保持敬畏之心。

然而，当生存的压力成为高悬在民俗技艺的艺术追求与道德约束力之上的达摩克利斯之剑后，现实的残酷成了压垮游天鸣的最后一根稻草。为了养家糊口，师傅和师兄们进入城市打工，至此连两台规格的唢呐演出都无法维持，更遑论唢呐技艺的传承。而当传统的唢呐班消失后，火庄的新式唢呐班竟然逾越了传统的规格，组建起了“十六台”（十六人）的唢呐队伍。与之伴生的是唢呐规格与逝者生前品行相关联的传统，被逝者家族所拥有的金钱数量多寡所取代，而葬礼中所吹奏的曲目竟然也变成了流行歌曲，至此唢呐所代表的传统民俗技艺所建构起的乡村伦理道德体系已经被现代社会的金钱所解构。作为“最后一个”唢呐匠，游天鸣所送别的不仅是唢呐这项传统民俗技艺，更是以唢呐技艺为代表的中国乡土社会所包蕴的一整套“立德”与“修德”规范。

在贾平凹的《秦腔》中，白雪作为一名秦腔演员，其所具有的高洁与美丽实际上代表的正是秦腔这一古老剧种所具有的特质，但是留守乡间的白雪却再无用武之地，反映了秦腔这一剧种曲高和寡的时代窘境。陈晓明教授曾经指出《秦腔》是中国乡土叙事的终结，事实上，乡土叙事至今仍然生命力强劲，但是传统的乡村社会文化却渐行渐远。可以说，以“唢呐”和“秦腔”为代表的传统民俗器物的消逝，其背后所隐喻的实际上是正在逐步走向瓦解的传统乡村。在宋小词的《血盆经》中，何旺子和游天鸣的经历有着相似之处。小说中，何旺子的父母在其幼年已经去世，他的大伯为了让他获得一项谋生的技能，就带着何旺子拜师起亮道士学习丧礼仪式。原本起亮道士的班子由八人组成，但是随着为了提高经济收入，两个年轻人进城打工，而剩下的六个人的年龄都超过了六十岁，因此起亮道士希望何旺子能够学会丧礼仪式的程序，掌握锣、鼓、唢呐、磬的演奏方法，以继承自己的衣钵。但是随着年轻人逐渐进城，老年人的数量逐渐减少，附近村中的葬礼数量也在逐年减少，最终，起亮道士的班子只能解散，锣、鼓、唢呐、磬等乐器也从此进入了尘封状态，在这一众乐器消逝的过程中，乐器的主人所生活的村庄也逐渐走向了解体。

博伊姆认为“怀旧”情绪实际上是“对于某个不再存在或者从来就没有过的家园的向往。……是对一个不同时代的怀想——我们的童年时代，我们梦中更为缓慢的节奏。……是对现代的时间概念、历史和进步的时间概念的叛逆”[①]。相较而言，广大作家在书写

① ［美］斯维特兰娜·博伊姆：《怀旧的未来》，杨德友译，译林出版社，2010年版，第2—4页。

以唢呐为代表的乡村乐器以及礼仪性器物的过程中，实际上透露出的是对传统乡村生活模式的追忆和怀恋，因此也是一种“怀旧”的行为。如果说乐器的消逝隐含了其背后传统村庄的消逝，那么这一阶段乡村小说中的农具所遭遇的尴尬则见证了传统农业的危机。在海桀的《莫日根》中，鄂伦春族的村民们在现代化的进程中逐渐舍弃了传统的渔猎生活，定居在山下的房屋中。原本用来打猎的猎枪因为不符合法律法规被集中保管，用来打鱼的桦皮船因为失去了作用而被存放到仓库里。莫日根的儿子莫希那为了给未婚妻一个惊喜，将一头猎杀的狍子送给了她。但是这一过程中却产生了两个误会。首先，因为妻子并不了解鄂伦春族的传统生活方式，因此认为猎杀狍子是一种违法行为。其次，传统的鄂伦春族习俗以赠送狍子展现自己的渔猎生产和生活技能，但是传统的生产和生活模式在下山生活后已经无法维系，因此，莫希那赠送给未婚妻的狍子实际上并不是狩猎的猎物，而是养殖的食用动物。如果深入发掘作者在作品中所设置的细节，我们可以发现，尽管以桦皮船和猎枪为代表的传统农业的生产用具由于现代化的生产方式而被逐渐取代，但是显然作家并没有一味沉浸于思古怀远的悲伤之中，而是以理性的思维在考量传统农业走向现代农业的合理性。作家肖江虹认为：“很多东西消亡后，往往有替代品出现，这是历史发展的规律”[①]。故而贾平凹才会意图以《秦腔》“为故乡树起一块碑子”[②]。这无疑也在为当前乡村小说的创作提供了一种新的思路，即应该以开放的发展的视域去容纳传统器物的消失以及新生事物的介入。因此在《金谷银山》《战国红》《琵琶围》《经山海》《天大地大》《海边春秋》等作品中，有别于传统农业的新型农业的生产也催生了非传统意义上的“农具”。例如，在《金谷银山》中，主人公范少山为了帮助白羊峪的村

① 舒炜、肖江虹：《乡间早没人能吹百鸟朝凤了——对话作家肖江虹》，《廉政 瞭望》（上半月）2016年第6期。

② 贾平凹：《秦腔》，译林出版社，2015年版，第478页。

民们发家致富，带领村民们种植了金谷子。为了实现绿色生产的目标，范少山放弃了传统的农药化肥，以樟脑丸代替农药用以驱赶偷食的鸟类，并用沼气液取代化肥用来肥沃土壤。为了提高白羊峪绿色农产品的知名度，他还建立了介绍白羊峪农产品的微信公众号，并在网店中销售本村的农产品。相较于传统农业生产和销售途径所具备的“实”而言，微信公众号和网店的特点即是其不可见、不可感的“虚”，但正是这一特质保证了现代农业生产和销售仅仅通过一部手机和一台电脑就能取代传统农业生产和销售的烦琐模式。正因如此，广大村民对于范少山的态度从最初的怀疑和顾虑转变为全力支持。由此我们可以明晰，当前广大作家对于乡村器物的书写显然已经接受了农业和农民在乡村现代化进程中所扮演的新的角色。

自20世纪90年代至21世纪，及至当下，在“去乡村化”[①]这一时代语境之下，中国乡村小说的创作出现了以“苦难依赖症”“权力崇拜症”“城市恐惧症”为代表的“新世纪乡土小说的三大病症”[②]以及以“作家身份的暧昧、乡村叙事的迷乱、文学趣味的腐败”为代表的“90年代以来新乡土文学的症候”[③]等一系列问题，上述问题显然对中国乡村小说的发展构成了阻碍。而这诸多问题在当下乡村小说的器物书写中则表现为对隐含着传统乡村文化的相关器物消逝的单纯情绪化感喟与追忆，在这一过程中，广大作家能否使在中国乡村小说中曾经延续百年的器物书写传统发生新变，也是中国乡村小说在今后发展过程中能否进一步实现突围且值得学界长期关注的问题。

---

① 丁帆等：《中国乡土小说的世纪转型研究》，人民文学出版，2013年版，第84页。

② 雷鸣：《新世纪乡土小说的三大病症》，《文艺评论》2010年第6期。

③ 王念灿：《90年代以来新乡土文学的症候分析》，《漳州师范学院学报》（哲学社会科学版）2007年第2期。

结 语

威廉·福克纳用自己的文字成功地虚构出了一个文学的约克纳帕塔法县，由19部长篇小说和70多篇短篇小说构成的“约克纳帕塔法世系”，让全世界的作家深受启迪，一句家乡“那块邮票般大小的地方倒也值得一写，只怕一辈子也写不完”更是极大地鼓舞了大批中国有乡村背景的写作者，他们纷纷用文字的砖瓦搭建自己的“约克纳帕塔法”。于是，文字里的乡村便以各异的面貌鲜活呈现于中国的文学历史中，而一部中国现当代文学史更是因之而充满了泥土的气息。

也许我们还应该重温一段话，这是福克纳回忆1925年舍伍德·安德森在新奥尔良对正陷入写作迷途的他进行教诲的话：“要做一名文学家，一个人首先要做好自己，明白自己生来是谁；要做一个美国人、一个作家，没有必要在口头上讲什么老生常谈的美国形象……你只要记住你自己是谁。他告诉我：‘你必须从某个地方开始，然后你就开始学会写作了。’这究竟是个什么地方倒无关紧要，你只要记住它，不嫌弃它就行了。因为你从一个地方开始和另一个地方开始同样重要。你是一个乡下孩子；你所了解的就是你家乡密西西比北部的那一小块地方。但是那也很好嘛。那也是美国。”[①]福克纳正是因为安德森这样的教诲，才找到了自己最准确的文学定位——把全部心思和整个创作转向自己真正了解的家乡。

中国是一个农业大国，中国的作家大多具有乡村背景，而一方水土养一方人，在辽阔的中国土地上，地貌不同，气候不同，风情也不同，经济活动的差异更是十分明显。自然地理和文化上的差异，势必使不同地域作家笔下的乡村面貌各不相同，当然，每个作家都有自己独特的心理机制、写作范式和美学追求，即使同在一个地域，每个人所塑造的文学乡村世界也必然不会完全一致。

中国当代小说的乡村叙事承续着中国现代小说的乡村叙事，这是写作者对自己故乡的生活在不同向度上进行的文学书写。有故乡的人是幸福的，然而，故乡只有在你离开它的时候你才拥有——写作者是一群背井离乡的人。

这样一群人往往生活在城市，而在城市这个他们在乡村生活中曾热切向往过的地方，却容易滋生严重的怀乡病。城市生活的紧张忙碌，城市人际的冷漠复杂，城市的诸多生存法则都会让这些携带着乡村积习的人无法真正融入，城市永远是他们的他乡。他们回忆着乡村，想象着乡村，于是故乡的乡村在他们的想象中便被文学地表达了。

一个朋友在他的书中这样写道：“当农民奔向城市时，城市正在怀乡病里挣扎，我们的文学与艺术惨淡地活在烂熟的农业文明的回忆里。在怀乡病里，农民不再是怀有无法排解的痛苦的农民，他们要么被嘲讽要么被美化，而这一切，完全是为了充塞怀乡病下无从皈依的灵魂，这如同为一个不知出身的孩子寻找童年的踪迹……在城市通往乡村的道路上，畅通着城市对乡村浅薄的追忆，而在同一

---

① William Faulkner. Sherwood an Appreciation. Sherwood Anderson: *A Collection of Crtical Essays*.Ed.Walter Rideout.Englewood Cliffs, NJ; Prentice Hall, Inc, 1974.169. 转引自孙宏著《中美两国文学中的地域主题研究》，外语教学与研究出版社，2007年版，第242页。

条道路上，千万个农民正要摆脱真切的痛楚向城市匆忙地靠近。这是两种农民的不同的理想，我们和土地上的农民在同一片天空下，守着各自的灯光和人生，这里有全部的悲喜剧……”①

也许这样说有些残酷，但它无疑道出了一个不可争辩的事实，那就是成功逃离土地的作家，在他乡遥想故乡的时候，故乡已不再是真实的故乡。故乡人的生活也天然地被他们赋予了主观想象，他们笔下文学的乡村、文学的农民，与真正生活在泥土中的农民不可能是重合的。

文学的乡村是被写作需要加工过的乡村，这样的乡村在不同的时代，也会因主流意识形态、时代风尚、美学潮流等的变异，被赋予不同的属性和面貌。而文学乡村的属性和面貌，与乡村的搭建方式，即文学乡村的叙事立场、叙事视角、叙事话语、叙事模式等密切相关。

文学的乡村也是活生生的，它有温度，有声音，有色彩，有自己内部斑斓的风景。分析文学乡村的时间和空间，探究文学乡村的人物、事物、文化，我们会了解当代小说中文学乡村的秘密，以及乡村叙事的秘密。

百年中国小说的乡村叙事，一定是带有地域性特征的文学叙事。地域不仅包括地形、气候等自然条件，更包括历史形成的各种人文环境因素，它影响着、制约着人，也影响着、制约着关于该地域的文学。人是生活在某个时间段某个地域空间中的人，人是浸染在这个时间和空间习俗中的，或者说是文化中的人，那么人的文学活动，无论其表现对象还是其表现主体，都不可避免地承载着该地域的文化信息。当地域与文化和小说联系在一起时，它不仅仅是一个地理疆域里特定文化时期的文学表现，它在表现每个时间段的文学时，还包容和涵盖着这一人文空间中更有历时性特征的文化积淀

① 丁宗皓：《阳光照耀七奶·农民》，鹭江出版社，1998年版，第27—28页。

内容。

文化是历史发展的沉淀，是在特定的自然环境中凝聚而成的。在文化中可以看到历史的痕迹，也可以看到自然环境的痕迹，因此，文化是有地域性的。正如英国社会学家吉登斯所指出的，传统社会的特征在于一种“本地生活在场的有效性”，时间和空间的地域性密切联系在一起，因此使得文化的地域十分牢固，而且彼此有别。

而当代由于大众传媒的飞速发展、信息流通的愈加快捷、交通运输业的日益进步，文化系统本身在不断地抽象化，越来越脱离原来特定的地域限制和特征，某一种文化通过大众传播媒介，可以传递到以前根本无法抵达的地区。时间被虚空化了，出现了真正的超越不同地域特征的北京时间。而随着后工业社会的发达，西方文化传播的强势在摧毁着世界文明不同的形态。现代意识的题旨在于统一，在于“全球化”。统一固然带来了文明的进步，但从另一角度也毁灭了文明的多样性。

现代化进程中，文化越来越同一，乡村的面貌也会越来越趋同，而真正农业文明意义上的乡村最后必然会消失，文学的乡村最终将成为人类对遥远时代的追忆。

本文试图对中国乡村小说的百年历史进行一次细致的探究和深入的发现，以期呈现百年来中国乡村小说内部所发生的各种变化。这是一次文学历史长河的逐浪，也是一次乡村世界的旅行和游览，乡村世界的外部风景是走向乡村世界的路径，是乡村世界的前世今生和参观指南，当我们在这条通路上，抵达目的地时，可以按照路标的指示逐一观赏到乡村的内部风景。

乡村文学是热闹的，乡村文学中的乡村想象是缤纷的。

而最后我想说的是，在尘土飞扬的现代化路上狂奔，落寞的乡村还能够被我们想象多久？

参考文献

1. 王光东主编：《中国现当代乡土文学研究》（上下卷），上海：东方出版中心，2011年版。

2. 丁帆：《中国乡土小说史》，北京：北京大学出版社，2007年版。

3. 费孝通：《乡土中国 生育制度 乡土重建》，北京：商务印书馆，2011年版。

4. 费孝通：《江村经济——中国农民的生活》，南京：江苏人民出版社，1986年版。

5. [加] 伊莎贝尔·柯鲁克、[英] 大卫·柯鲁克：《十里店——中国一个村庄的群众运动》，安强、高建译，北京：北京出版社，1982年版。

6. [美] 莫里斯·梅斯纳：《毛泽东的中国及其发展——中华人民共和国史》，张瑛等译，北京：社会科学文献出版社，1992年版。

7. 刘小枫：《沉重的肉身》，北京：华夏出版社，2007年版。

8. 费孝通：《乡土中国》，北京：生活·读书·新知三联书店，1985年版。

9. [美] 弗里曼、毕克伟、赛尔登：《中国乡村，社会主义国家》，北京：社会科学文献出版社，2002年版。

10. ［美］韩丁：《翻身——中国一个村庄的革命纪实》，韩倞等译，北京：北京出版社，1980年版。

11. 杜润生：《杜润生自述：中国农村体制变革重大决策纪实》，北京：人民出版社，2005年版。

12. ［美］弗朗西斯·福山：《历史的终结与最后的人》，陈高华译，桂林：广西师范大学出版社，2014年版。

13. 盛宁：《人文困惑与反思：西方后现代主义思潮批判》，北京：生活·读书·新知三联书店，1997年版。

14. ［美］塞缪尔·亨廷顿：《变化社会中的政治秩序》，王冠华等译，上海：上海人民出版社，2008年版。

15. ［美］杜赞奇：《文化、权力与国家——1900—1942年的华北农村》，王福明译，南京：江苏人民出版社，2010年版。

16. ［美］乔治·H. 米德：《心灵、自我与社会》，赵月瑟译，上海：上海译文出版社，2008年版。

17. ［英］戴维·赫伯特·劳伦斯：《乡村精神》，黄雨石译，上海：上海译文出版社，1987年版。

18. 黄轶：《中国当代小说的生态批判》，北京：北京大学出版社，2014年版。

19. 朱晓进：《“山药蛋派”与三晋文化》，长沙：湖南教育出版社，1995年版。

20. ［美］纳什：《大自然的权力》，杨通进译，青岛：青岛出版社，2005年版。

21. ［美］罗尔斯顿：《环境伦理学》，杨通进译，北京：中国社会科学出版社，2000年版。

22. ［英］阿诺德·汤因比：《人类与大地母亲》，徐波等译，上海：上海人民出版社，1992年版。

23. ［德］马克思：《马克思1844年经济学哲学手稿》，刘丕坤译，北京：人民出版社，1985年版。

24. ［苏］巴赫金：《小说理论》，白春仁、晓河译，石家庄：河北教育出版社，1998年版。

25. ［法］拉热尔·热奈特：《叙事话语　新叙事话语》，王文融译，北京：中国社会科学出版社，1990年版。

26. ［英］彼得·柯文尼：《时间之箭》，江涛、向守平译，长沙：湖南科学技术出版社，1999年版。

27. 张柠：《土地的黄昏：中国乡村经验的微观权力分析（修订版）》，北京：中国人民大学出版社，2013年版。

28. 黄子平：《“灰阑”中的叙述》，上海：上海文艺出版社，2001年版。

29. 吴国盛：《时间的观念》，北京：北京大学出版社，2006年版。

30. 张清华：《中国当代文学中的历史叙事：海德堡讲稿》，北京：北京大学出版社，2012年版。

31. 李杨：《50—70年代中国文学经典再解读》，济南：山东教育出版社，2003年版。

32. 王彪：《新历史小说选》，杭州：浙江文艺出版社，1993年版。

33. 王晓明：《批评空间的开创》，上海：东方出版中心，1998年版。

34. ［美］马泰·卡林内斯库：《现代性的五副面孔》，顾爱彬、李瑞华译，南京：译林出版社，2015年版。

35. ［英］齐格蒙特·鲍曼：《流动的现代性》，欧阳景根译，上海：上海三联书店，2002年版。

36. 包亚明主编：《现代性与空间的生产》，上海：上海教育出版社，2003年版。

37. 夏铸九、王志弘编译：《空间的文化形式与社会理论读本》，台北：明文书局，2002年版。

38. ［美］汉娜·阿伦特：《人的境况》，王寅丽译，上海：世纪出版集团，2009年版。

39. ［美］阎云翔：《中国社会的个体化》，陆洋等译，上海：上海译文出版社，2016年版。

40. 谢纳：《空间生产与文化表征》，北京：中国人民大学出版社，2010年版。

41. 赵园：《地之子——乡村小说与农民文化》，北京：北京十月文艺出版社，1993年版。

42. 张卫中：《20世纪中国文学语言变迁史》，北京：中国社会科学出版社，2013年版。

43. ［美］爱德华·萨丕尔：《语言论》，陆卓元译，北京：商务印书馆，1985年版。

44. 严家炎：《中国现代小说流派史》，北京：人民文学出版社，1989年版。

45. 杨义：《中国现代小说史》（第三卷），北京：人民文学出版社，1991年版。

46. 陈建华：《"革命"的现代性——中国革命话语考论》，上海：上海古籍出版社，2000年版。

47. 丁帆等：《中国乡土小说的世纪转型研究》，北京：人民文学出版社，2013年版。